河北省社会科学基金项目『唐宋词人选声择调与词学关系研究』（批准号 HB21ZW022）

家梦窗而户竹山

蒋捷《竹山词》接受史

高莹 著

河北出版传媒集团

河北人民出版社

石家庄

图书在版编目（CIP）数据

家梦窗而户竹山：蒋捷《竹山词》接受史 / 高莹著
. -- 石家庄：河北人民出版社，2022.12
ISBN 978-7-202-16240-8

Ⅰ．①家… Ⅱ．①高… Ⅲ．①宋词—诗词研究 Ⅳ.
①I207.23

中国版本图书馆CIP数据核字(2022)第246724号

书　　名	家梦窗而户竹山：蒋捷《竹山词》接受史
	JIA MENGCHUANG ER HU ZHUSHAN
	JIANGJIE ZHUSHANCI JIESHOUSHI
著　　者	高　莹
责任编辑	赵　蕊
美术编辑	王　婧
责任校对	余尚敏
出版发行	河北出版传媒集团　河北人民出版社
	（石家庄市友谊北大街 330 号）
印　　刷	河北锐文印刷有限公司
开　　本	787 毫米×1092 毫米　1/16
印　　张	14.5
字　　数	170 000
版　　次	2022 年 12 月第 1 版　2022 年 12 月第 1 次印刷
书　　号	ISBN 978-7-202-16240-8
定　　价	88.00 元

【目录】

绪 论

一、研究现状和选题意义

蒋捷，宋末著名词人，有《竹山词》传世，与张炎、王沂孙、周密并称宋末四大遗民词人。将蒋捷置于宋末词坛在文学史及词史中已成为公认说法。但从历时角度看，也有人持以不同说法，将蒋捷等遗民词人划入元代[①]。事实上，文学和文体的发展有其自身的规律，并不与历史上的王朝完全同步。以朝代更迭来划分文学时代，往往并不能如实反映文学发展的客观细节。孟子云："颂其诗，读其书，不知其人，可乎？是以论其世也"[②]，词学探究与知人论世道理相同。鉴于学界对词人蒋捷断限的分歧，以及词人所处时代对其词学定位的重要性，我们有必要为蒋捷梳理断代依据，略述这一属于文学研究逻辑起点的问题。

对待新旧两朝的政治态度，是断定朝代更替时期的词人及其作品归属的重要参考标准。由宋入元的程钜夫、赵孟頫、仇远等，或入朝为官，或为学官，其名声和文学意义对于元代更显著，理应划归入元。而周密、张炎、谢枋得、郑思肖、蒋捷等誓死守节，或壮烈殉国，或佯狂隐居，尤其经历易代之变的蒋捷重视品节，义不仕元，是其中极为决然的一位。尽管他们在生活年代上已入新朝，但他们的创作多是时代巨变、忆旧痛苦的折射，心灵指向依然沿着故国赵宋的轨迹演绎，认定蒋捷、周密、陈允平等为宋末遗民词人是为公允。其次，南宋灭亡后蒋捷写下不少凄咽苦楚的感时忧愤之作，有些词篇明显作于元代，但其词学师承和渊源与宋词密不可分；而且为明华夷之辨，蒋捷词中无一小序明确纪甲子，亦未纪元，隶属典型的"忠节自苦，没齿无怨"

① 丁放：《金元词学研究》，中国社会科学出版社2002年版，第3页。
② 杨伯峻译注：《孟子·万章章句下》，中华书局1960年版，第251页。

者①。有些著述，如以《金元词学研究》为例，主要依据历史朝代分期来划归蒋捷为元人，没有更多考虑到词人的思想意识和文化心理。当然，学界更有兼顾生活时期与文学文化，将蒋捷归入宋末词人行列的持平之论②。蒋捷由宋末入元，综合思想情感、特殊心境、创作主旨等，其《竹山词》透露着深切的亡国之痛、遗黍之悲，属于典型的遗民词。就词学史价值来说，虽然直至元代蒋捷的声名尚不显赫，但他与宋末词风的流变关系紧密，对宋末词坛的意义远大于对元代的意义。在此基础上，明清词人每论《竹山词》，也都是将它视为南宋词坛的一部分。因此，我们不能简单机械地按朝代强行分割，而将《竹山词》划入宋末才更切近词学发展史。

由于词学研究偏爱北宋、忽视南宋的惯性倾向，加上蒋捷传记资料寥寥，《竹山词》经历了较长一段冷落期。有学者追溯新中国成立三十年来的词学研究时说："对一些在词史上有成就、有贡献、有影响的词人，如吴文英，三十年来就只有一篇短短的研究文章。至于张炎、蒋捷、陈维崧、纳兰性德以及清代的浙派、常州派等等的词，就没有见过什么专门的研究文章了。这种从今天狭隘的政治需要决定取舍的做法，是妨碍学术研究的，是不正常的。"③ 马兴荣认为新中国成立以来受狭隘功利主义的需要评判词人词作，或者说以庸俗实用主义的态度看待词学，都是需

---

① 沈雄撰：《古今词话》所引《松筠录》，唐圭璋：《词话丛编》第一册，中华书局1986年版，第775页。

② 可资参照者，谢桃坊对宋末张炎的处理合乎历史、文学的评判，参见《宋词辨》，上海古籍出版社1999年版，第398—401页。陶然厘定了一批宋元之际可以"两存"于宋元词坛的词人，通过梳理这批词人的生平事迹与词作内容特征，主张打破以王朝分割文学发展的局限性，从而易代词人可以自成一期。参见《金元词通论》，上海古籍出版社2001年版，第14页。

③ 马兴荣：《建国三十年来的词学研究》，《词学》第一辑，华东师范大学出版社1981年版，第27—28页。

要引以为戒的。他提倡以历史主义观点去研究词学、评价词人，这是趋于公允的研究态度。自20世纪80年代以来，词学界对南宋以至宋末词人的研究有所解冻，并涌现出有关张炎、周密等宋末词人的研究专著，使这一时期沉潜的词坛状况渐渐浮出历史水面。一些学者对词人蒋捷及其《竹山词》也努力开拓疆域，杨海明首发其端，他在《关于蒋捷的家世和事迹》一文中多加钩沉，意义重大。其他学者如常国武、陈如江、刘庆云、路成文等对蒋捷词的内容及艺术表现有一定的阐释，对词品与人品关系有相对深入的思考。近些年来，也有数篇学位论文以蒋捷词为研究对象，显示出学界对于词人蒋捷的关注度不断升温。概括而言，这些论文涉及《竹山词》的题材内容、思想情感、艺术特色等文本层面的问题，一定程度上弥补了本体研究不足的缺憾，但一味局限于文本自身的观照方式，尚未完全展现《竹山词》的艺术价值与影响，且有碍于我们对蒋捷词史地位做出准确评判。其关键点是未能将蒋捷置于宋元明清整个词学发展史，进而全面审视《竹山词》；未能体察蒋捷对后世词人、词学的深远影响，尤其是对清初阳羡词派为代表的诸多词人、词派的词学导引作用。也即，学界始终未见有关蒋捷词传播、接受的专题论述。由此，笔者立体观照《竹山词》接受史，系统考量蒋捷《竹山词》的词学史意义，以开拓词人蒋捷研究的新视域。

众所周知，文学作品的生命力并不仅仅以其应运而生为标志，对于那些作品内蕴丰富、艺术风格别样的作家而言，他们的文学史地位往往凸显于时人及后世的评介、选本、唱和之中。与此相关，胡云翼的表述发人深省："我们不能拿著名与不著名的标准来选作家，因为不著名里往往潜伏着极伟大的作者。"[1] 例如，作为一种参与性接受，对《竹山词》众多的次韵、仿作等

---

[1] 胡云翼：《胡云翼说词·宋词通论》，华东师范大学出版社2004年版，第66页。

形式，可以卓显词人在中国词学史的地位。甚至，有时会以此类形式为机缘，创作出更加优秀的艺术作品，如万树的《声声慢·秋色》等。作为这样一位词人，蒋捷的词学特色是在历代词人和词论的推举下才现出清晰面目的，这一现象提醒我们应拓展视野，重新省视蒋捷词及其影响。也正如美国学者布鲁姆在《影响的焦虑》中所提出的一个重要命题："诗的历史就是诗的影响史。"①这恰恰可以诠释蒋捷的《女冠子·元夕》等词被清代词人反复借鉴、次韵的深远意义，解答了《竹山词》的某些词篇是缘何具有文学范式作用的。而且清代中晚期所形成的"家梦窗而户竹山"的词学局面引导我们开拓视野，我们有必要借鉴接受美学的方法考察历代对蒋捷及其《竹山词》的品评、鉴赏与师法。

接受史研究的方法是由接受美学学者姚斯最先提出的，他设想以接受美学为基础建立一种转向读者的文学史。概括而言，作品产生后要不可避免地进入读者视野，作者、作品、读者构成了紧密的三角形状，而"一部文学作品的历史生命如果没有接受者的积极参与是不可思议的。因为只有通过读者的传递过程，作品才进入一种连续性变化的经验视野。在阅读过程中，永远不停地发生着从简单接受到批评性的理解，从被动接受到主动接受，从认识的审美标准到超越以往的新的生产的转换"②。因此，文学研究的方法论适宜地汲取接受美学等理论成为可能。20 世纪 90 年代，这种方法逐渐进入中国古典文学研究领域。尚学锋等撰著《中国古典文学接受史》，认为"文学接受史正是打破了过去以作品为中心的固定角度，转而从读者接受的角度来重新审视文学

---

① [美] 哈罗得·布鲁姆著、徐文博译：《影响的焦虑》，台北久大文化股份有限公司 1990 年版，第 24—29 页。

② [德] 姚斯：《走向接受美学》，见周宁、金元浦译：《接受美学与接受理论》，辽宁人民出版社 1987 年版，第 24 页。

史"①。限于编撰体例，此书对词学接受史设有一节"宋人对词体文学的接受"，并不能从历时性角度对词体文学的接受过程和词人专题进行完整梳理。作为词学研究理论现代化的一个产物，王兆鹏先生有关宋代词人历史地位的定量分析影响较大。他在统计六个方面的资料数据之后所得出的结论为：蒋捷在"综合排行榜"上排名二十三位，位居宋代词人前三十名内。这一数据能够简约折射出蒋捷的词学史地位。经过深入辨析，我们发现这些数据有的是文本层面如"现存词作篇数"，有些是接受层面如"在历代词话中被品评的次数"，然而，不同层面的数据是否可以相提并论？即就接受数据而言，品评仅仅统计《词话丛编》中词人名字姓氏的次数，而未考虑诸如词集序、跋等资料文献；仅仅借助"研究名次"与"当代词选家名次"的大体一致就匆忙判断古今词评家、词选家对蒋捷的词史地位认定完全一致，甚至认为"词评家与词选家的价值取向、判断标准大体相近"，"综合排行榜中对词人历史地位的排名、确定，是历代大多数词评家、词选家的共识"②，而未考虑后世词人的次韵效法之作。这些定量分析具有学术参照意义，也引发我们思考系列排名数字背后的真相细节究竟是什么，包括哪些词作入选且入选频率高，为何有些词作被后世词人频频唱和等。当我们跨越历史长河追寻《竹山词》的流播痕迹时，我们会为《竹山词》接受不均的隐显现象所吸引，历代词评尤其清人对蒋捷及《竹山词》存在着严重分歧，褒贬不一。究其根源，与词人、词评家的审美情趣、所属词派、关注细节等都有一定关系。毋庸置疑，上述不完全的数字定量可以作为参考数据存在，但不能因此成为词人整个词史地位定性的唯一凭

---

① 尚学锋、过常宝、郭英德：《中国古典文学接受史》，山东教育出版社 2000 年版，第 2 页。

② 凡涉及定量分析处，均参见王兆鹏《唐宋词史论》第二章定位论，人民文学出版社 2000 年版。

借。传播与接受是《竹山词》走向受众和读者从而实现艺术生命的一个重要环节，只有揭开历史蒙在《竹山词》上的朦胧面纱，认真还原《竹山词》在宋元明清时期的流播品鉴情形，在这样科学完善的数据之下我们才有可能做出一反传习偏见的定位分析，即"家梦窗而户竹山"的理论总结是由长久以来各类读者对《竹山词》心摹手追的结果。此外，通过动态历时研究蒋捷这一个案，笔者希望献力于中国词学接受史的建构与描画。

二、研究问题与方法

综合上述研究状况，《竹山词》研究中尚存在着明显的盲点。可以说，文学史研究不仅包括创作层面，传播接受也应成为建构作家文学史地位的重要组成部分。因为没有真正的历史穿透力，作品数量再多也只能遭遇冷落；仅仅孤芳自赏而缺失读者品鉴，要赢得文学史的一席之地只会徒劳无获。换言之，只有精研接受和传承，才能有效书写文学史完整不断的链条。从这一角度上说，词人的影响史构成了词学发展演变史。由于蒋捷多漂泊隐居，行迹隐晦，其《竹山词》难为人识，词学史地位经历元明两朝的探索发现，直至清代才渐渐提升、显著。无论词派间的褒贬抑扬，无论评价因人而异的不平衡性，均显示出词学中兴的清代对蒋捷人品、词品的重新省视与深入把握。整体观照后我们发现，《竹山词》的词学史地位呈现出螺旋式上升趋势，即不平衡中孕育着平衡性，最终与白石、玉田、梦窗、梅溪等相提并论而导引了清代词学以至于后世词学的发展局面。这些是蒋捷词研究以及唐宋词学研究现状都需要正视并予以解决的问题，显然这一问题的实质关涉到学术史层面。只有通过动态研究、科学评估，才能寻幽探微，拂去历史的尘沙，还其本来面目。

简而言之，笔者要探讨的主要问题包括：蒋捷词是如何突破历史的重重阻隔，由隐而显、由显而著的？是如何被理解与被误解的？是如何经受阳羡词派的洗礼以及诸派词人熔炉式的提炼而走向"家梦窗而户竹山"的热闹场面？现当代词人学者以及域外词学是如何接受的？本文针对蒋捷及其《竹山词》的接受情形进行历时性的过程研究，以宋元明清及近代为主要时段，并适当涉及现当代以至域外词人词评家区域，深入揭示《竹山词》的接受效果、影响等。一般而言，文学作品的接受程序是：文本—读者，而作为接受者的读者具体包括三个层面：以普通读者为主体的接受者；从事专业批评的接受者；以词人创作者为主体的接受者①。即表现为一般赏玩、批评性阅读、创作性阅读几种形式。笔者意在厘清每一时期不同读者对《竹山词》的文化受容情形，力求突破目前的词学接受研究尚主要停滞在第二层面的缺失状态，从而以蒋捷对词学史进程产生的多元影响来界定其文学史地位。

研究方法方面，笔者主要遵循基础文献与词学批评并行。立足古典文学传统研究方式，做到知人论世、正本清源；借助于切合实际的通变史学观，并结合现代化的词学批评理论，借鉴接受美学的理论方法，以词作、词话、选本及其他笔记史料为文献基础，研究历代对蒋捷其人其词的接受历程，从而探寻其本质和原因，展示蒋捷词的艺术生命力，"重置"蒋捷在中国词学史的地位，丰富我们对词学史的认知。

---

① 陈文忠、王兆鹏曾先后总结古典诗词接受史的研究层次问题，分别见陈文忠：《中国古典诗歌接受史研究》，安徽大学出版社1998年版，第14页；王兆鹏访谈录：《词学研究的现状与对策》，光明日报2004年1月14日。

第一章

《竹山词》接受的背景与开端（宋末及元代）

蒋捷的词，在当时以及后世的词坛上都有不同程度的影响力。历经宋元到近现代，围绕蒋捷的身世思想、词作品评，褒贬不一。整体上，赞叹其不忘故国的遗民气节、婉约豪放兼而有之的多样风格，点评其注重格律、尽态极妍的独特艺术，对于不同时期的词人追求、流派建构产生了相关影响。历时观之，蒋捷在宋末是落寞的。虽然身世上与同为遗民的张炎极为类似，宋亡之前大致是锦衣玉食的王孙公子，宋亡之后为落拓穷途的遗民词人，但两人的立身行事还是有着鲜明差别。蒋捷抱节不仕新朝的洁身自爱使之宁肯独享江湖飘零的凄清，而张炎与当时的遗民、爱国志士、著名文人、地方乡贵等都有比较广泛的交往，尤其是和遗民文士郑思肖、周密、钱选、戴表元、赵孟頫、陆行直等交游，由此获得词序、载录、题咏、唱和等。而蒋捷则痕迹相对寥落，与同时期际遇类似的张炎、周密、王沂孙等并无往来交游的踪迹，其词中提及的稼堂、东轩也难以确考，大都是一些隐逸不显之士；张炎传世词中有《数花风·别义兴诸友》，《渔歌子》词序也说："张志和与余同姓，而意趣亦不相远。庚戌（1310）春，自阳羡牧溪放舟过罨画溪，作渔歌子十解，述古调也。"义兴即宜兴，阳羡又是宜兴旧称。说明张炎不仅到过宜兴，显然还在此徘徊数日，造访这里的友人。但没有什么明证能够确认二人相识往来，包括张炎的词话专著《词源》中也无半点蒋捷词的踪迹。因此，蒋捷入元之后，具有深沉的爱国情感，其抱节终身带有不合作的态度，他的词作基本被屏蔽在当时的词人群及主流文坛之外。但是，宋末遗民词自有其灵犀相通的气息，就像清人江昱评介张炎："落魄王孙可奈何，暮年心事泣山河。商量未是人间调，一片凄凉不忍歌。"蒋捷的隐逸生活更为凄清苦涩，"一片凄凉"，用于他同样极为适宜。蒋捷词中的断雁、张炎词中的孤雁，蒋捷的《齐天乐·元夜阅〈梦华录〉》、张炎的《思佳客·题周草窗〈武林旧事〉》，这些词作深深寄托着亡国之痛、身世之感，可谓托物言志、异曲同工。蒋捷《竹山词》的经典风味无法掩抑。

《竹山词》自产生之日起，便开始进入接受历程。宋元之交，词人蒋捷的特殊经历和性情，为竹山词篇的问世和传播奠定了落寞的接受基础，透过"竹山"名号即可知其冷逸大略。历经元代的传播和品评，《竹山词》才逐渐走出幽暗的背景。

第一节
宋末词坛受冷落

蒋捷生当南宋末年[①]，亲身经历了南宋灭亡的惨痛事件。作为宜兴望族蒋氏之后，他讲究气节，绝意不仕，是宋末具有狂狷色彩的畸人高士。蒋捷的著述，依《荆溪外纪》[②]所载，诗歌有《东坡田》《铜棺山》等。所著《竹山词》有九十四首（不计存目词），集中代表着他的文学成就。但蒋捷诗绝非寥寥两首，诗词数量原应不少，其《沁园春·次强云卿韵》"但只有千篇，好诗好曲；都无半点，闲闷闲愁"句，虽然没有确切数字，但可以为辑佚提供理论依据。据《莲子居词话》著录，蒋捷尚有义理著作《小学详断》[③]，惜已佚失不存。总之，苦寒难言的遗民生活给蒋捷提供了创作素材和宣泄动机，其词呈现出萧骚冲淡、情调凄冷等审美意味。那么，蒋捷的词在产生之际流播情形如何呢？隐晦的行迹以及萧骚的词风导致了竹山词宋末元初的冷落形态，蒋捷名号"竹山"的由来成为探索这一现象的切入点；其次，宋末之际的词选并未选入蒋捷词等状况，可借此还原竹山词在当时的隐晦不显情形。

---

① 生平事迹参见杨海明：《蒋捷的家世与事迹》及附录，《中华文史论丛》1982 年第 3 期。

② ［明］沈敕：《荆溪外纪》，嘉靖二十四年雨村书屋刻本，上海图书馆馆藏本。

③ ［清］吴衡照：《莲子居词话》卷一，唐圭璋：《词话丛编》第三册，中华书局 1986 年版，第 2414 页。

一、"竹山"名号论隐晦

蒋捷，字胜欲，阳羡（今江苏宜兴）人。宋度宗咸淳十年（1274）进士，南宋末年遗民词人。入元后，持重气节，遁迹不仕。自号竹山，学者称竹山先生。文学史上，以隐居或居所地名而自称者大有其人，如南渡词人叶梦得曾致仕隐居湖州卞山石林谷，自号石林居士；向子谭于临江军清江营建芗林别墅，自号芗林居士等。对于"竹山"之号，学界多认为由蒋捷晚年隐居太湖一带的竹山而来，至于此号的深层内涵及意义，尚不为人注意。我们以为，"竹山""竹山先生"之号不仅与蒋捷的隐居地这一表层指向相契，更与他的人生经历及思想情趣这些哲理内涵有关。厘清这些问题，有助于解读《竹山词》在宋末元初行迹晦涩的原因，也有助于剖析清代阳羡词人深深推崇蒋捷的文化根源。

（一）蒋捷与"竹"的特殊因缘

竹子历来是文士的爱物。魏晋以来，隐逸渐兴，文人喜竹成为风气。至唐宋时期对竹子挺拔姿态及贞节品性的吟咏更大量出现在文学作品中。中唐时元结愿"与松竹为友"（《丐论》）；白居易云："竹性直，直以立身；君子见其性，则思中立不倚者。""竹节贞，贞以立志；君子见其节，则思砥砺名行、夷险一致者。"（《养竹记》）其高洁劲直、虚而有节的品性尤为宋人所喜，以致苏轼所言"可使食无肉，不可居无竹。无肉令人瘦，无竹令人俗"（《於潜僧绿筠轩》）成为经典常谈。好竹能医俗，幽花不媚人。宋人集结竹梅荷为"三友"，并确立了梅兰竹菊"四君子"的清雅地位，无论诗画常以此写胸中逸气高韵。即竹子由自然物进入文人视野渐变为意象，有学人对此过程描述清晰："物象是客观存在的，它不倚赖人的存在而存在，也不因人的喜怒哀乐而发生变化。但是物象一旦进入诗人的构思，就带上了诗人主观的

色彩。这时主要受到两方面的加工：一方面，经过诗人审美经验的淘洗与筛选，以符合诗人的美学理想和美学趣味；另一方面，又经过诗人思想感情的化合与点染，渗入诗人的人格和情趣。经过这两方面加工的物象进入诗中就是意象。诗人的审美经验和人格情趣，即是意象中那个意的内容。因此可以说，意象是融入了主观情意的客观物象，或者是借助客观物象表现出来的主观情意。"① 竹意象不断被文人赋予各种意义和价值，内涵渐渐深化。而超越一般文人的清高追求，竹子的精神能量尤其在亡国破家之际能给人"异质同构"的格式塔效应认同；其天然性状及核心内涵，令不屈文人寻竹为伴并以竹节相砥砺。② 宋元交替之际，保持品节、不仕元朝的呼声日益高涨，宋末诗人于石赋《雪竹》诗而明志："君子亭亭操，刚强能自持。夷齐饿欲死，巡远守方危。大节不可屈，真心终莫移。人心与物理，每向岁寒枝"，颇能代表当时的遗民心态。宜兴，自古及今，遍植竹林，有竹海之称。生于斯长于斯的蒋捷谙熟此物，而在末世情境下对竹子的偏嗜更带一种文化心理的认同，这种自然物的选择与其理想情趣和人格操守遥相呼应。碧绿，言其志节不衰；峭直，言其挺拔不屈；有孤寒之态，对比出环境炙手可热，独它掉臂直行；昭示高洁之姿，可比其卓尔不群心志。古人常以竹代表的景物自号，即如《梅磵诗话》所云："植物中惟竹挺高节，抱贞心，故君子比德于竹焉。"③ 因此，抱节终身的蒋捷对"竹"的选择绝非偶然，此形象的深刻象征性使词人坚定地负之于怀。

蒋捷有《竹山词》一卷。翻检其词，发现蒋捷对"竹"确

---

① 袁行霈：《中国诗歌艺术研究》，北京大学出版社 1987 年版，第 62—63 页。

② 王立：《心灵的图景——文学意象的主题史研究》，学林出版社 1999 年版，第 93—96 页。

③ ［元］韦居安：《梅磵诗话》卷下，丁福保：《历代诗话续编》（下），中华书局 1983 年版，第 574 页。

实情有独钟。身历亡国之痛的蒋捷不仅以竹为友，在生活中伴有"竹几"（《贺新郎·秋晓》），且以"寒竹"喻其高标自守、不仕新朝之志。同组词《贺新郎·秋晓》中"计无此、中年怀抱。万里江南吹箫恨，恨参差、白雁横天杪。烟未敛，楚山杳"表明蒋捷此时正值中年漂泊之际。虽然他暂时"约友三月旦饮"，但身逢国乱时遭兵燹，多有"枯荷包饭"之凄凉。在若干细节性叙述里，将写景抒情融为一体，虽无激烈惨痛呼号语，却于沉静婉曲间蕴含了无限哀怨。面对无以逆转的乱世人生，词人悲愤不已，无奈之际"空掩袖，倚寒竹"，借用杜甫诗意，表达其孤洁情怀、澹泊志趣。我们试举数例如下：

练月萦窗，梦乍醒、黄花翠竹庭馆。（《金盏子》）
夜月溪篁鸾影。晓露岩花鹤顶。（《如梦令》）
有丽人，步依修竹，萧然态若游龙。（《翠羽吟》）
泪点染衫双袖翠，修竹凄其又暮。（《贺新郎·弹琵琶者》）

极具代表性的竹山词则为《少年游》：

枫林红透晚烟青，客思满鸥汀。二十年来，无家种竹，犹借竹为名。
春风未了秋风到，老去万缘轻。只把平生，闲吟闲咏，谱作棹歌声。

这首词当作于词人晚年隐居之际。作者以潇洒轻逸的笔调抒写内心的隐痛，闲适背后隐含着悲哀。《少年游》以萧瑟秋景切入，上阕"客思满鸥汀"等词句是回忆之语，点出词人亡国后客居江湖、漂泊无依的生活。"二十年来，无家种竹，犹借竹为名"则表明词人当时已"借竹为名"。或许正是能够藉此一浇心中块垒，

词人内心还能有些寄托安慰。下阕"老去万缘轻"点明写作时间，"棹歌"即船歌、渔歌。渔歌樵话本是隐逸代称。而就像他写给薛稼堂的寿词《念奴娇》，这位稼翁居士弃官归隐、躬耕稼稿，蒋捷在词末说"稼翁一笑，吾今亦爱吾稼"，作为内心旨趣的吐露，似乎同时听到词人的某种自述："竹翁一笑，吾今亦爱吾竹。"此外，《虞美人·听雨》是蒋捷自传人生意蕴的经典词篇，词中"壮年听雨客舟中，江阔云低、断雁叫西风"绘出蒋捷中年岁月的辗转凄凉景象。综合以上两首词意，可知南宋灭亡前后"二十年来"的壮年经历中蒋捷即已"借竹为名"，并非直至隐居竹山才有此号，大概是隐居地名与内心情结恰好不谋而合才明确下来。以"竹"为名，在宋末不乏其人，如王易简取号"可竹"，冯应瑞自号"有竹"等，这些遗民词人应该都怀有借竹表达气节的一定意思。至于蒋捷取号的具体年份与背景，由于正史无传，其他宋元笔记等材料又绝少，一时无法明确具体年限，但界定在南宋灭亡前后应大致无误。

（二）蒋捷对"山"的特殊情感

蒋捷是南宋科举的末班进士，随后南宋灭亡。由于其民族意识十分浓烈，视自己为南宋遗民，入元后便绝意仕途。元成宗大德九年（1305），曾"诏求山林间有德行、文学、识治道者"[①]，"宪使臧梦解、陆垕交章荐其才，卒不就博学"[②]。从现存词篇来看，词题"兵后寓吴""荆溪阻雪""舟宿兰湾"等，以及前面所提《少年游》与《虞美人》两首词，都表明蒋捷为躲避兵乱曾在江浙一带辗转，遍尝"国破山河在"的辛酸和凄寒。而"何日归家洗客袍"（《一剪梅·舟过吴江》）成为他内心的一番绮梦，

---

① ［清］嵇璜：《钦定续文献通考》，《文渊阁四库全书》本，台北商务印书馆影印，1986年。
② 《嘉庆宜兴县志》卷八《隐逸传》，《文渊阁四库全书》本。

也化为无望之叹。在此种心境下，他常吟"奈旧家、苑已成秋"
（《高阳台·送翠英》），写秋香之妙（《探芳信·菊》），听秋
声之寒（《声声慢·秋声》），品秋夜之愁（《秋夜雨·秋夜》）。
蒋捷赋性孤洁、持有气节，其《沁园春》词"除了雕梁，肯容紫
燕，谁管门前长者车"便鲜明表现出不与新朝合作的态度；刘熙
载评价蒋捷及其词"其志视梅溪较贞"①，这"贞"正指他义不仕
元、对南宋故国难以忘怀的抱负。因此，不仅宋亡之后蒋捷不
仕元朝，甚至和同时代、同地域的词人，如周密、王沂孙、张
炎、陈允平等也无来往的痕迹。《齐天乐·元夜阅〈梦华录〉》：
"淡柳湖山，浓花巷陌，惟说钱塘而已"，《梦华录》是指北宋末
年孟元老所作笔记《东京梦华录》，金灭北宋后的南渡之际孟元
老怀着无限眷恋和伤感回忆东京昔日繁华景象，字里行间可见其
沉痛心迹。国破家亡、颠沛流离，元夕梦华岂不同样如梦如幻？
蒋捷所剩以"山"为邻伴，视之为昔日山河犹存的心理慰藉和感
情依托。我们撷取蒋捷词作中"山"的影子，以窥一斑：

> 相看只有山如旧。（《贺新郎·兵后寓吴》）
>
> 山无限。（《忆秦娥·阖间》）
>
> 傍池阑倚遍，问山影、是谁偷。（《木兰花慢·冰》）
>
> 山窗梦凄切。（《瑞鹤仙·红叶》）
>
> 别浦，云断处，低雁一绳，拦断家山路。（《喜迁莺·金
> 村阻风》）

"家山"，故乡之意。以山为家，即以山民称也："斯言也，是梅
花说与，竹里山民"（《沁园春·寿岳君选》），这些正好与前面
内容相缩合。检录蒋捷诗作，其中有一首《东坡田》："老去红灰

---

① ［清］刘熙载：《艺概·词概》，唐圭璋：《词话丛编》第四册，中华书局 1986 年版，
　　第 3695 页。

酒瓮前，向来青草瘴江边。卜居自为溪山好，不是区区为买田。"苏轼曾有"买田阳羡，卜居于此"的美好愿望，《菩萨蛮》"买田阳羡吾将老"、《楚颂帖》等多有述及，其词风流韵对蒋捷等宜兴词人影响深远。一方面，蒋捷对故国追念不已，借旧时山河聊以慰藉；另一方面，宜兴的如画山水也自然导引守节词人选择隐逸之途，"卜居自为溪山好"一语道破隐居心迹，也为"竹山"之号寻找到深层的人生哲理内涵。亡国无家的蒋捷终走向隐居之路："人间富贵总腥膻，且和露、攀花三嗅"（《步蟾宫·木犀》）；"老子平生，辛勤几年，始有此庐。也学那陶潜，篱栽些菊，依他杜甫，园种些蔬"（《沁园春·为老人书南堂壁》），这未尝不是他的内心写照。

此外，我们放宽眼界，探访蒋捷同代人的意趣情怀，也可为其名号"竹山"佐以旁证。未详名字的遗民真山民，也自称山民，他有诗句"世换山如醉，田荒草自新"（《兵后寓舍送春》），"好山多在眼，尘事少关心"（《山间次秀芳韵》）与蒋捷词意如出一辙。同为度宗咸淳十年进士的梁泰来，字伯大，号菊平子，丽水人。居宣平龟山，宋亡后亦隐居不仕。他有诗《龟山亦好轩》："人在远山堂下居，家有远堂堂上书。阶苔帘草意自如，有书可读山可庐。人与富贵不可足，我于贫贱乐有余。相逢休问我何好，亦有好处人未知。一池斗大泉可掬，一波掌平数丛菊。菊吾金，泉吾玉，何用封侯千钟粟。君不见孔门乐处无日无，疏食饮水肱常曲"，正可视作蒋捷"卜居自为溪山好"的最好注脚。而且检阅宋末遗民，发现以"山"入名号的比比皆是，如王从叔，号山樵；吴元可，号山庭；刘景翔，号溪山；刘学颜，号山村；等等。另外，宋末元初的遗民画家也常以"残山剩水"的画境来表达亡国之悲，如此蒋捷以"山"入号便不足为怪了。

（三）"竹山"辨正及"竹山先生"之由来

胡云翼先生在所注《宋词选》中说蒋捷："宋亡，隐居竹山不仕，学者称竹山先生。"[①]陶尔夫《南宋词史》亦称："宋亡后隐居太湖竹山，称竹山先生。"[②]笔者有幸前往宜兴、无锡一带考察，发现两地对蒋捷隐居地——"竹山"争执不已。那么，竹山究竟何在呢？

据《咸淳毗陵志》载："竹山在（宜兴）县东北六十里太湖滨，仅一小草阜。"[③]笔者曾到今日宜兴洋溪镇沙塘港村实地考察，此处即有一竹山与方志吻合。竹山，又称竺山。古代竹、竺常通用，如《八闽通志》载："石竺山，亦名石竹山。"竹山，本三面环太湖，后经填湖造田、开采山石等因素导致竹山原貌大为改观。而且，竹山原本绵延有三里之长，加之太湖流域广阔，一端深入湖水，与对岸马迹山隔湖相望，当地老者说幼年时他们经常在此草阜用竹罩摸鱼。民间传说蒋捷隐居此地福善寺，有实物（镜水如意凤缸）为证。虽尚未发现明确的史志记载和确凿的方志笔记以印证传说，但这种民间文化现象也足以表明蒋捷词历经七百多年而未衰的影响传承，至今仍发挥着作用。至少作为乡贤名士，标榜蒋捷足令后人骄傲，引以为豪。其次，有两则文字对我们体察蒋捷的晚年行迹很有帮助。现分述如下：

［清］曹贞吉《珂雪词》有《摸鱼子·寄赠史云臣》：绕荆溪数间茅屋，竹山旧日曾住。吟花课鸟无遗恨，领袖词场南渡。[④]

［清］曹亮武等编《荆溪词初集》蒋景祁序：吾荆

---

① 胡云翼：《宋词选》，上海古籍出版社 1982 年版，第 429 页。

② 陶尔夫、刘敬圻：《南宋词史》，黑龙江人民出版社 2005 年版，第 517 页。

③ ［宋］史能之：《咸淳毗陵志》，《宋元方志丛刊》第三卷，中华书局 1990 年版。

④ 南京大学中文系编：《全清词·顺康卷》第十一册，中华书局 2002 年版。

溪……以词名者则自宋末家竹山始。竹山先生恬淡寡营，居滆湖之滨，日以吟咏自乐，故其词冲夷萧远，有隐君子之风。[①]

无论是荆溪一带还是滆湖之滨，都表明蒋捷晚年隐居于宜兴太湖之滨，吟花课鸟以填词为乐，在某种程度上慰藉着亡国的深悲剧痛。上述记载分属于清初浙派和阳羡派之词人，都不约而同地为蒋捷的人品、词品点赞，同时借蒋捷这杯酒以浇心中之块垒。此外，蒋捷对东坡倾慕不已，有诗《东坡田》，感叹"卜居自为溪山好"。而东坡买田阳羡以卜居，并有别墅在滆湖一带[②]。太湖有五湖之称，滆湖是一支流，或可代指太湖。从以上材料看，蒋捷的隐居地与宜兴太湖之滨关系重大。此外，江南本来多竹林，当地的乡风民俗甚至认为"凡竹林茂美者率呼为竹山"[③]。无锡也有一竹山，据《无锡县志》卷二载："沙嘴山在沙头山南，其南即竹山"；"竹山在沙嘴山南，无锡诸山之南脉至是而绝"。《江南通志》卷十三亦云："竹山在无锡县太湖之滨，长林怪石，胜冠群山，下有石跨立水次，其广倍虎丘千人石。"[④]蒋捷并无隐居无锡的文字材料，其晚年的寂寞凄苦难与无锡胜地的竹山对应，名同实异，即无锡竹山说难以成立，蒋捷所隐"竹山"当在宜兴。

蒋捷晚年隐于竹山，并以此为号，透过以上论述可见其深厚蕴涵，而学者称他"竹山先生"又与何有关呢？据通行辞典所释："先生"指老师，引申为对年长有德业者的敬称；对知识分子

① 引自严迪昌：《清词史》，江苏古籍出版社 1999 年版，第 171 页。
②《天中记》卷四十四：元丰中，东坡自黄移汝，至荆溪，寓滆湖别业。彭大翼《山堂肆考》卷二十六"东坡滆湖"：苏东坡别业在宜兴县滆湖塘。其诗云："买田阳羡吾将老，从来只为溪山好。"见《文渊阁四库全书》本。
③［明］王直：《抑庵文集》卷五《竹山陈氏宗谱序》，上海古籍出版社 1991 年版。
④［元］王仁辅：《无锡县志》，中国社会出版社 2005 年版；［明］赵宏恩等监修：《江南通志》，凤凰出版社 2019 年版。

的称呼；方言称医生；或称以说书、相面、算卦、看风水的人等。蒋捷有"先生"之称，这涉及他的晚年行迹及生活情形。元人许谦有《赠相士蒋竹山》[①]，诗云：

> 我昔河内家，旧有知人名。遗书满天下，谁能得其精。
> 蒋叟从何来，自托老门生。知我三十年，少晦今当明。
> 燕颔侯万里，鸢肩列蓬瀛。世无贫贱人，安别贵与荣。
> 我分已无闻，子言良可惊。何以赠子归，妙谕不在形。

有学者据此诗题认定："蒋捷行年长于许谦，许生年比竹山中进士之年尚晚四年，卒年当相差无几。由此诗可知蒋晚年以相士为业，曾至东阳，为许白云相面，许以久晦当明。诗中无一言及其词，又可知蒋晚年不以词名。"[②]我们认为这样匆匆下结论失于草率。首先，需甄别诗中竹山是否为蒋捷。文学史上同名号者不乏其人，南宋末词人张桂，字惟月，号竹山，元人谢应芳《跋岳氏祖谱》（《龟巢稿》卷十一）中有"竹山蒋先生"，元人陈栎《和竹山胎韵》（《定宇集》卷十六）中也有"竹山"，没有一定的辅助材料则很难直接断定都与研究对象蒋捷等同，与"相士"一职的毫不相干也足以令人怀疑此是否为蒋捷。大德九年（1305），当时有德行、文学及识道者的蒋捷拒绝应荐入仕，此时词人已六十岁左右，概在隐居。"多事西风，把斋铃频掣"（《尾犯·寒夜》），"迷因底，叹晴干不去，待雨淋头"（《沁园春·次强云卿韵》）等，都信手拈来佛事掌故，表明他熟知佛家经典《五灯会元》[③]，"听雨僧庐下"（《虞美人》）等词句点出蒋捷亲近佛教，晚年或有躲避战乱剃度为僧的可能。其次，某些诗歌

---

① ［明］许谦：《许白云先生文集》卷一，四部丛刊续编本，商务印书馆 1936 年版。
② 渭君：《蒋捷的晚年》，《词学》第七辑，华东师范大学出版社 1989 年版，第 37 页。
③ ［宋］普济：《五灯会元》卷十五，僧问："迢迢一路时如何？"师（洞山守初禅师）曰："天晴不肯去，直待雨淋头。"苏渊雷点校，中华书局 1984 年版，第 940 页。

内容可为揭示蒋捷行迹提供一些帮助。作者许谦，字益之，金华人，生于宋度宗咸淳六年。晚年自号白云山人，世称白云先生。《元史·儒学传》载："延祐初，谦居东阳八华山，学者翕然从之。不出里闾者四十年。四方之士，以不及门为耻。至元三年卒，年六十八。"① 若是德高有学识的蒋捷，作为晚辈的许谦恭敬唯恐不及，哪里还能没有礼貌地说"蒋叟从何来"，而持重气节的蒋捷又如何要卑恭油滑地"自托老门生"呢？许谦亦因博学德高为学界推崇，一生多隐居课学，其诗句"知我三十年，少晦今当明""燕颔侯万里，鸢肩列蓬瀛"，不过是许谦对相士的游戏笑谈罢了。因此，许谦在诗末复作谐趣语：我拿什么为你送行呢，得意忘形，愿心领神会吧。学界因袭相士乃蒋捷的观点，并据此考证蒋捷卒年②，则是难以令人信服的。

蒋捷的后半生岁月是在元代度过的，义不仕元的气节是宋末遗民中最坚决、最彻底的。这种近乎决绝的行径，使他的入元生活充满了物质上的困窘和精神上的凄寒，晚景跌落至"怅今老，但篷窗紧掩，荒凄愁悚"（《喜迁莺·金村阻风》）的地步，他曾抄书为生，"醉探枵囊毛锥在，问邻翁、要写牛经否"（《贺新郎·兵后寓吴》）；曾"壮年听雨客舟中"（《虞美人》）。但这些只是他生活的片段，非"先生"之号的真实来源。又有词话云"蒋竹山……生平著述，多以义理为主，有《小学详断》"③，即有学术经历。综合以上因素，学者称蒋捷"竹山先生"，乃源于他的博学有德。《元史·儒学传》记录了许多"通经能文"被称为"先生"的事迹：赵复，江汉先生。许谦，白云先生。金履祥，仁山先生。陈栎，定宇先生。牟应龙，龙山先生。董朴，龙岗先

① ［明］宋濂：《元史》，中华书局 1976 年版。

② 郑海涛：《蒋捷研究二题》，《四川师范学院学报》，2001 年第 4 期。

③ ［清］吴衡照：《莲子居词话》卷一，唐圭璋编：《词话丛编》第四册，中华书局 1986 年版，第 2414 页。

生，等等。宋元之际以"先生"称许年长博学且有德行之人成为时代风尚，借此即可理解学者为什么称蒋捷为"竹山先生"了。

南宋后期，尤其宋末，布衣文人的乖蹇命运使他们的名号往往充满了自然色彩：梅溪、草窗、玉田、碧山等。蒋捷之号不仅反映了个人遭际，也折射出特定时代的意趣与风尚，这与其亡国之痛、持重气节、远离政治有直接的关联。由此，我们相信蒋捷的"竹山""竹山先生"之号确有深意存焉。透过这一窗口，我们对蒋捷词在宋元之交悄无声息的命运有了深刻理解，这也是竹山词学起伏曲折历程的开始。

二、词集落选少传播

众所周知，宋词的传播路径有口头传播、书面传播等形式。当宋词音乐性下降，其演唱功能趋于衰微之际，宋词创作趋于案头化，其流传便主要依靠文本形式了。宋末则更为典型。由于蒋捷"生不逢时"，南宋的大型词选《乐府雅词》《花庵词选》等无缘选录蒋捷词。南宋嘉定年间，长沙刘氏书坊曾经刊行词籍丛刻《百家词》，收《南唐二主词》至郭应祥《笑笑词集》，凡九十七家，一百二十八卷，单从时间来看必不包括竹山词。略有可能选录的是南宋《六十家词》，张炎《词源》云："旧有刊本《六十家词》，可歌可诵者，指不多屈。中间如秦少游、高竹屋、姜白石、史邦卿、吴梦窗，此数家格调不侔，句法挺异，俱能特立清新之意，删削靡曼之词，自成一家，各名于世。"[1] 此本既然已收入史梅溪、吴梦窗词，当编刻于南宋末年，宋词名家中纵有遗漏，不过蒋捷等宋末几大遗民词人。而从蒋捷的生活时期看，其词多创作于宋亡之后，未入词籍便在所难免了。至于与他同时的《绝

---

① ［宋］张炎：《词源》卷下，唐圭璋：《词话丛编》第一册，中华书局 1986 年版，第256 页。

妙好词》也未见蒋捷词的影子，则值得考究一番。这本词选大致"编定于周密卒前的这二三年间"①，周密为何未选录蒋捷一首词，当与蒋捷的"隐君子之风"有密切关系。宋亡之后，蒋捷为全遗民之志，漂泊江浙，隐居湖山，以致行迹沉潜。迄今为止，我们发现蒋捷与时人交往的资料极为寥寥，这种生活形态足以影响他在当时的交游与声名。因此，周密编选《绝妙好词》，选择宋末刘仙伦的《一剪梅》，而未选蒋捷风味浓郁的同调词。推测而言，或许《竹山词》当时尚未结集，词篇流传并不足够广泛，诸多因素限制了蒋捷词在当时的流播。二人作为宋末遗民，其情感、心志本来多有相通之处。由于某些关键因素的影响，彼此又没有得以结识的机缘，不能单纯依据选篇有无来判断周密对蒋捷词的看法。

事实上，蒋捷在当时和一些词人文士有往来。其《翠羽吟》为命题词作，词序可为直接凭据。序云："响林王君本示余越调《小梅花引》，俾以飞仙步虚之意为其词。予谓泛泛言仙，似乎寡味，越调之曲与梅花宜，罗浮梅花，真仙事也。演而成章，名《翠羽吟》。"即蒋捷受人之托填词，将《小梅花引》转调为《翠羽吟》，使之词味更浓。也就是说，蒋捷词在一定的时空内存有知名度，不过这些友人名声不太显著罢了。综合上述现象，一方面透露出蒋捷在宋末词坛的寂寞和知音的稀少，另一方面表明造成此种境遇可能与其追求隐遁、交游未广等有关系，这些也是蒋捷在"历代词选名次"中排序滞后的原因之一。《竹山词》在公众视野逐渐显露自我面目，则始于元代。

---

① 吴熊和:《唐宋词通论》，商务印书馆 2003 年版，第 337 页。按：周密卒于元大德二年（1298）。

第二节
由隐而显的《竹山词》

一、《竹山词》在元代的流播

接受史研究的一个重点在于确定和解读"第一读者"。所谓第一读者，指文学接受活动中对经典作家或经典作品的首次权威性解读者，其影响力是很大的，因为"第一个读者的理解将在一代又一代的接受之链上被充实和丰富，一部作品的历史意义就是在这过程中得以确定，它的审美价值也是在这过程中得以证实"①，竹山词的"第一读者"与其流传的稿本有关。

今传《竹山词》原始且可靠的版本为元钞本，卷首有元至正二十五年乙巳（1365）湖滨散人序，至为重要。其大致风貌保留在明人毛晋所刻的《宋六十名家词》中，即《题竹山词》：

> 竹山先生出义兴（即宜兴）巨族，宋南渡后有名燦字宣卿者，善书，仕亦通显。子孙俊秀，所居擅溪山之胜。故先生貌不扬，长于乐府。此稿得之于唐士牧家藏本。虽无诠次，庶几无遗逸云。至正乙巳岁次秋七月十有七日，湖滨散人。②

汲古阁刊《宋六十名家词》为汲古阁主人常熟毛晋编刻，收集宋人词六十一种。需要说明的是，这则题跋载于涉园景元刊本《竹山词》前，仅仅缺失末两句。蒋捷约1310年间去世（详见附

---

① [德]姚斯：《走向接受美学》，见周宁、金元浦译《接受美学与接受理论》，辽宁人民出版社1987年版，第25页。
② [明]毛晋辑：《宋六十名家词》，上海古籍出版社1989年版，第243页。

录一）。这则跋文行文简约、语焉未详，似剪裁而成。但从文中语意及语气来看，湖滨散人或许为隐居在太湖之滨的一位高士，他题跋了《竹山词》，对蒋捷的一些事迹熟悉度较高，其记述应可信无疑。由此，这则题跋的重要性就在于它提供了考辨蒋捷家世的线索，对于后人澄清蒋捷生平具有先导作用，今日学界往往征引。此外，"唐士牧"何许人也，因缺乏资料暂时存疑。跋文所云"唐士牧家藏本"似转抄而来的稿本，并非刊本，这与蒋捷的隐逸无闻息息相关。"至正乙巳岁"乃1365年，显然，《竹山词》在蒋捷生前并未结集刊刻，而是潜行于民间层面，为那些同样追求操行气节的文士所喜爱。这个稿本作为传世最早的版本，后世诸本应由此而来。

与此相映，元明之际的谢应芳有《答惠子及送泉书》，涉及《竹山词》传播的一些信息：

> 一别两年，将谓假馆华庄，优游蔗境，未闻移席县庠也。故昨于学斋书中，有失问讯，兹承赐诗与惠山泉偕至，不胜感激，遂即刻奉和以抒谢忱，曰：龙山只在片云间，不到山中四十年。多谢古人知渴想，瓦瓶封寄煮茶泉。笑笑。学斋回，更烦寻水符之盟，毋使山灵笑人寂寂也。《竹山词》久为乌有，弗克奉命。岁晏未由晤言，惟善保为斯文寿。①

从书信来看，朋友惠子向谢应芳求诵《竹山词》，遗憾的是，谢氏手中已经不存，表明《竹山词》在元代的诵读者多为隐逸之士。谢应芳，字子兰，号龟巢，武进人。生于元元贞二年（1296），卒于明洪武二十五年（1392）。自幼笃志好学，隐白鹤溪上，筑小室曰龟巢，因以为号。授徒讲学，后避地吴中。兵起归里，居芳茂山。联系蒋捷的生活时期，谢氏与蒋捷相识的概

---

① [元] 谢应芳：《龟巢集》卷十一，四部丛刊本。

率为零。但是，谢应芳乃常州武进人，同样有着隐居讲学的性情喜好，加之晚年他主持修撰《续毗陵志》，能够对于乡贤蒋捷的《竹山词》感兴趣，则自然而然。此外，有些学者以元人许谦的《赠相士蒋竹山》为据，推演蒋捷晚年不以词名，认为人显词昧。联系本文上节考索，此种孤证难合情理，因之论词便更不中肯綮了①。此外，元代许鲁斋有词句"万事岂容忙里做，一安惟自闲中得"，明显化用竹山词《满江红》中"万误曾因疏处起，一闲且向贫中觅"。效果如何呢？借用陈廷焯的议论还是比较公允的，他认为竹山词句"自是阅历语，而词笔甚隽"，并以为鲁斋语"效颦无谓"②，即矫饰不真。此时，竹山词已经开始传播，许鲁斋应当是读到的。因此，这则化用的例子也从侧面印证着元明之际竹山词的传世过渡情形。

依照传播学理论，影响传播效果的因素之一是传播技术的先进与否。对于逆元而又隐居的蒋捷而言，其未被刊刻的稿本词籍难以流布广泛；加之元代整体看来是北曲大盛、南词衰歇的时代风潮，深具遗民色彩的竹山词走向冷清有其必然性。元初凤林书院曾经编选《名儒草堂诗余》三卷，未著编者姓氏，厉鹗认为"至元、大德间诸人所作，皆南宋遗民也。词多凄恻伤感，不忘故国。……至其采撷精妙，无一语凡近。牟阳老人《绝妙好词》而外，渺焉寡匹"。秦恩复《元草堂诗余跋》亦云"虽录于元代，犹是南宋遗民，寄托遥深，而音节激楚"；"信乎标放言之致，则怆快而难怀；寄独往之思，又郁伊而易感也"。③这是一部以遗民词人为主体的词选，只是首二人为元代词人刘藏春、许鲁斋，这

---

① 马茂军、张海沙：《蒋捷三考》，《文学遗产》2004 年 4 期。
② ［清］陈廷焯：《白雨斋词话》卷七，唐圭璋编：《词话丛编》第四册，中华书局 1986 年版，第 3949 页。
③ 分别见［清］厉鹗：《元草堂诗余跋》、秦恩复：《元草堂诗余跋》，施蛰存编：《词集序跋萃编》，中国社会科学出版社 1994 年版，第 696 页、698 页。

些遗民多江西人，其中又以庐陵籍居多。遗憾的是，这本词选中也没有蒋捷的身影。看来，除去点滴声响，《竹山词》在当时经历了许多寂寞的时光。

二、一曲听雨动古今

古典诗词中对雨的捕捉和描述，由来已久。而借"听雨"绾结一生，当自蒋捷始。蒋捷一生饱经战乱流离之苦，颇富忧患意识。《虞美人·听雨》即为词人深谙人生况味的艺术结晶。依据现存文献，这首特色词篇的传播身影最早出现于元末，为同样处于末世际遇的词人所看重，形成蒋捷词传播的重要个案。

元末明初的韩奕偶然得观墨书的蒋捷词《虞美人·听雨》，深有感慨："夫听雨一也，而词中所云不同，如此盖同者耳也，不同者心也。心之所发者情也，情之遇于景，接于物，其感有不同。"[1] 这一感慨深得词旨，可谓的评。韩奕，字公望，吴地良医，好与名僧游。在《全金元词》所录 28 首词中，词序及词作多言及宿于寺庙或与之相关，与名僧游并非虚言。元末之际纷纭的社会环境给这些善感的文人提供了忧患的舞台，同样经历末世情境的蒋捷成为他们关注的对象，这首寄寓一生遭际的词篇自然跃入眼帘。对蒋捷的品评也应运而生："蒋竹山者，则义兴蒋氏也。以宋词名世。其清新雅丽，虽周美成、张玉田，不能过焉。"[2] 据现有资料，针对蒋捷某词及整体的评价这是首次出现，对于竹山词的接受意义十分重大。"清新雅丽"是竹山词的一面，虽然难合其全部艺术风格，但至少说明元末以来吴地对《竹山词》的关注程度以及心理感受。自倪瓒后，以上记述尤为明代的书画典籍《赵氏铁网珊瑚》《清河书画舫》等多处转载，对蒋捷

①［元］倪瓒：《清閟阁集》，西泠印社出版社 2010 年版，第 408 页。
② 同上书，第 411 页。

听雨词的传播尤为关键。至晚清王闿运仍然评价云："此是小曲。情亦作凭，较胜。"[①]虽然寥寥几字，却深得小词妙处，引领读者进入别样天地。

《虞美人·听雨》之所以深情动人，与词作的人生内蕴有着密切联系：

> 少年听雨歌楼上，红烛昏罗帐。壮年听雨客舟中，江阔云低、断雁叫西风。　　而今听雨僧庐下，鬓已星星也。悲欢离合总无情，一任阶前，点滴到天明。

在这首词中，蒋捷以五十六字的概括之笔极写自我人生历程和生命体验。其构思之巧妙、手法之独特、含蕴之深刻，足令后人津津乐道，实为《竹山词》的代表篇目。"悲欢离合总无情"，经历世事纷纭的词人回味一生，感慨万端。他已没有晏欧们的潇洒闲适，没有秦柳们的优游快意，没有东坡们的豪迈旷达。时光飞逝，他曾道"流光容易把人抛。红了樱桃。绿了芭蕉"（《一剪梅·舟过吴江》）；忧离伤乱，他曾道"此际愁更别。雁落影，西窗愁月"（《秋夜雨·秋夜》）；经历风雨飘摇，意蕴层层沉积，终在暮年"凄凉一片秋声"（《声声慢·秋声》）的心境中凝结为小令词《虞美人·听雨》。这首词言简意深，不仅以其贮存的丰厚的人生意蕴或曰唐宋词"第一生命力"[②]耐人咀嚼，更因其独到高妙的艺术表现而卓立词坛。词人借"听雨"寄寓人生历程多风雨之意，实迁想妙得。岁月匆匆，转眼已是人生暮年。人到老年尤爱回忆往事，此时深沉的情感乃其一生的积淀。于是，淅沥不断的雨声点点滴滴敲打着词人的心扉，他最终在隐退生活中发出了看似通达、实则痛苦的慨叹："悲欢离合总无情，一任阶前，

---

① ［清］王闿运：《湘绮楼评词》，唐圭璋编：《词话丛编》：第五册，中华书局 1986 年版，第 4294 页。

② 杨海明：《唐宋词与人生》，河北人民出版社 2002 年版，第 9 页。

点滴到天明。"既对一生情感、生活进行了总括，也包含着历尽波折起落而对生命的执着。"一任"，用语恰当，虚字传神，暗点词人斯时心境：人生如梦，往事如烟，风雨之中细追寻。

随着词人对人生的渐悟，这首词由歌楼至客舟再至僧庐，是一番对"家"的意义的追寻，一路寻来，安置心灵的"家"究竟在哪里？伤逝的意绪中，纠缠不清的是时事变迁及个人不遇命运的双重黯然。这种悲伤不同于一般文人雅士面对花落云暗的伤逝之情，而是关乎家国之痛，在极度的深刻提炼下具有了哲学层面意义，而非个人的苦涩与悲伤。当蒋捷对人生苦难的思考不得其解时，他走向了佛门。听雨词是对存在底蕴的深刻探索，通过寻思自己的"存在"反衬当下听雨僧庐下的无意义性、无寄托性。具体的地点无法缓解无家可依的寂寞无奈，这意味着此人的无所寄托如空中雨点只能自生自灭，不能改变。《虞美人·听雨》充分体现了古典诗词兴发感动的审美特质，这需要情感的积累和养育，对于情感没有亲身经历，没有深沉思索，是难以用小令涵括一生的。这首词深衷浅貌，绝非用力雕琢者所能为，这些都使它得以久擅词场、吟咏不衰，影响直至当代作家余光中、方杞的诗文创作。余光中的《乡愁》艺术构思直接源于《虞美人·听雨》，《听听那冷雨》翻唱此词；方杞的《杜鹃休向耳边啼》《岁月》，无不得益于这首词的启发。

整体看来，元代是南词衰歇、北曲大盛的时代，这是竹山词一度湮没的宏阔背景和客观缘由。宋末遗民词人张炎著有《词源》，大力宣扬白石（姜夔）词法，而后陆辅之《词旨》又传玉田（张炎）词法。虽然都是关注南宋词坛，但是宋末元初的词坛风气和词人名声自然受此指引。加之，蒋捷行迹隐遁不显、交游寥寥；元代《竹山词》未能刊刻，仅存稿本，《竹山词》的传播及影响也就有限了。

第二章

《竹山词》接受的成长与兴盛（明代至清初）

一般而言，明代为词的"中衰之期"①，但明词并非无可议论。以高启、瞿佑、杨慎、王世贞、马洪、陈子龙等为代表，大致能见明词流变之概貌。对于声名尚未显著的《竹山词》，明人也有自己的看法和尝试。

---

① 吴梅：《词学通论》，华东师范大学出版社 1996 年版，第 139 页。

第一节
明代的《竹山词》批评与实践

清人崔述在《读风偶识》中云："盖凡文章一道，美斯爱，爱斯传，乃天下之常理。故有作者，即有传者。"①《竹山词》在明代词坛的命运转折印证着这样一种普泛化的接受规律。

一、刊本选本的意义

词别集是词人个体的专集，其版本在历代的流传情况可以侧面反映出词人的作品在大众中受关注的程度。相对宋元时期的寂寥，明代对《竹山词》刊本多有重视，它在丛刻及词选中频频露面。大型词籍丛刻有吴讷《唐宋名贤百家词》，收录《竹山词》二卷，虽分作二卷，实出元钞本，编次相同。还有一种明钞本，即《宋元名家词》本。其版心书写"紫芝漫钞"，故世称紫芝漫钞本。此本《竹山词》目次与元钞本相同，仅收录到《最高楼·催春》，元本以下诸词皆无。

值得重点提及的是常熟毛晋辑刻的《宋六十名家词》。它共收宋人词集61种，包括由元人稿本而刊刻的《竹山词》一卷（即不分卷），在坊间流行广泛。除去题记的价值外，毛氏刻本卷末另有跋文云："昔人评词，盛称李氏、晏氏父子，及耆卿、子野、子游、子瞻、美成、尧章上矣，蒋胜欲泯焉无闻。今读《竹山词》一卷，语语纤巧，真世说靡也；字字妍倩，真六朝

---

① ［清］崔述：《读风偶识》卷二，语文出版社 2021 年版，第 35 页。

喻也。岂其稍劣于诸公耶！或读招落梅魂一词，谓其磊落横放，与辛幼安同调，其殆以一斑而失全豹矣。湖南毛晋识。"①毛晋主要提及三点：一是蒋捷长时期湮没无闻；二是蒋捷的词纤巧妍倩；三是蒋捷的招落梅魂词《水龙吟》与辛弃疾同一风调。仔细审读，便能发现毛晋所说的"昔人"是指他的前辈文士王世贞。王世贞《艺苑卮言·词之正宗与变体》有云："《花间》以小语致巧，《世说》靡也。《草堂》以丽字取妍，六朝喻也。即词号称诗余，然而诗人不为也。……言其业，李氏、晏氏父子、耆卿、子野、美成、少游、易安至矣，词之正宗也"，毛晋批语当由此沿袭演化而来②。毛氏跋语以"语语纤巧""字字妍倩"来论蒋捷词的语言特色，并辨识招落梅魂词的"磊落横放"，只是以婉约为主的别调，这应是较早客观评介竹山词的，比清人偏执一端的做法要公正得多。毛晋的行为不仅使得竹山词开始广为传播，比较中肯的批评还为《四库全书总目提要》所借鉴，并至今为人汲引。毛晋对竹山词的盛誉并非凭空盲目，他遍读词篇，深谙词味，曾在《金谷遗音跋》中情不自禁地讲述初读竹山词集时，即为《霜天晓角》一调所吸引，竟"喜谓周、秦复生"等③，这也成为把蒋捷词篇与其他词人进行艺术比较的原始资料之一。

除去刊本传播，词选的功能也不容忽视。明人选词风气渐浓，嗜好那类纤巧侧艳的词作，于《竹山词》也不例外。当时有影响的词选，一为词宗杨慎所编《词林万选》。《四库全书总目提要》认为它与宣扬浮靡词风的《草堂诗余》不同，补收之词给词坛吹进一股清新之气，其中选录竹山词 11 首。一为陈耀文所辑《花草粹编》，选录竹山词 26 首，清康熙时辑《历代诗余》，

① ［明］毛晋辑：《宋六十名家词》，上海古籍出版社 1989 年版，第 252 页。
② ［明］王世贞：《艺苑卮言·词之正宗与变体》，唐圭璋：《词话丛编》第一册，中华书局 1986 年版，第 385 页。
③ ［明］毛晋辑：《宋六十名家词》，上海古籍出版社 1989 年版，第 371 页。

即以此编为基础扩充而成，为竹山词的异日选编提供了样本。这些选本虽不敌词集的完整，而选本的读者往往并不见少。这些选本在市井坊间广为流布，对竹山词的传播意义深远，使得原不为人识的竹山词渐渐走出幽暗的禁锢，于清代大放异彩。学界一贯秉持明代词学中衰，我们不能被这一印象所蒙蔽。显然，以印刷术的进步与普遍运用为前提，在广泛刊印的词集与词选的双重批评作用下，蒋捷的词学影响才成为可能。

二、评点与次韵的价值

论及明人评点诠释，杨慎所著《词品》注意到蒋捷词的俗语使用，如论"孟婆"，即例举蒋捷词《解佩令·春》，考证后认为："此言虽鄙俚，亦有自来矣。"又有论"心字香"者，例举《一剪梅·舟过吴江》，则明显有附会之意①。这些既足以广异闻，又有助于蒋捷词的解读。正如吴梅所云："（升庵）所著《词品》，虽多偏驳，顾考核流别，研讨正变，确有为他家所不如者。"②此外，杨慎认为蒋捷《水龙吟》"效稼轩体招落梅魂"词，"幽秀古艳，不减《花间》《兰畹》"，为"小词中《离骚》"，较早评论竹山词中的杂体词，且比后来的一些清代词话公允精当。其他尚有徐应祯《玉芝堂谈荟》，讨论"花信风"时则标举蒋捷"春晴也好"等等。蒋捷使用俗语词汇，颇有市井风味。比如《喜迁莺·金村阻风》，抒发羁旅苦闷时用"车生角时，马蹄方后，才始断伊漂泊"，是非常生动形象的。这些诠释往往关注词篇中的方言俗语，阐明意思和用法，侧面反映明人心仪蒋捷之处，对词作的广泛传播更有切实的意义。明代卓人月著有《古今词统》，

---

① [明]杨慎：《词品》卷二、卷五，唐圭璋：《词话丛编》第一册，中华书局1986年版，第464页、505页。

② 吴梅：《词学通论》，华东师范大学出版社1996年版，第146页。

他往往以简洁凝练的文字浓缩竹山词篇的艺术精华，如评点《虞美人·听雨》（卷八）："全学东坡持杯篇"①；评点《一剪梅·舟过吴江》（卷十二）："两'了'字摹尽悠悠忽忽之况。"在蒋捷词尚未深入人心之际，这在其受众层面会营造一种心灵对话的情境，为此提供情感依托。随着蒋捷词进入文士视野，还出现了某些词篇被误植的现象。蒋捷《霜天晓角》"人影窗纱"词，陶氏涉园影印元抄本《竹山词》、明吴讷《百家词》抄本、毛晋汲古阁《宋六十名家词》本、《彊村丛书》本都收录此词，归属蒋捷词无可置疑。但是，明人徐伯龄云："国初有词人俞行之作'窗外折花美人影'词，名《霜天晓角》，甚圆滑。作词之法，无出于此。其词云……"②显然，这首词误为俞行之词。一方面，在一些书画著述中，如《清河书画舫》《赵氏铁网珊瑚》等多见俞行之与他人的同题题画诗词，如《题燕穆之楚江秋晓图》，前后相属，韵脚相同，往来多为吴地名胜。同时俞行之善书（《皇明书画史》），或曾抄阅此词，致使他人误做俞词。一方面，我们从中得到启示，明人留意这首词，是出于词曲不分的观念，认为它有"圆滑"之色，因此视之为"作词之法"，也再次折射出明人雅俗共赏的词学观。

蒋捷词注重韵律，清代词学家万树的《词律》多为汲引研究。而早在明代，诗人词客已经注意到这一特点，开始尝试仿效。如高启的《石州慢·春感》：

> 落了辛夷，风雨顿催，庭院潇洒。春来长恁，乐章懒按，酒筹慵把。辞莺谢燕，十年梦断青楼，情随柳絮犹萦惹。难觅旧知音，把琴心重写。　　妖冶。忆曾携手，斗

①［明］卓人月汇选、徐士俊参评：《古今词统》，辽宁教育出版社2000年版，第293页。

②［明］徐伯龄：《蟫精隽》卷三，《文渊阁四库全书》本，商务印书馆2013年版。

草阑边，买花帘下。看到辘轳低转，秋千高打。如今甚处，纵有团扇轻衫，与谁更走章台马。回首暮山青，又离愁来也。①

杨慎《词品》卷一以这首词与宋人词对比，谓此"可以用韵之式，不独绮语之工也"。词中韵脚凡九字：洒、把、惹、写、冶、下、打、马、也。依据《平水韵》，其中"洒"为卦韵，"打"为梗韵，其余为上声马韵。而据宋词通例，可以通叶，即有蒋捷《女冠子》"蕙花香也"为证，尤其清人沿用此韵为多。有意思的是，清代钱芳标喜用同调叠韵，竟然青睐此种韵式，填制了《石州慢·立秋后七日，用高季迪韵》，表现出对此种韵式的浓厚兴趣。钱氏在竹山词其他方面的接受情形，则留待后文再论。

另如《霜天晓角》词，虽然明人有所误植，毕竟还能增加间接接受的可能性。结合以上毛晋所论以及徐伯龄所云，明人对蒋捷的《霜天晓角》折花词很有兴趣，传播较广。有趣的是，明人也确有效法此词的实例。词人彭孙贻工诗画，尤其善于倚声。其《霜天晓角·卖花，用蒋竹山摘花韵》词，是迄今发现的较早借鉴蒋捷词韵的参与性接受实践。词篇如下：

睡起煎茶。听低声卖花。留住卖花人问，红杏下、是谁家。　　儿家。花肯赊。却怜花瘦些。花瘦关卿何事，且插朵、玉搔斜。②

这首词为卖花、买花的前后情形绘像，具有浓郁的生活气息，但比较之下不如蒋词更流畅、自然。作为一首用韵词，彭孙贻搬用竹山词韵，描写一位闺中女子睡起煎茶之际，忽闻卖花声后的活

① 饶宗颐初纂、张璋总纂：《全明词》第一册，中华书局2004年版，第159—160页。
② 饶宗颐初纂、张璋总纂：《全明词》第四册，中华书局2004年版，第1702页。

动与对话。尤其是这位女子和卖花商贩的对话生动，面对商贩借花瘦影射、嘲戏她瘦，她毫不惊慌、咄咄反问，插花情状如在眉睫之前。这首闺情词生活气息浓郁，和蒋捷词都有俚俗曲化之色，艺术层面上不如蒋捷佳作原始的鲜活意趣。但是，这种未能逃出效颦之境的词作，并不能等同于影响中国词学发展演进的小障碍。恰如某种艺术理论所言，"除天才作家之外，还有许多才气较低的艺术家，他们继承那些天才作家的概念而使之普及"①，这些惯常的次韵词也使竹山词增加了词学接受的浓度，而不断跃入更多欣赏者的视野，走向更广阔的接受舞台。

针对蒋捷《竹山词》填制次韵词，还集中体现于明末遗民词人金堡。金堡入清后剃发为僧，字澹归。其词除去少量应酬之作外，多次韵稼轩、竹山词，呈现出复杂经历下的苍凉悲苦心境②。其传世之作中有九首次韵竹山词，大多选用慢词长调，如《贺新郎·感旧次竹山兵后寓吴韵》《贺新郎·次竹山秋晓韵》《瑞鹤仙·和蒋竹山红叶》等词都是情景交融、沉郁其中的艺术佳作。以《贺新郎·感旧次竹山兵后寓吴韵》为例：

> 古剑花生锈。忆当初、仰天长叹，风尖石透。几叠哀筇吹白露，化作清霜满袖。唤一衲、芒鞋同走。入夜欲投何处宿？见半弯月上三更后，刚挂住，驼腰柳。　　隔溪渔网悬如旧。渡前村、叩门不应，狺狺多狗。积得陈年零落梦，搬出胸中堆阜。要浇也不须杯酒。老大无人堪借问，照澄潭、吾舌犹存否？窥白发，自摇手。③

金堡经历了甲申之变，入清后隐退，随之削发为僧，是典型的遗

①［法］葛赛尔著、傅雷译：《罗丹艺术论》，中国社会科学出版社 2001 年版，第 121 页。
②严迪昌：《清词史》，江苏古籍出版社 2001 年版，第 99 页。
③饶宗颐初纂、张璋总纂：《全明词》第五册，中华书局 2004 年版，第 2328 页。

民之一。著有《遍行堂词》。这首词次韵蒋捷《贺新郎·兵后寓吴》，后者作为竹山词的经典名篇，抒写宋亡之后流寓苏州一带的情景，将易代之际持节文士狼狈谋生的形神刻画得淋漓尽致，把孤身一人的漂泊凄苦写到沉痛之极。金堡的这首唱和之作重在抒发孤独落寞的心态，故国不再的苦痛借各种意象写出，如"剑生锈""霜满袖""陈年梦"等。同样时事背景和人生际遇的金堡对蒋捷及其词怀有特殊情感，可以说是异代同慨。其余几首次韵作品，也是在跨时空对话中寄托自身的痛切感受，堪称清初词坛的奇警之作。金堡在日渐浓郁的遗民词风中独树一帜，与其他趋尚稼轩风骨、竹山情韵的词人共同完善了明代视域中的竹山词学体系。

三、妙词曲化《一剪梅》

出于兴趣，明人多喜欢蒋捷清新、婉约的小令词。无论鉴赏还是创作，都体现出向往民歌风情且词曲不分的特点。明人对蒋捷词的艺术承继，集中体现于词调《一剪梅》。

词调《一剪梅》，历来为词人所钟爱，填制此调者颇多。自两宋以来，这一词调的经典样式是由李清照、蒋捷共同建构的。从格调句法的渊源流变来看，蒋捷受易安体的影响，由五十九字发展为六十字，并把《一剪梅》的句法、韵法提炼后另立一体。《竹山词》中存录《一剪梅》两首，句式韵法别有参差。为论述方便，援引蒋词如下：

一剪梅·宿龙游朱氏楼

小巧楼台眼界宽。朝卷帘看，暮卷帘看。故乡一望一心酸。云又迷漫，水又迷漫。 天不教人客梦安。昨夜春

寒，今夜春寒。梨花月底两眉攒。敲遍栏杆，拍遍栏杆。①

一剪梅·舟过吴江

一片春愁待酒浇。江上舟摇，楼上帘招。秋娘度与泰娘娇。风又飘飘，雨又萧萧。　　何日归家洗客袍？银字笙调，心字香烧。流光容易把人抛。红了樱桃，绿了芭蕉。

这两首词句句用韵，句法重叠，有声情婉转之美听，韵法及句式已不同于五代两宋的同调作品。这是蒋捷在精工音律的基础上进行的革新，后被明人所喜欢，句式多从蒋词脱胎而出。如明初的高启《一剪梅·闲居》："竹门茅舍槿篱笆。道似田家，又似山家。氅披鹤袖岸乌纱。看过黄花，待看梅花。　　晚时饮酒早些茶。风也由他，雨也由他。从来不会治生涯。谁与些些，天与些些。"上下片前后四字句处各更换若干字，相同字词的保留与使用则更增加了词的谐趣色彩，曲化意味愈加浓厚。词之曲化是俗化的部分现象，明初的词已有曲化现象，但大多数还像词。而宣德、成化年间以后，大多数词已不像词，成为介乎词曲之间、非词非曲又似词似曲的变种了。

显而易见，词人瞿佑具有过渡意义。因为在词的曲化进程中，瞿佑比同代人走得更远一些②。如较早袭用《竹山词》式的《一剪梅·舟次横塘书所见》："水边亭馆傍晴沙，不是村家，恐是仙家。竹枝低亚柳枝斜，红是桃花，白是梨花。　　敲门试觅一瓯茶，惊散群鸦，唤出双鸦。临流久立自咨嗟，景又堪夸，人又堪夸。"与其往来的词人曲化痕迹也是很浓的，如凌云翰的词带有俳谐意味，《一剪梅·寿俞子中紫芝》："苍颜白发称乌纱，瘦似黄

①《竹山词》尚需点校，诸本此处"敲"与后句"拍"义重，独《历代诗余》本作"倚"，可取。

② 张仲谋：《明词史》，人民文学出版社2002年版，第62页。

花，清似梅花。窗吟山月乐无涯，知是儒家，知是仙家。　　紫芝服食胜胡麻，不爱繁华，却爱年华。词成笔底是龙蛇，寿酒流霞，寿□成霞。"[1] 依据《一剪梅》的句式对应特点，我们可考补此缺文为"酒"字。某些词句的相似，隐逸闲居的情调，一如对高启、瞿佑词的融会。

李清照、蒋捷研制此调时尚清新蕴藉，婉转可喜。由蒋捷对四字句式的变迁开始走向曲化，宛如汲取民歌风情，以"风又飘飘，雨又萧萧"倾诉词人内心飘摇不定的春愁情愫。斯时，词人羁留吴地，繁盛的吴地民歌必然对其词作的句法、韵式产生一些滋润作用。尤其调中"七四四"句式重叠使用，使得全词富有朗朗上口的音乐节奏；韵脚也有一致处，即蒋捷词不避同韵，摇、招、飘、萧、调、烧、桃、蕉皆平声韵，又有同字"上、又、字、了"两两相对，这在诗里是不允许的，而在词中却显得自然得体，似乎回到了词体初萌时的民间状态。而形式看似工整对偶，句中却有变化，使得这类变革后的词读来前后回环，毫无板滞之色。虽名同《一剪梅》，但风韵已变更，表明这一词调自宋代以后尤其到明代有入俗调的流向，所以深为明人喜爱。至明末，词的曲化现象日益突出，几无专门性的词人。即使文坛领袖王世贞填写的《一剪梅·登道场山望何山作》词也走向极致，加上它仿效独木桥体，通首押以"山"字韵，更使它具有曲的精神意趣。清代陈祥裔再度仿作为《一剪梅·画眉，效弇州体》，对蒋捷、王世贞的创作韵味加以延续，使这一词调日趋典型化。至于晚明卓人月等人的《一剪梅》词上下片颠倒押韵，全篇仅用"花""家"为韵，回环流转，看似别开生面，实由蒋捷词演化而来。明代词人并非都袭用此类句法，也有收缩曲味而注入浓郁凄

---

[1] 两首词分别出自饶宗颐初纂、张璋总纂：《全明词》第一册，中华书局2004年版，第167页、153页。

清之气的同调作品，这要到明末夏完淳的作品里才能找到。上述不同传统词学品格的体式韵味，显示着《一剪梅》的艺术张力。就文学规律而言，一旦某一文体超越了其弹性限度，则走到了它的尽头，如果抛开词曲音乐性的差异，直视为曲又何妨？曲学大师吴梅曾云："剧曲之兴，由来已久，而词变为曲，其间迁嬗之迹，皆在有宋一代。"[①]宋末元初本是词曲共生的特别时期，《一剪梅》在蒋捷手下已具有曲化意味。明人尤为词曲不分，且追求以白描为本色的词作特色，便每每以曲手为之，使这一词调突破了词静而曲动、词敛而曲放的艺术冲突，最终走进曲的天地。近人王易细检沈璟《南九宫谱》后发现《一剪梅》终以词入南曲，正合乎它曲化的倾向[②]。

其实，历代词学家都关注这类词调的演进，常以后出者转精。如至清代，对这种不同于诗文的句式表达，也给予浓浓的兴趣。刘熙载谈论词之句法时云"对句非四字六字即五字七字，其妙在不类于赋与诗"[③]；当代词学家吴世昌以尖锐犀利论词，他曾针对陈廷焯的议论抒发感慨："《白雨斋词话》曰：'词中如《西江月》《一剪梅》《钗头凤》《江城梅花引》等调，或病纤巧，或类曲唱，最不易工。（难得大雅）善为词者，此类以不填为贵。'此真经验之谈。然曰：'或类曲唱'，则于词史全不了解。词本起源于曲，正是古曲，何必类乎？"[④]因为中国文学"诗意的美，完全是靠'句法'表现出来的"[⑤]，以往的竹山词研究忽略了这一层面，上述对蒋捷词的语言功能、结构特色研究则提出了新的挑

---

① 吴梅:《吴梅戏曲论文集》，中国戏剧出版社 1983 年版，第 260 页。
② 王易:《词曲史》，东方出版社 1996 年版，第 368 页。
③ [清] 刘熙载:《艺概·词曲概》，见唐圭璋:《词话丛编》第四册，中华书局 1986 年版，第 3698 页。
④ 吴世昌:《词林新话》，北京出版社 1991 年版，第 2 页。
⑤ 闻一多:《闻一多全集》卷三，生活·读书·新知三联书店 1982 年版，第 162 页。

战，尤其与同时期的遗民周密词还有相关可比之处，值得学界深入探讨。

随着明人对竹山词学的兴趣日渐加深，研究、效法日益显著，词人日渐深味竹山词艺。所学者不仅是词韵句法，还表现出对那些清丽疏秀景象的喜爱。如明代少数专力为词的词人之一马洪，有《行香子·春思》云"红遍樱桃，绿暗芭蕉，锁窗深、春思无聊……"显然，这位"词坛荒漠中的小名家"①熟知竹山词，又恰恰抒发一片挥之难去的春思春愁，蒋捷笔下的经典词句"红了樱桃，绿了芭蕉"不可避免地形成了心理暗示，于是化用于词。另有明代前期词人贝琼"清丽闲雅，登竹山、梅溪之堂庑者矣"②，虽然没有明确表示效法蒋捷，其词已经有此走向。总之，明代的竹山词学为清人深入内部体味妙处奠定了一定基础，构成了竹山词学史不可或缺的一环。可以想见，在清代词学中兴浪潮的巨大冲击下，竹山词学愈加焕发时代的光彩，显示出诸多细微而深厚的变化。

---

① 张仲谋：《明词史》，人民文学出版社 2002 年版，第 101 页。
② 赵尊岳：《惜阴堂汇刻明词提要》，丁放：《金元明清诗词理论史》，安徽大学出版社 2000 年版，第 329 页。

第二节
清初《竹山词》地位的提升与深化

　　清代初期，政治环境似乎回到了同样面对异族统治的宋末元初。一方面，大批的汉族士人经历了改朝换代的巨大事变，心中无不隐藏着或多或少的黍离之痛和身世之悲。另一方面，文网密织，文祸迭起，又迫使他们转向"山林之趣"或者"考据之学"中去逃避现实。清初词人在晚明以来渐为衰敝的词坛状况下开始了反思和重构，有些词人在清空、醇雅的南宋词人姜夔、张炎、蒋捷那里发现精神的知音与艺术的范本，对宋末词人蒋捷多有推崇，不时产生心灵的共鸣，对《竹山词》的探讨逐步丰富。

　　清代是词学建设始为完善的时期，也是蒋捷词地位日渐提升的时期。对蒋捷及《竹山词》的接受影响，至清末终于线索明了。而清初几大词派如阳羡词派标榜竹山，浙西词派也从词派主张、自我追求出发，对蒋捷及其词作出了不同的解读，不入阳羡等词派的诸多词家亦不为理论拘束，而各有独到的认识和实践。尤其受浙西词派的影响，清初词坛崇尚南宋词，认为南宋词更为典雅，艺术经验趋于繁复，词作境界更加深邃。这一时期的词人尊崇正统，以"雅正"为其美学规范，几大词派开始出现"复雅"的倾向。张炎著《词源》确立"骚雅"为宋词的审美理想，姜夔的词呈现清空骚雅的风格。清初之所以崇尚南宋文人词、典雅词，多麦秀黍离之悲，以费心构思、巧妙安排为主，而远离清新自然的北宋词，这与考据派所营造的学问风气也有一定关系，常州派重比兴寄托，从词中考索阐释本事等。

蒋捷词虽不能比肩欧秦苏辛之词，但从其词作创新与影响来看，称之为宋词名家并不为过。不仅阳羡词人推许竹山词，前前后后的诸多词人或词话也常把他与辛弃疾、刘过、吴文英、史达祖、张炎等相提并论。因此，蒋捷词学的全面兴盛并不仅限于一般认识中的阳羡词派，其词学特色及地位在诸多词人的努力之下得以不同层面的开拓。

一、殊有竹山风调

在探索清初词体、词风的演进过程时，我们不能不提王士禛的词坛影响。这位异日"神韵"派的创立者，其青年时代曾一度热衷于词学，为清初广陵（扬州）词坛的领袖人物，并对清初词坛风气的形成与滋染有重要的导向作用。对此，严迪昌先生曾精辟指出："扬州词学活动中心的社集和选政之操，乃是明清词风相交接转化期的一个极重要的标志。"[①] 王士禛有《衍波词》二卷，其间有一些步和宋人韵词，首推遍和《漱玉词》之作，如《蝶恋花·和漱玉词》"凉夜沉沉花漏冻"等写哀艳深情，其次他还涉足南宋词家，则流露兴亡之感，情意吞吐迷离，《贺新郎·夜饮用蒋竹山韵》写出同病相怜的一幅晴空寒雁图[②]，被谭献评为"居然胜欲"[③]，味同蒋捷之意。王士禄是王士禛的弟弟，其《炊闻词》中有《金蕉叶·咏雁用蒋竹山秋夜不寐韵》[④] 等，这些现象表明清初词人对竹山词的喜好，形成这一现象的根本原

---

① 严迪昌：《阳羡词派研究》，齐鲁书社 1993 年版，第 59 页；另，蒋寅专门针对王士禛与清词之发轫有所论述，参见《王渔洋与康熙诗坛》，中国社会科学出版社 2001 年版，第 80—97 页。

② [清] 孙然编：《十五家词》卷二十八《衍波词》下，《文渊阁四库全书》本。

③ [清] 徐珂纂：《清词选集评》，中国书店影印本 1988 年版，第 13 页。

④ [清] 孙然编：《十五家词》卷十《炊闻词》上，《文渊阁四库全书》本。

因在于竹山词的遗民情怀与冷淡秋香之美引起了清初有此怀抱词人的共鸣，可谓异代同慨。与王士禛有"彭王"之称的彭孙遹的词学意识中，也是极为推崇竹山词词史地位的："南宋词人如白石、梅溪、竹屋、梦窗、竹山诸家之中，当以史邦卿为第一。"[1]显然，当时风气认为蒋捷与姜、吴、史等差可比肩，可称名家。就遗民词史而言，蒋捷因其杰出的艺术体式在词学动态发展中由盲点逐渐成为一个亮点。以至阳羡词派、浙西词派等并未究于一家，对竹山词都有所涉猎，这正映合了中国古代文学理论中博闻方能晓声的著名论断。竹山词历几百年顷得知音若许，无论是非褒贬，都将会在不断砥砺中愈见其锋利和光彩，这为《竹山词》成为词学经典开启了门径。

如上所论，清初词坛的一些词人开始接受《竹山词》的影响，主要表现在唱和声韵方面，但情形有异。如喜用他韵的词人周稚廉，也有词作依韵蒋捷，两人同调词比较如下：

步蟾宫 · 中秋次蒋竹山韵（周稚廉）

风尖云嫩山容瘦，数飞鸟、鸦前鹭后。夜阑带醉听箫声，恍瞥见、谁家红袖。　　蟾钩穿过疏林骤，桂子落、满山金镂。桥边错认玉人来，惹裙带、暗香偷嗅。[2]

步蟾宫 · 中秋（蒋捷）

去年云掩冰轮皎，喜今岁、微阴俱扫。乾坤一片玉琉璃，怎算得、清光多少。　　无歌无酒痴顽老，对愁影、翻嫌分晓。天公元不负中秋，我自把、中秋误了。

---

① [清] 彭孙遹：《金粟词话》，见唐圭璋：《词话丛编》第一册，中华书局1986年版，第722页。

② 南京大学中文系编：《全清词·顺康卷》第十五册，中华书局2002年版，第8979页。

周稚廉借鉴蒋捷词调，以比较冷僻的词调《步蟾宫》咏叹中秋题材，描写到云山、飞鸦、箫声、桂子，还有风物之外的玉人形象，词末的"暗香"带有脂粉风月的情调。蒋捷的词则抒发中秋之际自我潇洒的风神，个性十足，风格舒朗洒脱。显然，两者的主题与风貌具有一定的差异。需要辨析的是，周稚廉自称次韵蒋捷词，其实不然。众所周知，次韵又称步韵，是古人作诗填词时的一种和韵方式，要求写作者以所和诗词的原韵原字，且先后顺序都与所和诗词一致，与一般的唱和或者依韵、用韵等严格不同。而周稚廉之词与蒋捷词词韵迥然不同。自元刊本《竹山词》以来，蒋捷的词集中仅存一首《步蟾宫·中秋》词。这位词人应不会看到其他版本，况且词题也是"中秋"，大概词人一时粗心误写为"次韵"，事实上不过是对蒋捷同调词的一般性唱和而已。

此外，这一时期的词人钱芳标，创作较富。现存《湘瑟词》，计有 546 首，多酬唱、咏物、节序词。钱芳标与陈维崧、朱彝尊等都有词学往来，参照其《沁园春》小序："戊申秋日，送陈其年还阳羡，兼读其《乌丝词》，同合肥先生次韵"，《念奴娇》序："台眺，用其年迦陵词韵"，可以想见他们交游唱和的大致情形。钱氏经历时代变迁，加之个人性情气质，其人以哀毁内伤而卒。在词学追求上，他首先出入花间，受清初艳词风气的影响。其词多做哀感顽艳语，并有探索意识。作为伤心人，词中感慨良多，"顾我车尘成懒漫，才与宦情同薄"（《贺新郎》），"旧约买田阳羡隐，唤归心、杜宇声声血"（《贺新郎》）等。艺术体式上尤其喜欢联章体并叠用前韵，渐走出花间，多学南宋名家词，常用南宋词人韵，以求其声气。如用吴文英韵、张炎韵、李清照韵、王沂孙韵等，可谓亦步亦趋，这种博取多师的词学观使得词作呈现出不拘一格、多姿多彩的艺术特征。翻阅其《湘瑟词》，能够清

晰见出钱芳标对蒋捷词的积极兴趣，诸如《沁园春·答庄天申，用蒋胜欲韵》《白苎·用蒋胜欲韵》《女冠子·用竹山韵》，分别仿效蒋捷《沁园春·为老人书南堂壁》《白苎·正春晴》《女冠子·元夕》三首词，与同期阳羡词人一起走入蒋捷词的异代知音行列。对于常常以地域相称名的清代词坛而言，钱芳标为华亭人，理应归入云间词派。作为较早袭用蒋捷词韵的词人，钱芳标对竹山词的广为流播有一定推演作用。如其《女冠子·用竹山韵》：

> 朔蓬吹也。乱山丹锦堪画。黄云凝处，皂雕盘紧，鹊血琱弓，何人驰射。归鞍狐兔挂。唤取玉瓶乳酒，尽消清夜。又争知单枕倦客，不似凤城时贪耍。
>
> 江芦翻雪寒潮打。伴秋霜明镜，未许青丝借，绛煤飘灺。记醉里笑索，皴毫题帕，蛮腰裙钗研。一曲恨来迟破，脆弦如话。料别来憔悴，也应门闭，枇杷花下。①

词人一面描绘寒冬景象，一面回忆旧日欢会。羁旅倦客，情怀寥寥，今日萧瑟与昔日欢笑形成鲜明对照。词人体察着《女冠子》所特有的韵式的顿挫沉郁，而且借用蒋捷同调词今昔对照的谋篇方式，进而产生较为强烈的感情效果。细细体察这些，对于深入观照其他词人的次韵之作，也具有一定的启发。钱芳标虽然较早使用次韵竹山词，主题截然不同，显示着别样风味。《女冠子》词韵及主题在清代阳羡派词人中例用广泛，推为元夕词经典，并形成一个特殊的文学文化现象。

清初词坛，还有一位词人关涉竹山词。曹尔堪（1617—1679），字子顾，号顾庵，著有《南溪词》。他是清初柳州词人

---

① 南京大学中文系编：《全清词·顺康卷》第十三册，中华书局 2002 年版，第 7624 页。

群的中坚骨干，还是当时三次著名的词的大唱和的倡导者或主要参与者。擅长慢词长调的曹尔堪，曾与宋琬、王士禄于康熙四年（1665）以《满江红》调互相唱和，各寄怀抱，对当时词坛风气影响很大。陈维崧曾游访嘉善，与柳州词派中人钱继章、曹尔堪等皆有往来。展读曹尔堪词，我们发现正如陈维崧在《念奴娇·读顾庵先生新词》中所评，其词"较量词品，稼轩白石山谷"，有清峭妍秀之态。其《念奴娇·送幼光还白门》云：

> 孤舟初发，正严霜似雪，布帆如纸。一派残云萦别恨，愁向青山隐几。晚圃黄花，小槽红酒，客路谁同醉？蒯缑黯淡，自将管乐为比。　　还念旅宿方寒，丹阳古道，老树酣青紫。戍鼓沉沉天未晓，残月模糊映水。白恰谈兵，青灯读《易》，漫洒英雄泪。啼乌成阵，石头城外潮起。[①]

这首送别词有评云："顾庵颇为雅洁，念奴娇一阕，殊有竹山风调。"[②]比较之下，这首词与蒋捷的《贺新郎》"渺渺啼鸦了""梦冷黄金屋"等长调同一风味。结合其创作时代——康熙朝尚未盛世的动荡时期，可以想见这位江南遗老词人避祸不安的心理，对友人孤宿孤读的羁旅情怀的关注，自然追求清寒峭劲的词风。总之，清初词人与蒋捷同种忧患者，他们往往步和次韵，成为清代较早注目蒋捷词并加以仿效的系列词人。

二、对词家榘蒦的阐释

（一）关于僻调新调

清初邹祗谟是广陵词人与毗陵词人的关键过渡人物，以他为

---

① 南京大学中文系编：《全清词·顺康卷》第三册，中华书局 2002 年版，第 1335—1336 页。

②〔清〕郭麐：《灵芬馆词话》卷二，唐圭璋：《词话丛编》第二册，中华书局 1986 年版，第 1533 页。

主所编的《倚声初集》是明清词学的重要文献，而且词集序包含着难得的词学观念。邹祗谟对北宋词坛概括介绍后，极力细数南宋词人，以为竹山词虽求变，并非"变穷""逐渺"。进而论以"至于南宋诸家，蒋史姜吴，警迈瑰奇，穷姿构彩……"等语^①，尤其置蒋捷于南宋名家首位，评价之高，在兼容并蓄的词学观念下隐然显露出对南宋个性词人的厚爱。透过这些记述，我们不难看出清初这些有影响的文人及其词选无不显示着对词学风气的导引作用。虽不能一一详尽地剖析其内核，依然能借只言片语来探索发现清人接受竹山词的链条。这也从侧面演绎出重大词派之外，竹山词在时人的心目中印象渐深，直至日后走进经典。

邹祗谟青年时期曾与文友专心研治词艺，取唐人《尊前》《花间》集、宋人《花庵词选》及《六十家词》，模仿僻调将遍，如《翠羽吟·为阮亭赋庭前鹦鹉》，并对两宋多用僻调者加以归纳："僻调之多，以柳屯田为最。此外则周清真、史梅溪、姜白石、蒋竹山、吴梦窗、冯艾子集中，率多自制新调，余家亦复不乏……"^②论词与填词互为影响，开拓了探索竹山词调的新视野。一般而言，词话多论思想蕴涵及艺术表现力，较少论及词调者。对于竹山词的研究，这恰是一个饶有兴味的话题。而且，邹祗谟在创作基础上做出的允当评介，值得展开探讨。蒋捷《竹山词》现存九十四首，共用词调五十五种。从选调比例看，北宋创造性强的词人中，张先1.65首/调，周邦彦1.66首/调，柳永1.6首/调；南宋词人喜广用词调者，姜夔1.55首/调，吴文英2.34首/调。词至宋末，多从题材表现及艺术手法上求变，还难得有像蒋捷这样全方位求新奇的词家，即造成竹山词风格多样化的重要

---

①［清］邹祗谟：《倚声初集序》，《续修四库全书》1729册，上海古籍出版社2003年版，第2页。

②［清］邹祗谟：《远志斋词衷》，唐圭璋：《词话丛编》第一册，中华书局1986年版，第643—645页。

原因，与使用词调的多寡不无关系。而蒋捷所选词调，也呈现出不同特点，概分为三类：其一，有承袭旧调者，这些词调作者较多，在两宋影响广泛，如《贺新郎》《沁园春》《念奴娇》《水龙吟》等慢词长调，以及《蝶恋花》《虞美人》《一剪梅》等中调小令。其二，因旧创新者，沿用旧调而益其节拍，增其韵叠或变小令，或沿中调而成者，如蒋捷笔下的《梅花引》，与宋人向芗林的同调词句法不合。由此，蒋捷精于音律，乃另立一体。其三，自度新调者，即未经前人或时人使用的词调，如《春夏两相期》《翠羽吟》等。蒋捷词中多第二种情况，我们通过下面表格可见详情。它清晰地勾勒出蒋捷熟谙音律、自由按律的创作状态。

表 2-1 《全宋词》视域下蒋捷僻调运用频率

词调名称	《竹山词》使用数量	《全宋词》词牌正名总数	《词律》录用体式情况
女冠子	2	7	二体 112 字卷三
大圣乐	1	7	二体 110 字卷十九
金盏子	1	9	亦论及《竹山词》
昼锦堂	1	9	仅一体 102 字卷十七
珍珠帘	1	20	
高阳台	4	26	
春夏两相期	1	1	仅一体 100 字卷十六
绛都春	1	20	
尾犯	1	11	二体 59 字卷十四
探芳信	1	11	
梅花引	1	14	
祝英台	1	1	
解佩令	1	10	65 字卷九
金蕉叶	1	8	46 字卷四
白苎	1	3	首体 121 字卷二十
步蟾宫	3	20	二体 56 字卷八
燕归梁	1	28	

续表

词调名称	《竹山词》使用数量	《全宋词》词牌正名总数	《词律》录用体式情况
行香子	1	60	二体 66 字卷九
粉蝶儿	1	8	首体 72 字卷十
翠羽吟	1	1	首体 125 字卷二十
应天长	1	22	
玉漏迟	2	19	

在《全宋词》中使用不足三十首的词调，蒋捷竟有二十二种之多，对冷僻词调的大胆尝试几乎占到他全部词调的二分之一①。对同名词调而言，便又创造了别样体式。清初词律家万树和蒋捷乃宜兴同乡，其《词律》中多以竹山词为格律范式，多选竹山词也不仅仅是出于对乡贤的偏爱之心了。由于良好的音律功夫，万树尤其在这些僻调体式上选择竹山词，不仅是出于推许乡贤、标榜流派的意识，也是留意了词学的实际表现。这些冷僻之调，多于南宋时出现，并未经历热闹繁华的场面。词律方面，蒋捷远学清真，近得梦窗，《应天长·次清真韵》《金盏子》等多有交通可论之处。这些词篇规矩森然，不易推开，而他的自度曲《春夏两相期》等更是乐律精严。这自然使得万树为之按语："竹山炼字精深，调音协畅，乃词家榘矱，定宜遵之"②，《四库全书总目提要》选用它作为对竹山词的整体评价，可见评语的影响力。万树对竹山词律神会于心，常常发出"得竹山此篇，甚释前疑"③的感慨，难怪他在《词律》中不遗余力录取蒋捷二十调二十首词了。从这些"又一体"的词调看，有时蒋捷填词以意为主，不拘守词调原有词律句法，而是像苏轼所秉持的通而有变。

---

① 蒋捷词的用调来源、继承发展等详情，可参见赵翊君：《〈竹山词〉用调研究》，河北大学硕士学位论文，2019 年。

② ［清］万树：《词律》［喜迁莺］词调按语，中华书局 1984 年版，第 134 页。

③ ［清］万树：《词律》［大圣乐］词调按语，中华书局 1984 年版，第 422 页。

我们能透过蒋捷词本身的表达发现他确实重视词律、精于音律。受万树的影响，《四库全书总目提要》认为蒋捷的词"炼字精深，调音谐畅，为倚声家之榘矱"①，给予蒋捷词特别高超的评价。词学家冯煦不太同意这些看法，认为蒋捷词中还多有可资讨论之处。持平而论，蒋捷的一些词篇讲究韵律，但难以笼括涵盖全部词作，"倚声家之榘矱"确乎有些过誉了。

南宋后期词坛上，姜夔、吴文英都是制调填词的高手。如姜夔自述："余颇喜自制曲，初率意为长短句，然后协以律"（《长亭怨慢》小序），即依词谱曲。吴文英亦精通乐律，十分注重字词声韵与音乐的协调谐畅。竹山重律爱乐的词学观念令他不时流露出解听乐律的自得："笙月凉边，翠翘双舞，寿仙曲破。更听得艳拍流星，慢唱寿词初了，群唱莲歌。"（《大圣乐·陶成之生日》）②可以说，竹山词句句包含曲、乐、舞等文艺表演情形，保存了宋末民间演唱的音乐资料，这是精通音律、有音乐素养的人才能达到的境地。如果没有专业知识的辅助，读者是很难弄懂这些词句的。另外，如"谱字红鸾，剪烛记同看"（《祝英台·次韵》），"羽调六么弹遍了，花底灵犀暗度"（《贺新郎·赠琵琶者》），"壮年夜吹笛去，惊得鱼龙嘈舞"（《喜迁莺·金村阻风》）等，都包含着这一因素。可以说，蒋捷虽然现存自度曲少，却怀有创调之才，称得上一位格律词人。与此呼应，邹祗谟关注蒋捷等词人的僻调则具有词调史意义。我们以《翠羽吟》为例，予以探究。传世蒋捷词中此调仅存一首，之后亦不曾见，万树对此有"难以考定"之叹。虽然蒋捷的词序言及小梅花曲，但以贺方回《小梅花》、向芗林《梅花引》等词校之，都与竹山词句法不合，

---

① ［清］永瑢等：《四库全书总目》下册，中华书局 1965 年版，第 1822 页。
② 艳拍指官拍以外加插在曲破中的曲拍。张炎《词源》卷上云"叠头艳拍"，卷下载慢曲有叠头曲，并云内有四艳拍。寿仙曲破指裁同大曲长寿仙之后段。

仅与后者有些接近。因此，并不能简单依据调名相似，遽然断定蒋捷词因旧创新、为同一词调的别体。词序内容清晰表明词人因曲填词，演而成章，是自度曲无疑①。词人往往依旧谱填词，因此称自作曲者为自度曲，并有因声填词与即词谱曲等情形。如姜夔《玉梅令》序云："石湖家自制此声，未有语实之，命予作。"即《玉梅令》曲为范成大家所创制，姜夔始填词而变为词调，这就是因声填词，蒋捷的《翠羽吟》正属于这一类。《翠羽吟》的得名，缘于（传）柳宗元《龙城录》所载赵师雄遇仙梅花树下，见有翠羽啁啾于树的故事，并紧扣此词末句"梅花未老，翠羽双吟，一片晓峰"，所以应为自度曲。词调上下片常不同，但也不能比例失调。《词律》后附《词律拾遗》云"此词似应于红字分段"②，有一定道理，否则前短后长了。

（二）关于词韵词体

竹山词词律细密，万树对此多有辨识，认为应该和律入乐，而且，竹山词中有追求音律谐婉的明证，三首福唐独木桥体词作读来扑面生新，令人拍手称奇③。清代许多词话或有论述，吸引了众多目光。这一词体缘何受到蒋捷的青睐，又如何进入读者视野的呢？为称引方便，引词如下：

瑞鹤仙·寿东轩

　　玉霜生穗也。渺洲云翠痕，雁绳低也，层帘四垂也。锦堂寒早近，天炉时也，香风递也。是东篱、花深处也。料此花、伴我仙翁，未肯放秋归也。　　嬉也，缯波稳舫，镜

---

① 《汉书·元帝赞》云："自度曲，披歌声。"宋代王观国《学林》卷三"度曲"条谓："《赞》所谓'自度曲'者，能制其调也。'披歌声'者，以所制之音调播之歌声，而皆合其节奏也。"

② ［清］万树：《词律》卷八，中华书局1984年版，第623页。

③ 关于独木桥体的界定及分类，可参见钱建状、刘尊明：《一种独特的词体——"福唐独木桥体"考辨》，《古典文学知识》2002年第3期。

月危楼，醁琼酡也。笼莺睡也，红妆旋舞衣也。待纱灯客散，纱窗日上，便是严凝序也。抚青毡、小帐围春，又还醉也。

水龙吟·效稼轩体招落梅之魂

醉兮琼瀣浮觞些。招兮遣巫阳些。君毋去此，飓风将起，天微黄些。野马尘埃，汗（一作污）君楚楚，白霓裳些。驾空兮云浪，茫洋东下，流君往、他方些。　　月满兮西厢些。叫云兮、笛凄凉些。归来为我，重倚蛟背，寒鳞苍些。俯视春红，浩然一笑，吐山香些。翠禽兮弄晓，招君未至，我心伤些。

声声慢·秋声

黄花深巷，红叶低窗，凄凉一片秋声。豆雨声来，中间夹带风声。疏疏二十五点，丽谯门、不锁更声。故人远，问谁摇玉佩，檐底铃声。　　彩角声吹月堕，渐连营马动，四起笳声。闪烁邻灯，灯前尚有砧声。知他诉愁到晓，碎哝哝、多少蛩声。诉未了，把一半、分与雁声。

一部《全宋词》，福唐独木桥体的词作为数并不太多，而蒋捷竟然试手三次，不能不感叹他的好奇性情与造语能力。罗忼烈先生较早分析宋词杂体现象，他认为中国古典诗歌体式中的杂体创作心态，"一则由于诗人好奇，爱创新，另制新体，争奇斗胜。二则由于以难见巧的心理，要在既有的格律限制之外，加上更多的限制，能人之所不能"①，这是理解杂体词创作心理的重要方面。学界对蒋捷好奇的词学追求也有论述，并云"此词的创作一方面说明蒋捷艺术功底之高深，一方面又充分说明其于词的创作

---

① 罗忼烈：《两小山斋论文集·宋词杂体》，中华书局1982年版，第133页。

方面确有'好奇'的审美趣尚。这首词体奇特风格也因之而颇为奇特的词作，正因其奇而成为《竹山词》中一道可喜的风景"①。清人许多词话涉及了这一问题，贺裳发出贬抑之辞"奇耳，固未为妙"②，沈雄认为"奇耳，未见当行"③，对此类奇词交口称赞，都把这些词视作别体、杂体，而非本色之词。事实上，这样的定位没有什么错误，只是他们都没有挖掘出词人好奇之外的另一层词学探索意义。《水龙吟》首先是骚体，句中间以"兮"字，其次为独木桥体。押韵的目的是声韵的和谐，探究这一杂体词的根本也应在其声韵方面。借用辛弃疾同调词序："用些语再题瓢泉，歌以饮客，声韵甚谐，客为之醺。"原来是为了追求声韵谐婉的歌唱效果，而且兼具酒令的功效，这也是《四库全书总目提要》称赞蒋捷词"音调谐婉"的一个表现。上述前两首词韵脚处各用"也""些"字，真正的韵脚乃虚字前面的实词，这种双音节韵，为"长尾韵"，是由句子里的"句中韵"和句末的"独木桥韵"结合而成，给人抑扬起伏、余味不尽的美学感受。咏叹时重心在实字韵，虚字轻轻发出，抑扬顿挫，古雅峭拔。这种用韵方式并非始自词篇，早在上古歌谣及诗歌里就已经出现了④。长尾韵在上古诗歌中广泛使用，至于用到近体诗、词，因受平仄对仗等格律形式的限制，押长尾韵则有些困难了。

蒋捷能在重围中有三首力作，声韵上的谐趣色彩与他积极追求韵法格律相关联，如《水龙吟·效稼轩体招落梅之魂》这样的招魂体与表达同样感情的《法曲献仙音·落梅》相比，蒋

① 路成文：《竹山词研究》，湖北大学 1998 年硕士学位论文，第 40 页。
② [清] 贺裳：《皱水轩词筌》，唐圭璋：《词话丛编》第一册，中华书局 1986 年版，第 74 页。
③ [清] 王又华：《古今词话》，唐圭璋：《词话丛编》第一册，中华书局 1986 年版，第 949 页。
④ 陆子权：《论我国上古诗歌中的长尾韵》，《文史哲》1980 年第 2 期。

捷词以不合常规的用韵凸显一种古雅萧骚之气，丝毫不减故国深痛与末世挽歌意味，在追求高洁志向的衬托下平添历史的厚重感。《声声慢·秋声》是三首中最富声情的词篇，其妙处绝不逊于欧阳修的《秋声赋》。蒋捷选用此调，借用词调声声催人、慢慢难挨之意来写秋夜难尽的愁绪。读者熟知李清照的《声声慢》，并推许为历代佳作。蒋捷则在名作之上复有创获，即用以长尾韵，全篇以"声"字为韵脚，之前仍有真实的韵脚，不同于前两首结以虚字。这种用韵形式还为清人仿效，厉鹗有一首《瑞鹤仙·咏菊为楞山生日效蒋竹山体》，女词人们对词调《声声慢》情有独钟，涌现出徐灿《声声慢·感怀》"寒寒暖暖"、许德苹《声声慢·秋情》"重重觅觅"，以至晚清赵我佩《声声慢·秋声仿竹山》"萧萧飒飒"等系列佳构，某种程度上超越了李清照词的影响力，尤其是赵我佩的《声声慢·秋声仿竹山》：

> 萧萧飒飒，惨惨凄凄，飞来何处秋声？似雨还风，梧桐叶底寻声。香老豆花篱角，怕吟蛩、絮出秋声。蕉窗畔，漏疏灯一点，微逗书声。　　惊起惺忪茶梦，是相如病渴，炉沸泉声。片月长安，万家同捣衣声。今夜板桥霜冷，唤行人、野店鸡声。荒城外，听鸣笳、寒杂漏声。[①]

这首词情景交融，意蕴深沉。不但叠字翻空出奇，而且摹拟竹山词体，声情谐婉，为博采众长的创新词篇。因此，独木桥韵不仅仅流于形式的创变"奇"，形式背后的声情才是词心所在，这显然是清代词学解读竹山词所欠缺的一部分。而艺术体式的模仿，某种意义上是借他人之酒杯，浇自己心中之块垒，又为竹山词体式特征的逐渐鲜明付出词学贡献。明末清初蒋捷词渐被包括遗

---

① 分别见《拙政园诗余》卷下、《和漱玉词》和《碧桃馆词》，［清］徐乃昌校刻：《小檀栾室汇刻闺秀词》，浙江大学出版社，2018 年版，第 459 页。

民在内的词人们加以关注，常常运用次韵唱和的方式走近蒋捷，《声声慢》是一典型。除去上述徐灿、许德苹、赵我佩之外，还有仲恒及其《声声慢》"冬夜对月，依蒋捷用平声韵"等，一并构成对于蒋捷《竹山词》的受容图景。当然，这些创作也反映了清代词坛求新求奇、创造变革的艺术倾向性，同时具有词体史的意义与价值。

总之，无论词调、词韵、词体，清代词学都有相应的认识评介和创作实践，对提升《竹山词》的词学史地位意义重大。

三、论"词雅则音谐"

面对晚明以来词曲不分、渐入衰敝的词学局面，清初许多词人振衣而起，努力探索词学中兴之路。为摆脱明词窠臼，清初词坛经历着变革运动不断涌起的时代熏染。其中，不乏词人学者研炼两宋词时对蒋捷的论述。在阳羡词派创派之先，已有若干品评表达着时人对竹山词的看法，是为清人较早关注竹山词的开始。

清初云间派推崇北宋，鄙薄南宋词。毛奇龄（1623—1716），字大可，号西河，人称"浙中三毛、文中三豪"，"三毛"即毛先舒、毛奇龄、毛际可；作为学人之词的班首，毛奇龄在当时词坛影响很大。无论填词论词，毛奇龄多以古雅为准。至于对待竹山词，尤其词的俗味，常常付以嘲笑之辞。有一则词话极为经典，引录于兹：

> 崇祯甲寅（按：崇祯无甲寅，或甲申之讹），京师梨园有南迁者，自诉能弦旧词。试其技，促弹而曼吟，极类挡筝家法，然调不类筝。坐客授蒋竹山长调令弦，辄辞曰：口俚碍吟叹，何也。时徐仲山（按：即徐釚）贻九日倡和词至，诵而授之，歌裁数过，指爪融畅。询其故，云：吾所传者，

无调而有词，无宫徵而有音声，词雅则音谐，音谐则弦调。由是推之，世之效辛蒋者可返已。菊庄者，吴江徐子电发也。①

这则富有传奇色彩的词话包含着诸多信息：一为《竹山词》在当时拥有一定的读者群，并有较广泛的效仿现象；二为毛氏认同"词雅则音谐，音谐则弦调"，推崇正格，标榜"雅"调与《竹山词》"俚"相对；三为毛氏由此不满蒋竹山甚或辛稼轩之体，并"论辛弃疾、蒋捷为别调"（《四库全书总目·词话二卷提要》）。毛氏以词语是否古雅作为音谐弦调的判断标准，并认为凡俚俗之词便不能弦，可谓偏颇至极。词没有和音乐分离之前，对声律的要求是很严格的，李清照的《词论》认为"歌词分五音，又分五声，又分六律，又分清浊轻重"，之后她还列举一些实例说："且如近世所谓《声声慢》《雨中花》《喜迁莺》，既押平声韵，又押入声韵。《玉楼春》本押平声韵，又押上、去声，又押入声。本押仄声韵，如押上声则协，如押入声则不可歌矣。"②此说或不完备，略可窥见北宋词坛严守音律的状况。而张炎曾经讲述他的父亲张枢不顾内容表达极端讲究音律的做法，即每写成一首词就要让歌者演唱来检验是否协律，否则立即改字③。上述情形也表明，词乐分离前，是否合律与雅俗并无关涉。即使宋末词、乐分离，元明时《竹山词》不甚显著，也未见传唱痕迹，能否演唱足以令人怀疑。况且音谐弦调的区分标准，不以俗雅论定，而与字词声

---

① ［清］毛奇龄：《西河词话》卷一，唐圭璋：《词话丛编》第一册，中华书局1986年版，第565—566页。按：词话记载不一，《词苑萃编》卷十八"徐釚九日词"与此段相仿，言及徐釚处乃用菊庄，应以西河词话为准。

② ［宋］李清照撰、王仲闻校注：《李清照集校注》，人民文学出版社1979年版，第195页。

③ ［宋］张炎：《词源》卷下，唐圭璋：《词话丛编》第一册，中华书局1986年版，第256页。

律相关。片面地以词雅音谐为标准而否定蒋捷词的艺术价值，实在有些向壁虚构的性质。毛奇龄从何而谈"词雅则音谐，音谐则弦调"呢？要真正理解这则故事的真谛，还得从毛奇龄的词学观谈起。

毛奇龄在词学上师法隋唐和北宋，虽然"《菩萨蛮》《小重山》之古，而多为宋人取填者，亦不入焉"，他尤其反对取法南宋诸家，在《鸡园词序》中对陈维崧的此类词作表示出一些不满："迦陵陈君偏欲取南渡以后、元明以前，与竹垞朱君作《乐府补题》诸唱和，而词体遂变"①，认为这样所为之词必非正体，与毛奇龄尊北宋抑南宋的词体正变观念合拍。由此，有助于我们理解他对待蒋捷词的好恶。此外，经查检，徐釚现存两首九日词，一为《画屏秋色·重九登姑苏城上作》，一为《秋霁·九日灵佑宫登高，和棠村公作》。显然，词话中所云九日唱和词，即为后者。但它并非如词话所说词雅云云，大概因为徐釚词宗南宋张炎等骚雅词人，于是借机搬演。由此，劝诫时人放弃对辛、蒋词的仿效不过是一家之言。囿于此种词学观念，毛奇龄对他人论及《竹山词》处，也常常持否定态度。其友沈谦著有《词韵考略》，论云："因而浏览旧词，求索同异。北宋则以六一、珠玉、小山、淮海、东堂、清真数公为主，而旁参东坡、山谷。南宋则以放翁、白石、梅溪、竹屋、竹山、玉田数公为主，而旁参稼轩、改之诸家。至于唐之温、韦，五代十国之和、毛、孙、冯为倚声家鼻祖，押韵固无可议。"②毛奇龄则认为"有功于词甚明，然反失古意"，"了无依据，不足推求"③，一切执意从古雅出发，株守一

①［清］毛奇龄：《西河文集》，《清代诗文集汇编》第八十七册，上海古籍出版社2010年版，第301页。

②［清］张思岩、宗棣辑：《词林纪事》附录，成都古籍书店1982年版，第7页。

③［清］毛奇龄：《西河词话》卷一，唐圭璋：《词话丛编》第一册，中华书局1986年版，第568页。

家之言。沈谦长于词曲之学，"其词时时阑入元曲"①，应当喜好同种色调的《竹山词》。沈谦对清代词学的贡献卓越，还著有《词学》《词谱》《填词杂说》《沈氏古今词选》等大量词学著作。尤其《词韵考略》获得了广泛认同，并成为后来者编著词韵的重要基础。《四库全书总目·词韵二卷提要》的评价可为代表："词韵旧无成书，明沈谦始创其轮廓。"后来，阳羡派万树编定《词律》时多取《竹山词》，其意恰与沈谦暗合。而毛氏的泥古习气反常常遭人讥议，如晚清谢章铤考察其宗旨意趣，对此曾有清晰辨识：

> 毛西河少年受知于陈卧子（按：陈子龙），故词诗皆承其派别，而词较胜于诗。卧子之论词也，探源《兰畹》，滥觞《花间》，自余率不措意。西河虽稍贬辛、蒋，而不废周、史。其词于小令、中调、长调之中，析隋唐题特立一卷，曰"原调"，虽《菩萨蛮》《小重山》之古，而多为宋人取填者，亦不入焉，可以知其意趣之所在矣。②

毛氏论宋词应有定韵，这种看法亦有胶柱鼓瑟之嫌。许多北宋词家对词乐相当熟悉，凭直觉即能谐音协调，无须依定韵书便自能工，宋人朱希真所拟《应制词韵》十六条久佚的原因之一即在于此。因此，显而易见毛奇龄对蒋捷的认识有所偏颇。

文学评论是一把双刃剑，文学演进中即使有相反的声音并不可畏。这同样适用于词学范畴，只要词人的影响始终都在，褒扬和贬抑的双重磨砺下，《竹山词》愈加迸发出特殊的光彩。

---

① ［清］谢章铤：《赌棋山庄词话》卷八，唐圭璋：《词话丛编》第四册，中华书局1986年版，第3423页。
② ［清］谢章铤：《赌棋山庄词话》卷四，唐圭璋：《词话丛编》第四册，中华书局1986年版，第3364页。

第三节

《竹山词》词学地位的正式确立

　　明清易代，鼎革之际，宜兴一带文人高士的悲慨苍凉郁结于心，他们作出的时代选择就是情系竹山，尤其在"国家不幸诗家幸，赋到沧桑句便工"的忧患情怀下，对蒋捷的接受成为自然选择。也正如严迪昌先生所言："蒋捷身经南宋沦亡，传统的'夏夷'之别观念和现实的哀鸿遍地，家园崩析、流离失所之悲，在时空特点上太容易触发清初阳羡人氏的联想，历史几乎呈现出类似循环往复的景观。所以，这位乡先贤，并是本籍世族在词史上第一个辉耀今古的名词人，其流风余韵必然将发生撼人的影响。"① 至于影响如何，严先生受主题所限没有来得及细细阐述。如此，我们可知蒋捷"竹山"名号的委婉内涵，直到阳羡词人才真正发现其情韵，并在群体的效法历程中渐渐凸显。如果说，上述曹尔堪、钱芳标等词人略窥《竹山词》于一斑，此时阳羡词人们则带着认真的态度广师众取，蒋捷其人与其词的萧骚狷介成为他们崇尚的重要精神。

　　清词之所以复兴并形成不同词派，与重要领袖词人的摇旗呐喊自然相关，还因历史上的乡贤也会被树为旗帜，这凸显出不同地域文化口味的重要性。早在《礼记》中就提出文化区域差异性："凡居民材，必因天地寒暖燥湿，广谷大川异制，民生其间者异俗，刚柔轻重，迟速异齐，五味异和，器械异制，衣服异

① 严迪昌：《阳羡词派研究》，齐鲁书社 1993 年版，第 50 页。

宜。修其教，不易其俗；齐其政，不易其宜。"此种差异性影响文化心理，使敏感细腻而寻求精神寄托的文士更加重视乡贤词人，这在阳羡派的形成发展上尤为典型。参照叶恭绰《全清词钞》、严迪昌《近代词钞》，有清一代及近世出于江苏的词人数量最多，在词派词人呈现文化区域态势的历程中，蒋捷为阳羡派吹响了集结号。

清初阳羡词派由盛至衰虽仅四十多年时光[①]，以陈维崧为宗主，环绕在他周围的阳羡一邑的词人即达百人之多，《瑶华集》《荆溪词初集》可见其盛。这一词派除去景仰苏、辛之外，因与蒋捷同里且际遇相似，于是在地域文化、艺术传统的历史积淀影响下，表现出对宋末乡贤蒋捷气节、词风的无限推崇。不仅陈维崧自称"阳羡受业"[②]，蒋景祁也以阳羡后学而自豪，专心效法竹山词，并为促成这一地域性词派的形成而振臂高呼。《荆溪词初集》是清初一部重要的大型词集，蒋景祁在序言中的陈述，不啻标榜流派的有力宣言：

> 曹子耕选刻《荆溪词》始自戊午，予尝共事焉。选未竟而浪游楚燕者数年，及归而其书已成，予复稍为更定之而叹曰：甚哉！吾荆溪之人文之盛也。吾荆溪……以词名者则自宋末家竹山始也。竹山先生恬淡寡营，居漏湖之滨，日以吟咏自乐，故其词冲夷萧远，有隐君子之风，然其时慕效之者甚少。以观今日填词家自一二士大夫而下，以至执经之士，隐沦散逸，人各有作，家各有集，即素非擅长而偶焉寄兴，单辞只调亦无不如得其性之所近。聚于所好，故习之者多；性之所近，故工焉者众。荆溪故僻地，无冠盖文绣为往

---

① 即1650—1695年，见严迪昌：《阳羡词派研究》，齐鲁书社1993年版，第6页。
② ［清］陈维崧手书词稿《满庭芳》，见严迪昌：《阳羡词派研究》插页一，齐鲁书社1993年版。

来之冲也，无富商大舶移耳目之诱也，农民服田力穑，终岁勤劢。子弟稍俊爽者，皆欲令通诗书，以不文为耻。其文人率多斗智角艺，闭户著书，盖其所好然也，好之专，故其气常聚。而山川秀杰之致，面挹铜峰之翠，胸涤双溪之流，宜其赋质淳逊，尘滓消融也。故曰其性之近也。①

严迪昌先生曾借此概括，《荆溪词初集》是"一次自我检阅的群体结集，从一定程度上说也是镌额题碑似的历史性的总结"，这部总集真实反映了阳羡一派的创作实绩，显示出这一词派的地域性构成，是阳羡派形成的正式标志。而序言则不仅为蒋景祁的一家之言，可谓词派诸人理论、实践的抽绎与总括，其重要性在于它以明晰的线索、理性的概括勾勒了阳羡一地继蒋捷之后的词风流韵。

初期的阳羡词人多是有不平之气的遗民文士，恰与蒋捷异代同悲，这不能不引起心灵的共鸣，强大的文化趋同性给冷清已久的蒋捷注入了得以延展的词学活力。对蒋捷高洁人品的景仰是接近这一词人的开始，而同样的文人身份又使得他们对萧骚凄清的《竹山词》渐渐神会于心。如阳羡词人董儒龙云"《梧月》《竹山词》一派，近与迦陵伯仲"②；曹贞吉云"竹山……领袖词场南渡"③；万树《词律》多推举蒋捷词等，清晰地显示出这些词人标榜蒋捷、意欲成派的创作意识。后来词派殿军郑板桥尚有"晚年学刘、蒋"④之语，兼顾词与人生。而蒋捷的遗民情怀（人品）、

---

① [清] 蒋景祁：《荆溪词初集序》，见严迪昌：《清词史》，江苏古籍出版社1999年版，第170—171页。
② [清] 董儒龙：《柳堂词稿》之《贺新郎·酬蒋开泰以尊人京少新刻〈罨画溪词〉见赠》，《全清词·顺康卷》第十五册，中华书局2002年版，第8612页。
③ [清] 曹贞吉：《珂雪词》卷下之《摸鱼子·寄赠史云臣》，《全清词·顺康卷》第十一册，中华书局2002年版，第6522页。
④ [清] 郑板桥：《郑板桥全集·词钞自序》，中国书店1985年版，第2页。

"冲夷萧远"（词品）正合口味，自然增强了这些词人对蒋捷的亲和力。

蒋捷对阳羡词风及词派的形成功不可没。以陈维崧、史惟圆等人的词作为代表，显示出对竹山情韵的继承。他们推许辛、蒋，而堂庑渐大，境界随之加深，所谓拈大题目，出大意义者。至此，《竹山词》正式置于文人案头，广为传播开来。

一、竹山乡里陈维崧

陈维崧是阳羡词派的领袖，对阳羡词派的意义几乎超出了其文学创作本身。如从词作反观陈维崧，他对竹山词的推崇以至学习，于词派的形成和完善无疑影响深远。陈维崧对蒋捷的关注，主要表现在品节与词学方面所获取的能量，这些也是整个阳羡派对于这一典范的师法途径。作为明末遗民的后裔，家庭熏陶和时代变迁使陈维崧一生标举气节，仰慕南宋辛稼轩，重视豪宕之气的养成。加之宋末乡邑词人蒋捷产生的巨大影响，这些无不化解入词，形成了陈维崧词篇中的竹山词味。

陈维崧，字其年，号迦陵，现存词 1664 首。从词作题材而言，其丰富性令古今词人望而却步，几乎达到了无意不可入、无事不可言的地步，举凡酬唱忆旧、即事观景、艳情排闷、游戏咏物等皆涉笔成词，令人惊叹这位"词坛飞将"非凡的填词才能以及风格的多样化。具体到他的词学渊源，清人孙尔准受浙派领袖朱彝尊的词学影响，有绝句云："词场青兕说髯陈，千载辛刘有替人。罗帕旧家闲话在，更兼蒋捷是乡亲。"[①] 其实，不仅是出于乡贤尊崇，内心情韵的契合才使陈维崧承继蒋捷的流风余韵。陈维崧瓣香稼轩的同时，多首词中闪动着蒋捷《竹山词》的影子。如直接间接化用蒋捷词句者：

---

① 孙尔准：《泰云堂集》，上海古籍出版社 2002 年版，第 556 页。

《剔银灯·记得升平佳丽》："圆月打头，暗尘随马"，袭用蒋捷《女冠子·元夕》："暗尘明月"。

《满庭芳·咏腊梅，和京少韵》："春来也，红红白白，让尔冠群芳"，袭用蒋捷《昭君怨》："担子挑春虽小，白白红红都好。"

《水调歌头·立秋前一日述怀柬许岂凡》："一笑万缘轻。夫子知我者，试与说生平。"袭用蒋捷《少年游》："老去万缘轻。只把平生，闲吟闲咏，付与棹声。"

陈维崧专力攻词，尤其留意词调声律。他喜欢填制联章体，《贺新郎》一调在迦陵词中有130多首，《满江红》也近百首，这些气势宏阔、倾泻积郁的词调在辛弃疾、蒋捷词中出现的频率也是较高的。另如以《蝶恋花》一气填下24首咏叹荆南风物，并索史惟圆、徐喈凤等人唱和，极力拓展词体的弹性限度。他选用词调不仅作联章体，且常有次韵之作，或次宋人清真、稼轩等词韵，或仿东山体、梅溪体，或用时人蒋景祁、史惟圆等词韵，连绵不绝，蔚为壮观。上述选用较多的词调中，便时常映出这样的现象，由此也可想见迦陵词以气夺人的一方原因。而陈维崧之所以喜欢他韵或用其韵法，借《贺新郎》"事已流波卷"小序可知其内心隐微："春夜偶读香严此词，往复缠绵，泪痕印纸，因和集中秋水轩唱和原韵，以志余感。昔夫子填此韵最多，集中常叠至数十首，今者填词用此，亦招魂必效楚声之意也……"在这样的创作心态驱使下，陈维崧把握竹山情韵的一个法宝即例用其韵，尤其是卦洒韵，词集中使用较多，大概有31次。这一韵式基本出现在偏于豪放风格的慢词长调中，如《贺新郎》等，常用的韵脚字为画、下、挂、帕、话、打等仄声韵。即使大多数词作并未标明用竹山词韵，这三十余次的同韵词体现出陈维崧对蒋捷词韵词风的追随，对其风格的形成也不啻一味润滑剂。迦陵词中有两首词清楚注明词韵之源，其中一首是《女冠子·癸丑元夕，用宋蒋竹山韵》，现并录蒋、陈二词如下：

蒋捷词

蕙花香也。雪晴池馆如画。春风飞到，宝钗楼上，一片笙箫，琉璃光射。而今灯漫挂。不是暗尘明月，那时元夜。况年来、心懒意怯，羞与蛾儿争耍。

江城人悄初更打。问繁华谁解，再向天公借。剔残红炧。但梦里隐隐，钿车罗帕。吴笺银粉砑。待把旧家风景，写成闲话。笑绿鬟邻女，倚窗犹唱，夕阳西下。

陈维崧词

上元晴也。盈盈霁景堪画。夹城况有，琼苞千斛，翠灇双查，冷辉交射。一轮圆玉挂。越显人间天上，十分良夜。想谁家、年少此际，正逐暗尘嬉耍。

六街春谜慵猜打。叹浮生故国，难把前欢借。蜡珠红炧。总湿透昔日，传柑双帕。春罗愁细砑。也料写他不尽，十年前话。约东风送梦，惹人重到，旧樊楼下。

蒋捷词在清初被次韵最多的是元夕词《女冠子》，其《女冠子》某些词句有些渊源，尤其暗尘随马、火树银花的上元典型景象首源于初唐苏味道的《正月十五夜》，中间可能受到苏东坡《蝶恋花》"更无一点尘随马"、周邦彦《解语花》"钿车罗帕，相逢处，自有暗尘随马"的熏染，体现出艺术原型的影响力。同样的元夕词，以往太平盛世时的狂欢之夜陡然变成感伤国家兴亡的哀惋之曲，人间喜剧转化为人生悲剧，甚至比素来以沉痛闻名的刘辰翁元夕词《永遇乐》更为深刻。这样一首具有遗民文化、易

代之痛的词篇，在异代同慨词人的内心往往能掀起波澜，经典的力量让逝去的歌声再度唱起来。与宋末其他几家相比，蒋捷的这首元夕词得到了清初词人更多的关注。其年词题标明元宵节的词作近20首，如同解读竹山词中的同类篇目，它们都已超越节序词的基本层面，被赋予时代内涵和词人情感，俨然遗民情怀中今不胜昔的委婉曲调。对比之下，我们觉得其年的这首借竹山词韵的梅开二度之作，无论情感内蕴还是艺术表现力都要更胜一筹，这种对文学经典的再度创作，绝非一般意义上的酬唱步和，而是词人精心选择后的慎重应答。正如清人廖燕所言："题目是众人的，文章是自己的，故千古有同一题目，无同一文章。"①与此映照，同派词人徐喈凤仰慕蒋捷词，填有《女冠子·元夕病足自嘲，用蒋竹山韵》②；史惟圆的同调词更有意思：《女冠子·元夕和其年用竹山韵》③，虽为唱和词，同时步和二人词韵，却有双重含义，近承迦陵、远溯竹山，恰成为阳羡词派理论建构的一个明证。

其次，看陈维崧的第二首词：《垂杨·上巳万柳堂雨中即事，用竹山词韵》，援引如下：

> 花间微雨，响苏苏几点，乍听还小。径冷泥香，凤城佳节用踪悄。记曾骑马横门道。有夹路、红深翠窈。甚前番、社鼓饧箫，到今来偏少。　　挤把春光湿了。枉青粉墙西，酒旗斜袅。扑蝶湔裙，梦华遗事何人晓。落红旋被东风扫。扫不去、闲愁缥缈。纵然晴也，奈浓春渐老。④

①［清］廖燕：《松堂集·山居杂忆》，引自杨海明：《"题目是众人的，文章是自己的"——漫谈宋人七夕词》，见方智范、方笑一选编：《词林展步》，江西教育出版社1999年版，第241页。

②南京大学中文系编：《全清词·顺康卷》第五册，中华书局2002年版，第3070页。

③南京大学中文系编：《全清词·顺康卷》第七册，中华书局2002年版，第3837页。

④南京大学中文系编：《全清词·顺康卷》第八册，中华书局2002年版，第4048页。

显然，作为自度曲，陈维崧的《垂杨》词句式极类《绛都春》调，而且韵法袭用竹山词《玉漏迟》《花心动》《探芳信》《解佩令》等，用韵颇密。本来，此韵情调缠绵婉转，其年词中喜用此调，也不仅仅限于这一首，如《燕山亭·和韵魏禹平同京少戢山次山赋》等。这样，词调风味不同于那些有豪宕之气的作品，对陈维崧词作风格的多元化产生一种悄然的渗透力。至于《一剪梅·吴门客舍初度作》，复为仿效竹山词调、体式及韵法的作品，限于篇幅，不再一一详举。但正如严迪昌先生所言："蒋捷的畸人高士的形象和狷介品格，已非某一个氏族的行为楷模，而成为阳羡文士的普遍认同。他的《竹山词》所特具的情韵，也被渗透入微地化合进了阳羡词人群心声，绝非一般词家作品中的'次竹山韵'所可比拟。"①

此外，其年词中尚有多种例学竹山词韵之作，这也从侧面反映出他对竹山词一定意义上的追步与神往。如《醉太平·戏咏钱，效宋人独木桥体》四首，宋人独木桥体词作，以稼轩、竹山二人之作最为知名。这一词之杂体，其别样本质在于用韵不同于一般词篇，它以每一韵脚押同一字为表征，形成声情甚谐的特色，对此前面已有申述。陈维崧本来留意竹山词韵，对于独木桥体这样特殊声韵的艺术体式，自然不会错过尝试的机会。令人遗憾的是，词人出于戏谑心理，这些词篇的市民化色彩和较简陋的词艺是难以使之步入大雅之堂，并得到以崇雅为主流的历代词评家认可的。陈维崧另外一首《醉太平·题孙无言半瓢居》，各韵脚用一"瓢"字，诙谐滑稽，在声情外兼具几分游戏色彩。如果就这些俳谐词的优劣高下而论，大概指摘多于褒扬。作为俳谐词，选择这样的词韵形式，反而是合情合理了。蒋景祁多年追随陈维崧，很熟悉陈维崧早年所作并有所删削的词作。他在《陈检

————————
① 严迪昌：《阳羡词派研究》，齐鲁书社 1993 年版，第 53 页。

讨词序》中说:"刻于《倚声》者,过辄弃去,间有人诵其逸句,至哕呕不欲听。"陈维崧有意存留这些作品,也侧面反映他好奇而通俗的意趣。就影响而言,竹山词韵的影子还是存在的。陈维崧曾经批评当时词坛敷粉弄珠的不良风气:"多少词场谈文藻,向豪苏、腻柳寻蓝本。吾大笑,比蛙蝇。"(《贺新郎·题曹实庵〈珂雪词〉》)通读迦陵词,我们不禁为它的大气磅礴所震撼。而他即使仿效也能够出入其间,不为斤斤词句缚住手脚,多能越其形达到出神入化的地步。透过这则题词事例,阳羡派首领为浙派词人曹贞吉(实庵)叫好,再度印证了不同词派之间的融合交流,避免了一味画地为牢而束缚自我视域的不良状况。

二、梧月竹山词一派

蒋景祁(1646—1695),初字次京,改字京少(又作荆少),江苏宜兴人。

蒋景祁是阳羡派继陈维崧之后又一位成就卓著的词学家,两人际遇相似、词风接近。作为重要的词学贡献之一,蒋景祁追随侍从同乡名宿陈维崧,不仅接受重托保存整理了陈维崧的遗著手稿;还捐资刊刻了由浙西词派领袖朱彝尊提供的《乐府补题》,作为宋末遗民的重要唱和词集,直接影响了清初以来的词坛风气转变;更为关键的是,蒋景祁编选了大型词选《瑶华集》,成为继《倚声初集》等之后影响巨大的清初词集。《倚声初集》的主编者是阳羡派主将曹亮武,他系陈维崧二姑父之嗣子,填词遵循陈维崧开创的雄放清峻风调,《四库全书总目提要》词曲部存目仅收录曹、陈这两位词人。蒋景祁所编《瑶华集》,他自述编纂意图说:"国家文教蔚兴,词为特盛。《倚声集》上溯庆历,比于诗之陈隋。此集惟断自六七十年来,词人出处在交会之际,无不甄收,与《倚声》所辑,时代稍别。"这部词选本着"萃当之美"

的原则，没有门户偏见，收录清初名家词人 507 家，词作 2467 首，并且附有词人简表和基本情况，"康熙前期所呈现的百派交汇、分流竞秀的词坛繁荣景观基本上得到了翔实的反映。又因为博彩广集，《瑶华集》提供了数量可观的诸家集外辑逸篇什，至于文字的足供校补，保存了作品的原貌，也是整理汇编《全清词》的重要典籍之一"①。这对于清初词坛的研究提供了重要参考资料，对于阳羡词派的形成和发展具有学词教科书的意义，由此集结了诸多同乡词人和流寓宜兴的词家，从而阵容壮观、影响深远。

　　蒋景祁自称阳羡后学，并把他的词集之一命名为《罨画溪词》，还自称罨画溪生。罨画溪，位于蒋景祁的家乡江苏宜兴，是古今驰名的风景名胜，这种起名纯粹带有对于家乡的无限珍视爱赏之情。蒋景祁对乡贤蒋捷尤其尊敬，一并推崇其人品词品。如蒋景祁在给曹亮武编选的《荆溪词初集》序中所言："甚哉！吾荆溪之文人之盛也。吾荆溪……以词名者则自宋末家竹山始。竹山先生恬淡寡营，居滆湖之滨，日以吟咏自乐，故其词冲夷萧远，有隐君子之风。"②阳羡一地的词人无不浸染竹山词风。作为康熙前期阳羡派的拔萃词人，蒋景祁奉蒋捷为远祖，这样的鼓动自然产生强烈的乡邑地域影响，而蒋捷词中的凄清冷逸的遗民味道与清初易代之际文士忧伤不平的心境合拍，因适逢风云际会蒋捷及其《竹山词》逐步由蛰居而展露光彩。可以说，清初词坛接受蒋捷者不乏其人，阳羡派诸位词人对于这位乡贤的情意显然是深切而别致的。

　　对竹山词韵的热衷追随，还须从蒋景祁的生活遭遇谈起。另一阳羡词人董儒龙，作为蒋景祁平生的见证者和阳羡派兴盛衰

---

① 严迪昌：《清词史》，江苏古籍出版社 1999 年版，第 236—237 页。
② 同上书，第 171 页。

败过程的当事人，历来被视为这一词派的殿军。他曾满怀深情地填词二首，对蒋景祁的生活遭际和词学渊源予以评说，现引录如下：

贺新郎·酬蒋开泰以尊人京少新刻罨画溪诗词见赠

公子才名重。忆童年。梦征红杏，人呼小宋。梧月、竹山词一派，近与迦陵伯仲。此犹是、先生余勇。若论襟期与姿制，视群儿、如虱居裈缝。谁不拟，栋梁用。　予生里社欣相共。奈萍踪、游而落拓，归而衰冗。耳熟画溪新句好，忽听打门来送。又喜见、凤毛有种。李广难封休介意，百千年、霹雳传飞控。须自慰，酌春瓮。

贺新郎·挽蒋京少，即次前韵

身与名谁重。念君家身生王谢，名齐屈宋。亮节相承三径远，竹下从游二仲。分旗鼓词坛角勇。壮志未酬旋委顿，痛长眠、难补娲天缝。身既殁，名何用。　炙鸡絮酒良朋共。想群公远来会葬，不分闲冗。那忍目专钱污孝子，惟咏诗篇赠送。慨予发、亦成种种。华屋山丘动悲思。过西州、挽住青丝控。歌当哭，击斋瓮。①

蒋景祁少年即有才名，"忆童年、梦征红杏，人呼小宋"（《采桑子·答容若》）未料身世多蹇，壮志未酬便遁入困顿。他曾一度漂泊，"两度京华，三年湘汉"（《一寸金·忆故园菊和次山叠清真韵》），这种悲喜交加、酸风凄雨的遭遇使得词人不免跌入悲怆的心境，自然到他深深仰慕的《竹山词》中寻找寄托。

由于地域文化、时代风尚的浸染，以及词人间的酬唱影响，

---

① 南京大学中文系编:《全清词·顺康卷》第十五册，中华书局 2002 年版，第 8612 页。

蒋景祁在《荆溪词初集》序中曾云"聚于所好，故习之者多；性之所近，故工焉者众"。事实上，他的词主要汲引竹山词的萧骚清郁之色，如《临江仙·归舟未发，蓼州信宿月下》《遏方怨·自郑州至临颍书所见》《瑶华慢·文园病起》等等，莫不如此。他和同派其他词人一样，多过着"刻烛高歌，敲壶成节"（《丹凤吟·题其年先生填词图》）的冲淡自持的生活。蒋景祁在自己的词作中感喟良深："谁识、红杏前身，悲秋后裔，风骨清立"（《宴清都·雨后空清色》），而董儒龙词云"梧月、竹山词一派，近与迦陵伯仲"之语，显然代表了当时阳羡词人对蒋景祁的印象和评价。如前所述，感同身受之后，蒋景祁才渐渐作出理性的概括，以其敏锐和精警把握了阳羡词派的精神取向和词学追求。蒋景祁早年有词集《梧月词》，今未见传。朱彝尊《蒋京少〈梧月词〉序》云该词集"凡二百四十余阕"，并称"秾而不靡，直而不俚，婉而不晦，庶几可嗣古人之逸响。京少年甫二十耳"[1]。虽然，我们所看到的词篇已不能全景式地展现他出入竹山词的情形，但从现存的 147 首词仍能捕捉到蒋景祁远绍竹山词风的浓郁气息。若由这些吉光片羽去推想他所有词篇的大致风貌，或许遗憾会消减一丝。除去一些搓酥滴粉的艳词外，现存蒋景祁词中同样流动着一种冷淡秋香美，"玉勒风嘶，雕弓夜吼，冷浸萧萧发。吟鞭摇动，惊飞乌鹊霜月"（《念奴娇·赠曹荔轩》），"寒声萧飒凌空至，最怕是、乌鹊惊栖不定。又沉沉雁字，遥天飞度，凤楼无影"（《月下笛·赋得举头望明月低头思故乡》）。与竹山词比照，他的词平添几分豪宕流畅，而少了一些雕琢晦涩，也无稼轩、竹山词的粗率通俗味道，介于密丽与粗疏之间，这些正是蒋景祁学蒋捷而又有所变通的表现。

---

① ［清］朱彝尊：《曝书亭集》卷四十，四部丛刊本。

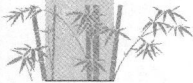

需要交代的是，董儒龙以竹山词论比蒋景祁，并非盲目附会，也是解读过程的一种诠释，这种别样诠释又是自身身体力行的结果。翻阅董儒龙的《柳堂词稿》，其中有多首集句词。这一词之杂体，侧面反映着词人对那些宋词作者的喜爱和熟悉程度。至于他在《鹊桥仙·江行集句》中两度集用蒋捷《贺新郎》"间吐出、寒烟寒雨"，《女冠子》"夕阳西下"等词句，自然令人叹服他对竹山词的谙熟。而其《一剪梅·次化龙旅店枕上口占》例用蒋捷同调词体，《贺新郎·题梦庵禅师》仿独木桥体，各韵用"梦"字等从词体形式上进而表明他对辛弃疾、蒋捷等词人的仿效之意。对于词中多《贺新郎》《念奴娇》《满江红》等慢词长调而使然的词学风格也能看到一些踪迹。由此，他论蒋景祁的词属"梧月、竹山词一派"，实亦自我词心历程，严迪昌先生论之以"自抒性灵，气韵爽捷"[1]，至为精当。因此，蒋景祁与董儒龙在这方面的艺术特征都非常突出，皆有瓣香竹山词的一面。

三、续写断肠遗恨的史惟圆

阳羡词人中，行迹、怀抱极似蒋捷的是史惟圆。史惟圆（1619—1692）[2]，字云臣，号蝶庵，别署荆水钓客，江苏宜兴人，有《蝶庵词》传世。他与陈维崧关系密切，而且心迹怀抱极为接近，陈维崧曾经深情回忆："抑吾两人论交三十年矣，向者脑满肠肥，年盛气得，俯仰顾盼，亦思有所建立，乃者日月愈迈，老与贱具，顾犹不自持，流浪于旗亭酒垆间。廛廛挟红牙檀板，为北里梨园长价。"而史惟圆的词风渐近辛、蒋一派，与自我身世、性情是分不开的。

史惟圆终生隐逸，其生平事迹亦隐而不显，几乎未见专门文

---

① 严迪昌：《清词史》，江苏古籍出版社 1999 年版，第 241 页。
② 同上书，第 620 页。

字载录，只能透过词作及词序折射行迹。并读《昼锦堂·述怀》与《念奴娇·自寿》，可见其性情心迹：

昼锦堂·述怀

四座无人，百感交集，自觉狂语尤颠。随意讥诃神鬼，排突英贤。此中客卿千百辈，我宁与我共周旋。还惊问，酣战蚁兵，纷纷何事争先。　　庭前，草满径，花覆地，韶光春去犹妍。却悔壮心未已，辜负华年。龙韬豹略投戎旅，莲花贝叶事金仙。都无用，又向花间醉也，蝶梦翩翩。

念奴娇·自寿

粗豪意气，忆当年、蚁视中原人物。年少雕虫小技，便欲请缨天阙。排突金门，驱除玉寒、徒有冲冠发。荒鸡夜叫，迢迢魂梦飞越。　　谁念暗换年华，依然潦倒，啮草根求活。赢得秋霜明镜里，一俩芒鞋闲客。两桴烟帆，酒旗戏鼓，流落无人识。冷清清地，夜窗扑尽残雪。

词人早年胸怀抱负，然而历尽沧桑，青年时期的斗志消磨殆尽，最终归于隐逸中"啮草根求活"的贫窘日子，这很像蒋捷漂泊途中"枯荷包冷饭"式的潦倒。词人在年华变迁中寄身"蝶梦"，如《绮罗香·落梅，和其年韵》《木兰花慢·手谈》《荷叶杯·春晓》等多处提及以求解脱，并在对故园旧事的叹惋中不断追想昔日繁华。

《蝶庵词》现存 309 首，其中与陈维崧、蒋景祁等阳羡派词人唱和频频。据笔者统计，史惟圆和其年韵者有 20 余首，二人情谊深厚，从词句"堪叹无限飘零，天南地北，离思萦结无语"（《霜叶飞·雨夜感旧，和其年韵》）可见一斑。这些阳羡词人史、陈、蒋、徐等曾经结社唱和，《一丛花·社集咏杨梅》

的词题以及《水龙吟·春夜听邻娃击鼓》中"忆年时，南楼欢宴。乌丝写句。鸥弦度曲，月斜人散"的描述令人想见诸人宴集胜游、唱和不绝的情形。此外，这些词人互为影响感染，词风接近显而易见。蒋景祁编选《瑶华集》时选择史惟圆词多达45首，仅次于陈维崧、朱彝尊，由此可以推想史氏在当时词坛的地位与影响。其词令慢兼具，如《定西番·春晓》《杨柳枝·本意》《减字木兰花·春思》出入五代北宋，绮词丽语，轻隽婉转，当为早年作品。中间经历了心寄游仙的挣脱抗争时期，《浣溪沙·游仙》30首（按：《清词史》误称32首），反映了词人内心的激烈变幻。而后随思想情趣的转折，其词也转入雄奇豪荡的境地。史惟圆不止一次地言及自己词篇的"粗豪"之气（按：如《念奴娇·自寿》"粗豪意气"，《永遇乐·东溪修禊》"挥毫作赋，总是粗豪气"等），这正与竹山词、其年词同一声气，也多由词人的不平经历和狂狷性情所致。当然，在词人阅尽世间沉浮后，"雄心只成一笑，任纷纷、胜负总欣然"（《木兰花慢·手谈》）只是一时情绪。虽然他可以在"共群鸥结伴，烟水寻盟"（《沁园春·答越生》）的隐逸生活中寻到心理慰藉，但并非表明他完全超然，"鱼避钩，烟波亦有闲烦恼"（《渔家傲·蝶庵即事》）才真正申明内心委曲，透出挥之不去的悲欢离合情。在相似经历与意趣的浸染下，史惟圆的词中随处可见竹山词的影子，无论情感还是句式，大有摹拟之痕：

> 依旧春光好，恐梨花落尽，庭苑成秋。（《忆旧游·本意》）
>
> 潮打孤城，月迷故苑，总是断肠诗句。（《齐天乐·端午阴雨》）

这样的词句，置于竹山词中，实在难以辨识。而且作为阳羡派的杰出代表，史惟圆词中还流荡着难以消解的"恨"：

> 恨无情蟾兔，抛人又向，柳梢斜下。(《女冠子·元夕》)
>
> 怅鱼鸿无信，折残杨柳，关山有恨，落尽梅花。(《风流子·感旧》)
>
> 恨何事、早占春光，转眼间、都成虚话。(《绮罗香·落梅》)
>
> 唤茶鹦鹉频迎客，低徊久、此恨绵绵。(《五彩结同心》)

尤其这类忆昔怀旧的感慨之作，与《竹山词》中的同种情调词作如出一辙：

> 万里江南吹箫恨，恨参差、白雁横天杪。(《贺新郎·秋晓》)
>
> 此恨难平君知否？似琼台、涌起弹棋局。(《贺新郎》)
>
> 待将春恨，都付春潮。(《行香子·舟宿兰湾》)
>
> 两袖春寒，一襟春恨，斜日淡无情。(《少年游》)

二者都表达一种今非昔比的深刻感叹，无论情绪还是笔法难以区分彼此。

因此，"啮草根求活"的生活境遇，与愁恨难消的情绪郁结，都令人以史惟圆为蒋捷式词人的再生。时人对他追寻蒋捷词的艺术特点已有形象评介，以曹贞吉的《摸鱼儿·寄赠史云臣》为例：

> 绕荆溪，数间茅屋，竹山旧日曾住。吟花课鸟无遗恨，领袖词场南渡。逐电去，谁更续、哀丝脆管红牙谱？湖山如故。又幻出才人，镂冰绘影，抒写断肠句。　　鹍弦上，弹入蝶庵金缕，平分髯客旗鼓。搓酥滴粉方成调，偷换羽声

凄楚。推独步。须信道、秦黄苏陆无今古。江东日暮。想席帽风欹，春衫酒湿，行过翠藤路。

曹贞吉对史惟圆词的地位与影响评价极高，推为"平分髯客旗鼓"，并结合史惟圆的身世，以其隐逸狂放的形象而收束。这首赠答词将蒋捷与史惟圆先后论及，认为他们宏观上词承一派，往往"抒写断肠句"，从以上表现来看洵为的评。这就比朱彝尊仅仅着眼于"史"姓而附会理解为"梅溪乐府真同调"（《采桑子·寄赠史云臣》）高明准确得多。

此外，《蝶庵词》中还有《女冠子·元夕，和其年用竹山韵》，为蒋捷同调词在明末清初的遗民词人中生成经典添上了浓浓一笔。而且，这首和词的出现，也丰富了清初词坛的遗民文化色彩。同样，《蝶庵词》中抒发忆旧情怀的词句引人注目："繁华一瞬星霜换，曾何异、谈雪秋蝉。"（《五彩结同心》）这样触目惊心的句子，不得不让我们发出"梦华之别录"的感慨来。此等凄凉萧索直承竹山词而来，蒋捷的发问"繁华谁解"，历几百年后史惟圆恰成异代知音。以致词人梁清标在《百字令·寄阳羡史蝶庵》中称道史惟圆"萧然远寄，向荆南抱膝，无荣无辱"，并云"青鞋白袷，浑忘貂锦名族"，这种萧骚幽独的情怀，恰是阳羡词派所流荡的草野遗泽在史惟圆词作上的集中映现。若溯源而上，开启阳羡词风此等门径者，正是宋末遗民词人蒋捷。

四、汲取竹山词学的万树

万树，字花农，又字红友[1]。他深谙词律，所编定的《词

---

[1]《全清词·顺康卷》第十册第5509页以为万树自号三野先生，其词《贺新郎·三野先生传赞》中云"自称三野"，是为他人作传赞，云为万树自号，乃断章取义，不足为据。笔者以为，万树自署"乜豆村山人"，见陈维崧《还京乐》，《全清词·顺康卷》第七册，中华书局2002年版，第5625页。

律》，对清代音律学建构贡献极大。万树于词用力甚多，曾经结有五种词稿。因他又有传奇二十多种，词名往往为戏曲文学掩抑。传世的《香胆词》，有六卷，是从这些词稿中辑选而出的词集，今存 528 首。

关于词谱词律的研究，清代出现了许多名家及著述。清初万树系统整理词体格律后著作《词律》，选调良多，考订词律甚为精密。康熙年间曾刻数次，嘉庆光绪亦刻，颇为清人推重。《四库全书总目提要》充分肯定其价值："唐宋以来倚声度曲之法久已失传，如树者，固已十得八九矣。"之后，关于词律的研究一直是清代词学热衷的焦点，并日渐成为一门专学，出现了《词谱》《词林正韵》等著述，无不得万树启发。即如《词律》成就而言，万树因感于词句虽胜而音律不协的词坛状况，精心编选了囊括 660 调、1800 余体的词谱著作。这对纠正词坛弊端作用甚巨，即使"浙西名家，务求考订精严，不敢出《词律》范围以外，诚以《词律》为确且善耳"[1]。万树盛推竹山词，称赞它"炼字精深，调音协畅，乃词家榘矱，定宜遵之"[2]，并采录蒋捷词 20 调 20 首。考订词律，有助于对蒋捷词体词调有深广的认识。而万树按语从词律着眼对所选蒋词有精到的校正，则可以借此校勘《竹山词》，其意义是为蒋捷词的研究提供更完善的文献基础。如《尾犯·寒夜》词云"雁孤飞，萧萧检雪"，万树按语为："王氏校本'检'作'稷'。毛子晋《芦川词》跋其'洒窗间惟稷雪'句，引《毛诗》注为证。《说文》：'霰，稷雪也。'《埤雅》云'霰，闽俗谓之米雪，言其霰粒如米，所谓稷米，义盖如此。'据此，则改作'稷'为是。"又如，《女冠子·元夕》有句"况年来心

①［清］田同之：《西圃词说》，见唐圭璋：《词话丛编》第二册，中华书局 2002 年版，第 1474 页。
②［清］万树：《词律》，中华书局 1984 年版，第 134 页。

懒意怯，羞与闹娥争耍"，万树按语云："'闹娥'，诸本多作'蛾儿'。观其尾句'夕'字仄声，李词前后俱仄声，作'闹娥'为是。且'闹娥'是上元之物，去'闹'字则晦矣。有刻作'闹蛾儿'三字更谬。"万树所校，极有道理。因为"闹娥"是宋代元夕时妇人的一种佩饰，《竹山词》借此指代观灯妇人。万树的许多校点按语，有益于探索《竹山词》不同版本的差异，在此基础上结合其他版本和词选，有助于推进完善《竹山词》笺注。

万树精通词韵词律，填词时遍尝词调，包括许多僻涩之调。如此亲身体验，超越了一些词评家大多流于理论层面的局限，使创作与著述互为影响促进。他对同样讲究音律的家乡词人蒋捷，认真研读、深谙其味，充满仰慕之情。在《江城子·旅夜集句》中援引蒋捷《高阳台》"芳尘满目总悠悠"入词；同调"寄内集句"中例用蒋捷《木兰花慢》"夕阳洲"入词等等。集句作为一种特别的文体，往往引起读者的浓厚兴趣，在新颖、批判的眼光中蒋捷词句产生了出人意料的陌生化效果①。在万树现存的集句词中，他连续集用蒋捷词句，实现了艺术上的"天衣无缝"②，透过词句表层，可以想见万树熟悉竹山词韵并喜用此韵的情形。此外，万树在《惜红衣》"雾暗楸篰"中怅恨新开棠榴花被人摘去时，他联想到"金铃解否，怎欠护花力。或者鬓边斜插，说与竹山吟客"，竟又是历时几百年后对竹山词《霜天晓角》"人影窗纱"的巧妙复读与隐性对话，这显然与一般集句或用语不属于同种接受形式，两类词各有春兰秋菊之妙趣。不知万树流失的词作中还有几分这样的倩影，令人沉思怀想了。

颇富才情的万树在词之杂体方面卓有探索与表现，这一点

---

① 吴承学：《中国古代文体形态研究》，中山大学出版社 2000 年版，第 155 页。

②［清］谢章铤：《赌棋山庄词话》卷八，唐圭璋：《词话丛编》第四册，中华书局 1986 年版，第 3426 页。

于清初词人中较为少见。万树几乎尝试过宋词以来的各种杂体形式，如集句体、独木桥体、回文体、嵌字体、檃栝体等，凭着对韵律的精通研炼，万树还创造了诸如《苏幕遮·离情》这样的词作别体堆絮体。这一词体是指用一种顶针叠句作词，将前句借作后句的前半部分，如同铺棉叠絮。而它恰是对蒋捷等人独木桥体学习基础上的再生产，从词体词韵侧面呈现出万树词的新奇特色。尤其独木桥体，他奉辛、蒋为此体典范，更为散文化了。据统计，万树词《长相思·角声》通篇以"难"为韵；《满庭芳·秋月赋》以"兮"为韵且用句中韵；《八归·八去》全篇以"去"字为韵；《声声慢·秋色》以"色"为韵：

> 红香欲歇，绿意都衰，伤心最是秋色。冷逗西风，开到小篱花色。当时浦口送别，正一江，鸭头波色。自去也，上高楼望遍，暮云帆色。　草色。荒凉山色。能几树丹枫，染他霜色。抱叶哀蝉，变尽柳条青色。霞边乍闻雁语，渐廉栊，黯黯暝色。急闭户，怕的是、催恨月色。[1]

显然是效法蒋捷《声声慢·秋声》以"声"为韵等。能够出入蒋捷词并得其情韵而有所化合，这是我们研治竹山词接受的一个重要方面。

同样，次竹山韵、用竹山体的现象也是考察词学接受的关键问题，从根本上说是借鉴原词的风格特色。万树善于借鉴宋人词作，其《玉抱肚·效扬无咎体用原韵》，即借用原韵进而收到"扬无咎体"的俚俗艺术效果。以万树次竹山韵来看，相关词篇也正是探求"竹山体"风貌的有力证据。《满庭芳·秋月赋》以"兮"字一韵到底，俨然一篇骚体词。这种韵式与蒋捷《水龙

---

① 南京大学中文系编：《全清词·顺康卷》第十册，中华书局 2002 年版，第 5575 页。

吟·效稼轩体招落梅之魂》如出一辙，其精到的韵法为众人公认。万树的《声声慢·秋色》小序云："竹山赋秋声用此调，平韵。今效其体，以仄协之。"[①]明显意味着所袭用的词体源头指向蒋捷词。虽然黄山谷、辛稼轩等词人曾用之，但万树撷取《声声慢》词调为"秋色"写真，更重在改革创新，变蒋捷平韵体为仄韵，即重在探讨独木桥体的韵法，而且情韵不让蒋捷词。也许，许多读者仅仅以为蒋捷的《声声慢·秋声》为写秋的奇篇佳构，细细品读之下，万树的这首词使得萧瑟之秋不仅有声复有色了。同样的独木桥体，同样的绘声绘色，加上改变韵脚之平仄，在500余首词作中，难得这样的拟作为词集添姿增色，自然成为同调中绝佳的创新之词。

词学家谢章铤认为，万树的词如《苏幕遮》"彩分鸾"、《贺新郎》"汝到园中否"，"论文有疏气，而无深情，论调是奇格而非雅气。作者见奇，读者称妙，而词之古意亡矣。按此体本于山谷，山谷有檃栝醉翁亭记瑞鹤仙，通阕皆用也字。又有阮郎归，通阕皆用山字。其后竹山秋声声声慢，亦通阕皆用声字，都非美制，而竹山差胜耳。盖填短调、押实字，或有佳者。若长调虚字，则必不能妥帖矣……"[②]谢氏所论为独木桥体的发展变迁史，重点考察黄庭坚、蒋捷和万树，"作者见奇，读者称妙"可移来作为总评；而以蒋捷的《声声慢·秋声》较佳，不失为公允之论。但是，谢章铤也有以偏概全的嫌疑，万树的《满庭芳·秋月赋》借鉴骚体形式，并未全失古意。

此外，万树的《贺新郎》"汝到园中否"，也采用了福唐独木桥体：

---

① 南京大学中文系编:《全清词·顺康卷》第十册，中华书局2002年版，第5575页。
② [清] 谢章铤:《赌棋山庄词话》卷八，唐圭璋:《词话丛编》第四册，中华书局1986年版，第3424—3425页。

汝到园中否。问葵花向来铺绿，今全红否。种柳塘边应发芽，桃实墙东落否。青笋箨褪苍龙否。手植盆荷钱叶小，已高攀、擎玉芳筒否。曾绿遍桂丛否。　　书笺为寄村翁否。乞文章、茅峰道士，返茅峰否。舍北人家樵苏者，近斫南山楹否。堤上路，尚营工否。是处秧青都是浪，我邻家、布谷还同否。曾有雨，有风否。①

这首杂体词的韵脚看似为一"否"字，真正的韵脚为前面的实字。所谓长调虚字，必不能妥帖，这首词的主题是向家僮询问园林杂事，颇有机趣，又如何不妥帖呢？就词韵体式而言，万树词中尚有许多未明确标明仿效蒋捷韵法的作品，如《丹凤吟·元夕》《贺新郎·自别金台下》《摸鱼儿·题徐渭文遗像》《琐窗寒·滋阴道中清明》《女冠子·上元》等词，兹不一一列举。

总之，擅长词律的万树深入考察蒋捷词的韵律体式，不仅在《词律》中加以引录辨识，而且通过具体尝试来发挥引申，形成了阳羡派师法竹山词学的别样风景。

五、堪推著作为不朽

阳羡词派整体推崇竹山词，即使在这一词派的演变终结期。经历时代风雨的打磨后，怀有相同意绪的词人仍然为之摇旗呐喊，郑板桥便是一位突出的代表。他曾经与友人江昱以梨园喻词，论述新颖有趣，非常值得一读：

词与诗不同，以婉丽为正格，以豪宕为变格。燮窃以

---

①《全清词·顺康卷》失收此词，应补。时人余光耿《贺新郎》序云："偶读堆絮词，戏效其体"，即独木桥体，概指此词。

剧场论之：东坡为大净，稼轩为外脚，永叔、邦卿正旦，秦淮海、柳七则小旦也。周美成为正生，南唐后主为小生。世人爱小生定过于爱正生也矣。蒋竹山、刘改之是绝妙副末，草窗贴旦，白石贴生，不知公谓然否？①

从审美倾向来看，这似乎是他早期的一番曲味词论，认为蒋捷等南宋词人之词不比五代、北宋词精美正宗，专精拔萃者并不多见。晚年时，他自叙填词经历，则云："少年游冶学秦柳，中年感慨学苏辛，老年淡忘学刘蒋。皆与时推移，而不自知者，人亦何能逃气数也。"②词学情趣在人生的不同阶段产生重大迁移，虽是一家之言，也代表了阳羡词论的某些精髓。郑板桥深受蒋捷"悲欢离合总无情"这样貌似枯寂的心灵独白的影响，才产生了人之晚年应学刘（克庄）、蒋（捷）词的"气数"语。其实，蒋捷直至晚年避身僧庐，他的内心依然颇不平静，无情实则有恨，我们并不完全赞同郑板桥执其一端的说法。但是，他"以沉着痛快为第一"，因此借鉴具有这些因素的词人，而被陈廷焯笑话为"词中左道"。当然，陈廷焯在词学方面专论沉郁顿挫，而极力贬抑蒋捷，对于力学竹山词的板桥等人，自然也不会有什么好脸色，甚至讥评板桥的学词自述为"盲人道黑白"③。殊不知，早年的陈廷焯对郑板桥的批语何其高也："板桥词，淋漓酣畅，色舞眉飞。每一字下，如生铁铸成，不可移易，真一代奇才。"④事实

---

① ［清］郑板桥：《郑板桥全集补遗·与江宾谷江禹九书》，引自刘衍文：《雕虫诗话》卷一，张寅彭编：《民国诗话丛编》第六册，上海书店 2002 年版，第 459 页。按：副末的概念在宋杂剧中已出现，指南戏中扮演次要男子的脚色名，其余皆为戏曲不同脚色术语。

② ［清］郑板桥：《郑板桥全集·词钞自序》，中国书店 1985 年版，第 2 页。

③ ［清］陈廷焯：《白雨斋词话》卷一，唐圭璋：《词话丛编》第四册，中华书局 1986 年版，第 3794 页。

④ ［清］陈廷焯：《词坛丛话》，唐圭璋：《词话丛编》第四册，中华书局 1986 年版，第 3734 页。

上，这种巨大差异与陈廷焯前后所属词派的词学观念息息相关，所论不同也有视角的变化；这一现象更表明郑板桥作为有个性的词人受关注的程度。

依严迪昌先生的说法，清代阳羡词风经历了界内新变，除去上述郑板桥外，以宜兴词人史承谦等为标志，这一词派由原来"外张型的抒情面貌至此转向了内敛型"[①]。陈廷焯对他的评价很高，认为"独标新异，卓然名家，在乾隆初年时，无出其右者"。后来，陈氏评价有清一代著名词人时说："其年词最雄丽，竹垞则清丽，樊榭则幽丽，璞函则秾丽，位存则雅丽，皆一代艳才。"[②]史承谦现存《小眠斋词》，词中极为擅长描写身处下层的知识分子的苦寒心态，出语自然清丽，词风疏朗，而这几则词句："叹依依别梦，知向谁家？休恨寻春较晚，伤心处，不在天涯"（《凤凰台上忆吹箫》），"疏篱外，冷香萦梦，对黄花，依旧苦吟身"（《八声甘州》）等，多带几分冷淡秋香之美，恰与《竹山词》的审美特色不谋而合。对于《小眠斋词》，史承谦的弟弟史承豫曾经评述云：

> 梁溪杜丈云川、云间张丈奕山，一见折服。桐城刘君耕南推之为近代第一作手。……吾邑溪山明秀，夙称人文渊薮。而自唐迄今，核其著作真堪不朽者，惟南宋之竹山蒋氏、本朝之迦陵陈氏两家词集而已。今得吾兄，如鼎三足，遗编具在，公论难诬。[③]

蒋捷的词作价值至此得到了理性概括。上述观点的形成，显

---

① 严迪昌：《清词史》，江苏古籍出版社1999年版，第407页。
②［清］陈廷焯：《白雨斋词话》卷四，唐圭璋：《词话丛编》第四册，中华书局1986年版，第3855页。
③［清］史承豫：《小眠斋词序》，引自严迪昌：《清词史》，江苏古籍出版社1999年版，第412页。

然得益于阳羡派初期即标榜蒋捷的启发，这些发生新变的词人内心深处依然推崇乡贤蒋捷的词。在词学上淡化社会功能而热衷于声律格调的乾隆时期，力举竹山词对这个时期声律词派、格调派的形成有其特殊的意义。

第三章

《竹山词》接受的高潮与总结（清中期至晚清）

第一节
浙西词派对蒋捷的文化受容

朱彝尊《黑蝶斋诗余序》指出："词莫善于姜夔，宗之者张辑、卢祖皋、吴文英、蒋捷、王沂孙、张炎、周密、陈允平、张翥、杨基，皆具夔之一体。"① 毋庸置疑，朱彝尊罗列以姜夔为首的系列词人，显示出他对南宋词的偏好。朱彝尊针砭清初词风，对于沿袭明末花间词味的侧艳风气有所不满，因而推尊姜夔为代表的一派词风，并以此作为雅词的典范。姜夔的影响由来有之。从白石词的影响来看，宋末词坛不乏其人。词人不仅仰慕其清高野逸人格，也追求"野云孤飞，去留无迹"的词格。宋末的王沂孙、张炎、周密等都是姜夔的继承人，他们异常崇拜其人其词，认为"其高处有美成所不能及"，认为"如野云孤飞，去留无迹"，奉之为崇高的艺术典范。因此这一时期，只是姜夔作风的扩大与其地位的抬高。浙派除谨守上一期的余绪外，更于遣词造语和音律上益求其工协雅正；并对吴文英的过于凝固而失之晦涩的词风，易以清空之说，以相标榜。而蒋捷在词风上与白石有诸多相似之处，难怪有些学者归之于白石。所谓"神州陆沉之痛，铜驼荆棘之伤，往往寄托于词"。在这样的时代风气熏染下，蒋捷及其词成为遗民性词人中的一个典型。

浙西词派是以浙西为主的清初词人群体，这一词派没有专门

---

① ［清］朱彝尊：《黑蝶斋诗余序》，施蛰存：《词籍序跋萃编》，中国社会科学出版社1994年版，第543页。

的词话理论表达主张，大多借助词选及词籍序跋考察他们的词学观。作为开创风气、扩大交际的重要手段，朱彝尊编纂大型词选《词综》树立雅正规范；此外，他为曹溶所作的《静惕堂词序》也特别指出："数十年来，浙西填词者，家白石而户玉田，春容大雅，风气之先，实由先生"①，朱彝尊所标举的"大雅"，以姜夔、张炎为典范。而厉鹗作为浙西派的中坚力量，他在词派盟主朱彝尊之后，继续为朱氏推波助澜，最终形成了"家白石而户玉田"的盛况②。浙西派词人即沿着这条道路继续探索，词作也更趋于学人之词。

一、喜赋新词朱彝尊

朱彝尊（1629—1709），是成就浙西词派的词学专家，与陈维崧有"朱陈"之并称。在明清易代的浓重社会背景之下，无论是漂泊不定的流离身世，还是无所依归的穷士心态，朱彝尊都会与同样长期游幕、心境凄清的姜夔同慨，将他引为知音自然而然。朱彝尊论词以"醇雅"为宗，欲以雅词矫正明词的纤俗卑弱，以标新立异来取代《草堂诗余》的影响，从而能够自成一家。他认为姜夔、张炎词最符合词学标准，由姜、张推及南宋慢词。其门人汪森继续阐述这一思想："西蜀、南唐而后，作者日盛。宣和君臣，转相矜尚。曲调愈多，流派因之亦别。短长互见，言情者或失之俚，使事者或失之伉。鄱阳姜夔出，句琢字炼，归于醇雅。于是史达祖、高观国羽翼之。张辑、吴文英师之于前，赵以夫、蒋捷、周密、陈允衡、王沂孙、张炎、张翥效之

---

① [清] 朱彝尊：《静惕堂词序》，施蛰存：《词籍序跋萃编》，中国社会科学出版社1994 年版，第 543 页。
② 杨海明：《张炎词研究》，齐鲁书社 1989 年版，第 205 页。

于后。譬之于乐，舞《箾》至于九变，而词之能事毕矣。"①对关乎
蒋捷归属的这段话作了引申发挥，但也表明这正是选编《词综》
的宗旨。除去传承推尊姜夔的词学思想，也不难发现对浙西派的
暗中标榜，上述词人的籍贯或者活动区域都与浙东浙西有关。

　　浙派朱彝尊与阳羡词人并非画地为牢，自成一统，而是频
频交往，互有影响。如南宋词集《乐府补题》的复出和刊刻便得
力于朱彝尊、蒋景祁二人，这个选集之题旨对浙西词派的兴盛有
重大关系，即"浙西词宗正是借《补题》原系寄托故国之哀的那
个隐曲的外壳，在实际续补吟唱中则不断淡化其时尚存有的家
国之恨、身世之感的情思"②。陈维崧也曾为之作序③，并拟作"后
补题"词等，可见朱、陈等不同词学追求之人的互动关系。以词
为缘，又都具有遗民心态，朱彝尊与陈维崧结下深厚友谊。他在
《风中柳·戏题竹垞壁》中云"晚来月上，对影描他横幅。赋新
词，竹山竹屋"，以自己所赋新词，一比蒋捷、高观国之词。虽
云戏题，恰借二人之号皆有"竹"字，显示其内心对蒋、高词名
一定程度的解读，流露出亲近喜爱的情意。宋代词人词集名称中
含有"竹"者还有周紫芝的竹坡、沈瀛的竹斋、谢薖的竹友等。
显然，朱彝尊对蒋捷及其词也表达出别样关注和解悟。宋末亡国
破家的人生际遇令蒋捷及其词具有一种"伤痕"底色，他笔下爱
咏秋花、秋声，多写忆旧、飘零，整体上带着悲情意味，化成一
往而深的哀曲悲调。朱彝尊自题其词集"老去填词，一半是空中
传恨"，斯语道尽一腔衷曲，揭示了同样历经易代之变的沉痛。
同属浙派的词人曹贞吉曾在《摸鱼子·寄赠史云臣》吟叹："绕
荆溪数间茅屋，竹山旧日曾住。吟花课鸟无遗恨，领袖词场南

---

① ［清］汪森：《词综序》，施蛰存：《词籍序跋萃编》，中国社会科学出版社1994年版，
　第284页。
② 严迪昌：《清词史》，江苏古籍出版社1999年版，第253页。
③ ［清］陈维崧：《迦陵文集》卷七《乐府补题序》，四部丛刊本。

渡。"① 推崇南宋词，他们并未仅仅限于姜夔、张炎，这种相对开阔的视野提升了词作境界。《四库全书总目提要》说曹贞吉的词"大抵风华掩映，寄托遥深，古调之中，伟以新意"。《书目答问》附录"清代著述家姓名略"中，曹贞吉和他的《珂雪词》居于词家首位。显然，这里面也有蒋捷及其《竹山词》的影响之功，也折射出浙西派、阳羡派在不同门户之外的交集。

其次，为荡涤《草堂诗馀》带来的不良影响而使词体重振，为张扬醇雅等词学理论，以朱彝尊为首历时八年选编《词综》。明末以来，词坛上弥漫着一股纤靡俗气，朱彝尊等人为了克服这一弊病，寻觅了"雅正""清空"的姜夔、张炎进行疗救。这部大型词选《词综》囊括了唐、五代、宋以至元代张翥等600余家词，共34卷，其中选入了蒋捷词。统计发现，与选录姜夔22首词相比，《词综》选入蒋捷词21首，宋末四大词人平均入选率高达35首，并在某种潜意识作用下将吴文英与蒋捷并列一卷。词人选词作为一种特殊的解读方式，读者阅读选本自然受到选家文学趣味、批评观念等层面的影响。或云虽选古人词，实自著一书，何况朱彝尊等人费时多年，力图追求真正具有批评史价值的词选来振兴词学，蒋捷词的入选与阳羡派的推崇交相辉映，加剧提升了南宋词地位。对此，近代词学家陈匪石说："竹垞有言：'世人言词，必称北宋。然词至南宋始极其工，至宋季始极其变。'此在竹垞当时，自有两种道理：一则词至明季尽成浮响，皆由高谈《花间》《尊前》，鄙南宋而不观之过，故以此语矫之；二则竹垞专宗乐笑翁，遂开二百年浙西词派，得其力正在宋季，自言其所致也。……竹垞此语，实为宗南宋而桃北宋者开其

---

① 南京大学中文系编:《全清词·顺康卷》第十一册，中华书局2002年版，第6522页。

端。"① 这段话点明朱彝尊及其《词综》的推演影响，对于普及词
学活动、壮大浙西派声势起到了重要作用。

难能可贵的是，极具气度的交游典范，体现于不同词派之间
的大力推扬。同为词坛宗师的朱彝尊，在《迈陂塘·题其年填
词图》中曾亲切评述阳羡派领袖陈维崧：

> 擅词场，飞扬跋扈，前身可是青兕？风烟一壑家阳羡，
> 最好竹山乡里。携砚几，坐罨画溪阳，袅袅珠藤翠。人生快
> 意，但紫笋烹泉，银筝侑酒，此外总闲事。　　空中语，想
> 出空中姝丽，图来菱角双鬟。乐章琴趣三千调，作者古今能
> 几？团扇底、也直得，尊前记曲呼娘子。旗亭药市，听江
> 北江南，歌尘到处，柳下井华水。②

朱氏以稼轩、竹山、耆卿、醉翁、放翁比拟迦陵，可谓陈氏平生
知己。作为词坛宗师，朱、陈之所以不相诋毁，交往默契，是
因为词学有相通之处，用朱彝尊《解佩令》"老去填词，一半是
空中传恨"即可深味二者的内心世界。如前面所论，朱彝尊也
为《乐府补题》作序③，二人皆出于山河破碎、今昔同悲的感同
身受。当然在理解内涵及表现手法上是有一分差异的，至少朱彝
尊代表的浙西词派以其后来者的面目不比以陈维崧为首领的阳羡
词派悲壮激越，而重在比兴。尤其朱彝尊在学词的初期，路子较
杂，"小令学法汴京以前，慢词则取诸南渡"④，因此虽云"家白石
而户玉田""倚新声、玉田差近"，其实概标举其词风之一端而已，
并非全部。对这一混淆现象，我们须加以澄清。这些极端化的口

---

① 陈匪石：《旧时月色斋词谭》，屈兴国：《白雨斋词话足本校注》，齐鲁书社 1983 年
版，第 246 页。
② 南京大学中文系编：《全清词·顺康卷》第九册，中华书局 2002 年版，第 5295 页。
③ ［清］朱彝尊：《曝书亭集》卷三十六《乐府补题序》，四部丛刊本。
④ ［清］朱彝尊：《曝书亭集》卷四十《水村琴趣序》，四部丛刊本。

号式语言无非树立宗派的鲜明旗帜，由此也应运出现了虽隶属浙西词派却承续阳羡之旨的一些词人，如司马名荃、李符等。

二、绝似竹山的李符

李符（1639—1699）①，字分虎，号耕客，原名符远，与其兄李良年有词派连枝之评，著有《耒边词》，存词 181 首。曾与朱彝尊结诗社，相互吟咏。其词除去《祝英台》近十首烧灯词、《摸鱼子》五首绮情艳思词外，多羁旅行役、酬唱赠答、写景抒怀之作。首先，他步趋朱彝尊，题画词作颇多，连篇累牍，开乾嘉时期汗牛充栋的题吟画图词之风；有拟《乐府补题》之作，比兴托恨、清空蕴藉，大概是为了寄托"空抱平生补亡意"（《洞仙歌·瞻园夜坐，赠黄俞邰》）的心境。词中不时言及竹垞，并有用张炎、竹垞词韵之作，如《南浦·春水，用玉田词韵，同融谷赋》《露花·赋竹垞水蓼花》等。其次，他在《洞仙歌·题其年填词图》但云"填词老手，笔非秋垂露。髯也风流玉田侣"，竟有把陈维崧视为一派之意。或者正因此意，他把蒋捷也看作一家，不仅有同题之作，如《少年游·吴江道中》《解语花·黄葵》等，令人眼熟。而且，在体式方面，《一剪梅·题红藕庄词》《玉漏迟·阎再彭置酒黄副使园》，显然仿效辛、蒋独木桥体，整首词韵用"也"字，只是在用韵的精密性上不抵辛、蒋，散文化加强了。李符不仅选择同一词调写作同种内容，还例用原韵，如《女冠子·灯市，用蒋竹山韵》。以《女冠子》调填制元夕词，在两宋词人中蒋捷是第一位，之后形成特殊的元夕词现象。由于这类元夕词不同于日常的节日风俗词，而是颇具深厚的时代、社会韵味。联系陈维崧等阳羡词人选用此调情况，这一文化现象很有研究论述的必要。即李符绝非一般意义上例用其韵，

---

①《清词史》第 279 页，将其卒年康熙三十八年误以为 1689 年。

首先是重读经典的过程：

女冠子·灯市，用蒋竹山韵

饧箫吹也。秣陵风景难画。银花相望，一城如昼，闲却秦淮，冷九飞射。护春帘早挂。眉妩暗垂罗袖，紫姑迎夜。上元时多少旧曲，留与踏歌人耍。　　细腰鼓学花奴打。散落梅千点，一任东风借。烛残堆炪。问翠馆几处，倚香题帕。短墙青粉研。六院往时佳丽，只余情话。怕欢游生感，彩珠休照，旧勾栏下。①

正如我们所论，宋代元夕词至宋末特定的社会环境及时代背景，便应运诞生了蒋捷颇具社会文化色彩的元夕词。蒋景祁编订《瑶华集》时，选录了李符这首词，名为《女冠子·元夕，用竹山韵》，目录中则列为《女冠子·竹山体》②。看来认定步和竹山词韵，追求词韵流风，时人是公推为"竹山体"的。李符在词韵情趣上也深得竹山词旨，如以下两首：

红

一剪梅·题红藕庄词

香满阑干倚玉卮。砚洗红丝。笺裛乌彩。吟情多在断魂时。柳暗莺啼，花老鹃啼。　　歌馆芳游彩扇题。筝按燕姬。箫谱吴姬。江南江北总相思。说藕庄词，似草窗词。

浪淘沙·真州夜泊

昨夜别扬州。今夜真州。此行不似少年游。莫问红妆人住处，大道青楼。　　潮水落江头。月上城头。破除万事

---

① 南京大学中文系编：《全清词·顺康卷》第十三册，中华书局 2002 年版，第 7504 页。

② 参见［清］蒋景祁编：《瑶华集》（下），中华书局 1982 年版。

饮能不。无奈酒肠天吝与，何计销愁。[1]

一如蒋捷《一剪梅》《行香子》等词，打破词调常规用韵及句式，形成了流转声谐、如入曲调的特色。李符学词，最初也是尊崇北宋，后来受朱彝尊等人的影响，不究一家，有较开放的词学观，尤其专门留意南宋词家，借鉴竹山词便是实例。

李符生当清初，一生多蹇，其词《小诺皋·解嘲》可见其困窘贫贱。他常常借词空中传恨，感喟良多："念故国，如此良宵，有诗叟词仙，坐醉花圃"（《解连环·句曲客夜寄答里门诸故旧》）；也有阅尽世事沉浮后向往归隐的思想流露："愿载扁舟去。五湖三泖，翠竿长钓烟浦"（《百字令·初度日自赠》）等词句，绘出李符浮生若寄、难忘故国的苦心，只好借词遣愁了："但幽寻、竹坞小径，剩花础、秋灯红泪。"（《莺啼序》）李符词中有一首洞仙歌，序云："索高二鲍画半完圃读书图，寄寿外父，兼邀公卓、寻千共和。"所言高二鲍（与朱彝尊、汪懋麟等皆有往来）者，当为李符友人。他曾评价李符词"能扫尽臼科，独露本色，在宋人中绝似竹山"[2]。李符善于转益多师，精研南宋诸名家，愈变愈工，颇得竹山词的精髓，这成为他词艺表现的重头戏。李符现存的 181 首词中，最为突出的是宋末词味，尤其包括蒋捷、张炎所产生的深切影响。他曾经总结自己的身世与词学趣味："余布袍落魄，放浪形骸，自谓颇类玉田子。年来倚声自遣，爱读其词。今得是帙，日与古贤为友，移我情矣。"[3] 作为浙西词派的一面旗帜，李符本有明确标榜玉田词之意，而与词中浓郁的

---

① 南京大学中文系编：《全清词·顺康卷》第十三册，中华书局 2002 年版，第 7504 页、7510 页。

② ［清］冯金伯：《词苑萃编》卷八，唐圭璋：《词话丛编》第二册，中华书局 1986 年版，第 1945 页。

③ 《山中白云词序》彊村丛书本，见施蛰存：《词籍序跋萃编》，中国社会科学出版社 1994 年版，第 393 页。

竹山情调形成了有趣的对照。这种理论与创作不相吻合的词学现象实在值得深思、探究，至少不能认为"浙西填词者，家白石而户玉田"，就逆向推论浙西词人都是白石、玉田风味。即以浙派六家之一的李符词作为例，可辨识当时这些词家取径较宽、不辍词艺探索的行迹。

浙派词人中不仅仅李符如此，其兄李良年有浙西"亚圣"之称，他论词"必尽扫蹊径，独露本色。尝谓南宋词人，如梦窗之密，玉田之疏，必兼之乃工"①，与高二鲍论李符词颇为一致。李良年有《秋锦山房词》，多咏物词，其词规模南宋，羽翼竹垞，抒故国之情并出以淡语："五十五船旧事，听白头人语"（《好事近》），"一笛东风，斜阳淡压荒烟"（《高阳台》），"游人休吊六朝春，百年中有伤心处"（《踏莎行》），"倚香奁，天宝宫娥，爱说开元"（《高阳台·过拂水山庄感事》），"芦衰竹苦，正听残、野店酒旗风袅"（《留客住·鹧鸪》）等，感慨衰亡之语与《竹山词》同脉。遗憾的是，李良年存词仅70多首，难以睹其全貌，但情味隽永，与蒋捷标举"待把旧家风景，付诸闲话"的审美情趣如出一辙。由此，以二李师法竹山词的态度也可见浙派理论与实践的误差现象之一斑。

三、盛吟竹山牵牛花

某一词体的诞生，都是缘于具有接受点才可能形成，无论它是一句词抑或一首词作。竹山词虽总量不算太多，但在世人心目中存在着一些名篇，这些名作是在历代词人及词评家的不断吟诵声中脱颖而出的，直至今天仍然为人所喜爱，蒋捷的《贺新郎·秋晓》曾经引发清代诸多词人的关注并因之展开频频唱和。

---

① ［清］曹贞吉：《秋锦山房词序》引述，严迪昌：《清词史》，江苏古籍出版社1999年版，第277页。

在探索这一词学佳话之前，引录蒋词如下：

贺新郎·秋晓

渺渺啼鸦了。亘鱼天、寒生峭屿，五湖秋晓。竹几一灯人做梦，嘶马谁行古道。起搔首、窥星多少。月有微黄篱无影，挂牵牛、数朵青花小。秋太淡，添红枣。　　秋痕倚赖西风扫，被西风、翻催鬓鬓，与秋俱老。旧院隔霜帘不卷，金粉屏边醉倒。计无此、中年怀抱。万里江南吹箫恨，恨参差、白雁横天杪。烟未敛，楚山杳。

这首词以简练笔调描绘了秋日江南景象，以及词人与秋俱老的恬淡心境。这首词本意写"万里江南吹箫恨"，却在月影微黄的篱笆院中点缀上青花红枣的近景，下阕衬托以白雁横天、楚山烟杳的远景，令词人身世际遇的无限愁苦得以稀释冲淡。有学者认为，蒋捷的《贺新郎》具有悲而不失其壮、郁而能转为达的特点，能够形成这种境界除了内在的浩气不灭的高士情怀，还与蒋捷学习辛弃疾清壮雄放的词风有关①。此类说法有其道理所在。相比于清空骚雅之词，这首词专为平凡而有生活情调的牵牛花画像，捕捉生活具体细节，运用微妙小镜头提炼淡泊素朴的画面，引发清代浙西词人的广泛注目，并多以《惜秋华》调来咏叹，这一富有生活趣味的艺术形象在竹山词之后得以延续。

　　浙西六家之一沈岸登，对《竹山词》持有一定的兴趣。他不仅袭用某些词句，如《减字木兰花·双莲髻绾》中"绝是羊家张静婉"味同蒋捷《蝶恋花》中"莫是羊家张静婉"；《齐天乐·丙辰元夜，再客长安》中"隘巷钿车，窥人罗帕，笑逐蛾儿争舞"似从蒋捷《女冠子·元夜》的"羞与蛾儿争耍""但梦里隐隐，钿车罗帕"化用而来。而且《江城子·送顾左公之

① 刘扬忠：《唐宋词流派史》，福建人民出版社 1999 年版，第 558—559 页。

白门》用韵同于竹山词《南乡子·塘门元宵》，某些韵脚"家、纱、华、花、涯"等皆同。有趣的是，他参与了这次咏牵牛花的词学活动，填有《惜秋华·牵牛花》：

> 翠影疏凉，似深杯含露、野塘低袅。倦马都嘶，催人半程风帽。都愁好梦回来，便尽向、山篱开了。秋晓。趁萝烟乍收，螢啼未老。　　灵鹊小窗报。觑柔丝不上，却双双飞绕。浅白更青，残月恁时留照。思他帐底冰绸，问曲屏、试花还好。谁拗。负晨妆、采芳人到。[①]

写秋晓山篱之景，尤其着力描绘牵牛花的温柔缱绻之态，形象比蒋捷的篱边一角更加丰满。"六家之外"的浙派词人陆棻（1630—1699），也是词派重要成员，有《雅坪词选》存世。整体风格为疏朗中见凝重，并时有凄清慷慨味。其词除学玉田外，还兼具竹山的苍凉清旷情韵，与阳羡词人史惟圆等都有往来（陆棻《瑞龙吟·赠史蝶庵》）。他曾与同派词人互有唱和，以《惜秋华·牵牛花》为题来咏叹这一普通的草花：

> 玉露无声，点轻圆翡羽，惯开凉夕。雨过晓天，青来这般颜色。疏篱未有黄花，对远山、翠尊萧瑟。藤侧。任苔衣静缘支机锦石。　　浅晕痕湿。悄含情似怨，倚晨妆无力。乌鹊影边，休问泛槎消息。倩谁试写秋容，记宣和、画图留得。曾识。剪琅轩、绣缨双翼。[②]

画笔勾勒、疏朗清淡，描写雨过天晓后的牵牛花。清秋时节，将天色、山姿、花情合为一幅秋容图，用一种绘声绘色法来填词，

---

① 南京大学中文系编：《全清词·顺康卷》第十六册，中华书局 2002 年版，第 9069 页。

② 南京大学中文系编：《全清词·顺康卷》第十册，中华书局 2002 年版，第 5754 页。

可谓"以画为词"。除此之外，还有偏爱咏物的词人邵瑸，应属浙西派中最喜牵牛情味者，他同样参与了《惜秋华》的唱和。

邵瑸（？—1709），有《情田词》存世，《全清词》现收255首。曾经学词于朱彝尊，龚翔麟欲以其词补浙西六大家词之后而为七，《四库全书总目提要》则明确指出"其填词之学出于朱彝尊"。邵瑸作词，不究一家，虽属浙派而有竹山词意，透过《行香子·自题词集》的疏快风味可见其兴趣一斑。首先，其词深得疏快韶秀、深情婉转之旨，不仅《金缕曲·雄县晓行》（按：《金缕曲》为《贺新郎》异名）中韵味一同蒋捷《贺新郎·秋晓》词，而且化用"数朵青花小"为"数点残星小"等，显然词人是直接摹仿竹山词而来。《折红梅》词中"鬓边插好，须攀取柔条低袅"的灵感也似乎来自蒋捷《霜天晓角·折花》的启迪。其次，词人喜为咏物词，钟情于小小牵牛花。他满怀深情地欣赏牵牛花的幽姿："迎面亭子疏篱，娟娟凉露里，牵牛开好。"（《念奴娇·残月》）意犹未尽，又专门填词《惜秋华·咏牵牛花》，设色清幽，尽态极妍：

> 能几番开，绕西风篱落，早来秋感。小字芳名，却爱星河为伴。浑疑未了佳期，又翠朵、忽横凉院。藤软。最难分、嫩姿碧深朱浅。　　黛峰画偏淡。莫吴娘妆罢，已疏筠齐卷。承露无多，输与晓程人看。谩写一段幽情，试问谁、含颦千点。曾见。小青花、竹山吟卷。①

依照词人的想法，独放一角的牵牛花颇能代表内心一些淡泊情思，以及孤芳清赏的落寞情怀："浑疑未了佳期，又翠朵、忽横凉院。藤软。最难分、嫩姿碧深朱浅。"而他翻过一层，由花名

---

① 南京大学中文系编：《全清词·顺康卷》第十六册，中华书局2002年版，第9305页。

联想星河的旖旎情思尤逗人心田："小字芳名，却爱星河为伴。"又是什么启发了词人托意牵牛花的如许兴致？词末云"谩写一段幽情，试问谁、含颦千点。曾见。小青花、竹山吟卷"。中间蕴含着对竹山词的袅袅怀思，淡语深情，温柔婉转，可视为浙派词人咏叹牵牛花的佳作，或置于整部词史也不逊色。

浙派参与这场唱和的词人，还有李符之兄李良年，他也有一首《惜秋华·牵牛花》："乱插疏筠，讶西风吹挂，碧绡如剪。昨夜露华，涓涓冷波盈盏。生来只恋秋河，开不到、斜阳都卷。谁伴。有流萤半檐，凉蛩一院。　　婉约尽堪玩。甚朝朝暮暮，把铅容频换。微雨乍晴，低翠几番深浅。年时忆控帘钩，映小窗、暑残清簟。休唤。怕停梭、那人愁见。"斜阳秋河，深浅愁绪，恰是一番婉约情景。系列咏牵牛花词，汇聚于浙派词人的咏物风潮之间。自朱彝尊编纂《词综》收录《乐府补题》大量词篇以来，浙派词人拟作补题之类咏物词，蔚然成风。加上清初考据学兴盛的背景，大量咏物词不仅展示博物之学，还具有南宋词比兴寄托式的做法，成为不乏镂琢意味的学者之词。"近日词集……开卷必有咏物之篇，亦必和《乐府补题》数阕，若以此示人，便知吾词宗南宋，吾固朱、厉之嫡冢也。究之满纸陈因，毫无意致，此尤习气之不可解者矣。"[1]客观而言，这些唱和既体现出浙派词人对于咏物词的热衷，看似是争奇斗胜的游戏之作，却正好用来寄托所共有的一种寂寞秋心，与词调本意暗自相承，也潜移默化地传颂着蒋捷的词名。

在蒋捷《竹山词》中亮相的"挂牵牛，数朵青花小。秋太淡，添红枣"（《贺新郎·秋晓》），曾被陈廷焯讥为"无味之

---

① [清] 谢章铤:《赌棋山庄词话续编五》，唐圭璋:《词话丛编》第四册，中华书局1986年版，第3569页。

极"①，反而为偏爱疏淡清空的陆棻、邵瑸以及沈皞日、曹贞吉、龚翔麟等浙西六家词人念念不忘、称赏不已，令人不免感叹审美趣味对词学流向的巨大影响力了。需要顺便说明的是，宋人咏物词渐趋繁盛，南宋以至宋末达到高潮，这对于清代词坛产生了深刻影响。针对蒋捷的咏牵牛词，便是极为显著的例子，除去上述浙派词人的系列唱和，直至晚清词坛依然遥相呼应。女词人顾太清，享有"男中成容若，女中太清春"的美誉。她在道光十九年（1839）与许云林、钱伯芳、沈湘佩等闺媛才女结下秋江吟社。这一年秋天她们首次集结时，便以《鹊桥仙》咏叹牵牛花，此题唱和极为类似当初浙派词人的做法，也间接应答着蒋捷《竹山词》中的《贺新郎·秋晓》。只是这场闺秀结社唱和，恰好又适逢七夕节，多首词中自然而然描绘金风银河、牛郎织女，"花擎翠盏，藤垂金缕，消受早凉如水。红闺儿女问芳名，含笑向、渡河星指"②。作为幽幽秋景的牵牛花成为这一传说的重要意象和媒介。

透过浙西词人的种种表现，我们看到理论与实践的不尽相同，这提醒词学研究者对二者不可偏废，不能仅凭口号便对词人妄下结论。同样隶属这一词派的前后"吴中七子"③，以王昶、戈载为代表，在嘉庆、道光年间名噪一时。这些词人都喜欢晦涩之态的词篇，如戈载素来喜爱梦窗词，认为"雕缋满眼，而实有灵气行乎其间。细心吟绎，觉味美于回，引人入胜"④。由于他们拘

① [清] 陈廷焯：《白雨斋词话》卷一，唐圭璋：《词话丛编》第四册，中华书局1986年版，第3795页。

② 李程、陈郁文：《〈鹊桥仙〉与词中七夕》，《古典文学知识》2021年第4期。

③ 对于吴中前后七子的归属，学界尚存在一些分歧：严迪昌《清词史》划归浙派；沙先一《清代吴中词派研究》则划入吴中词派，人民文学出版社2004年版。本文依《清词史》之界定。

④ [清] 戈载：《吴君特词选跋》，施蛰存：《词籍序跋萃编》，中国社会科学出版社1994年版，第347页。

泥声律而词句雕琢，仅以声韵述词情，反限制了情感的抒发。加之他们本以精于经术史学而著称，于词学并非专诣。即如戈载编订《词林正韵》对蒋捷《女冠子》元夕词的词韵分析，也是以诗韵和曲韵的观念为指导来总结词韵规律的①。因此，清人冯煦论蒋捷词有"字雕句琢，荒艳炫目"之处，随之指摘吴中七子云："类祖述之（指蒋捷），其去质而俚者自胜矣。然不可谓正轨也。"②这是与陈廷焯相同的正变观论词，有一定偏颇。而认为他们有师法蒋捷一端的痕迹，再次印证着竹山词学形成过程中广泛化的特点。即使流派不同，仍然阻遏不住词人走进竹山词学的进程。

---

① 谢桃坊：《〈词林正韵〉质疑》，陈飞主编：《中国古典文学与文献学研究》第二辑，学苑出版社 2003 年版，第 197 页。

② ［清］冯煦：《蒿庵论词》，唐圭璋：《词话丛编》第四册，中华书局 1986 年版，第 3596 页。

第二节

《竹山词》在清代中后期的接受

　　清代中后期的词学探索仍在持续，其中同样累积着《竹山词》接受史。虽然阳羡词风至雍正、乾隆时期渐趋衰微，但随着周济为代表的常州词派的兴起，对《竹山词》的关注影响了周围词人，时代风气得以恢复。尤其《竹山词》中大量抒写衰世漂泊的凄清，具有浓重的世纪末情调，恰能引发晚清文人的心灵共鸣。因此，伴随着《竹山词》的身影，清代中后期词坛清商曲调吟唱不已，并有诸多词人不同的实践与品评。词学大家凌廷堪对蒋捷词的相关表述，拉开了清代中叶竹山词的接受序幕。

　　凌廷堪（1757—1809），生当乾嘉考据学兴盛之时，出于经学研究的需要，对中国古代的音乐学与音韵学做了卓绝的探讨，学术成果即《燕乐考原》。梁启超对此评论很高，认为"若其研究方法，确为后人开一新路"①，对后人研究燕乐调确有其功。凌氏论词，以浙西词派为圭臬，推崇姜夔、张炎，连他自己的词集《梅边吹笛谱》也取自白石《暗香》（"旧时月色，算几番照我，梅边吹笛。唤起玉人，不管清寒与攀摘。"）句意。在他十五岁时，偶然得见朱彝尊的《词综》和沈德潜的《唐诗别裁集》，激发了他对诗词的极大兴趣，其词作风格追求与浙西派推尊姜夔、张炎的词论思想一脉相承。就词论而言，凌廷堪多加比拟，历数唐五代至乾嘉时期词坛的兴衰演进，俨然一部微型词史：

―――――――
① [清] 梁启超：《中国近三百年学术史》，中国书店 1985 年版，第 359 页。

词者，诗之余也。昉于唐，沿于五代，具于北宋，盛于南宋，衰于元，亡于明。以诗譬之，慢词如七言，小令如五言。慢词北宋为初唐，秦、柳、苏、黄如沈、宋，体格虽具，风骨未遒。片玉则如拾遗，骎骎有盛唐之风矣。南渡为盛唐，白石如少陵，奄有诸家；高、史则中允、东川，吴、蒋则嘉州、常侍。宋末为中唐，玉田、碧山风调有余，浑厚不足，其钱、刘乎？草窗、西麓、商隐、友竹诸公，盖又大历派矣。稼轩为盛唐之太白，后村、龙洲亦在微之、乐天之间，金元为晚唐，山村、蜕岩可方温、李，彦高、裕之近于江东、樊川也。小令唐如汉，五代如魏晋。北宋欧、苏以上如齐梁。周、柳以下如陈隋。南渡如唐，虽才力有余，而古气无矣。填词之道，须取法南宋，然其中亦有两派焉，一派为白石，以清空为主，高、史辅之。前则有梦窗、竹山、西麓、虚斋、蒲江，后则有玉田、圣与、公谨、商隐诸人，扫除野狐，独标正谛，犹禅之南宗也。一派为稼轩，以豪迈为主，继之者龙洲、放翁、后村，犹禅之北宗也。[1]

除了精研音律，凌廷堪在这则词论中展示出他的崇雅倾向，沿波溯源、分门别派，推举白石词，与浙派观点相呼应。但他把词史与唐诗发展史牵强比附，难以令人称允。引人注目的是，他论及蒋捷词时并未随意轩轾，而把蒋捷与南宋词学大家吴文英并提，别为一家，可以想见竹山词在他心目中的位置。由于标举白石、玉田，即使风格多样化的竹山词略有清空的影子，而一味置蒋捷于其内，便有些片面。凌廷堪的观念有一定时代性，显示出当时部分词人的词学理念。沿着这一思路，我们分别从词作、词论等

---

[1] ［清］张其锦：《梅边吹笛谱序》，见陈乃乾辑：《清名家词》第六卷，上海书店1982年版，第2—3页。

方面具体阐释清代中期接受蒋捷词的情形。

一、酷似竹山刘嗣绾

乾隆末年至嘉庆时期，有一位特立独行、不受宗派束缚的词人，即阳湖人刘嗣绾。刘嗣绾（1762—1820），字醇甫，一字简之，号芙初，又号扶出，有《筝船词》（一名《尚䌹堂词》）二卷传世。其词多汲引竹山词的艺术影响，尤其是小令词方面，如《浪淘沙·舟过枫桥》：

> 风影酒旗飘，水阁灯摇。满船红叶出枫桥。柔橹一声秋去远，暮雨潇潇。　　浊酒几曾消，梦也无聊。桃笙如水夜迢迢。三尺短篷听不得，误了芭蕉。

这首词细腻刻画出行旅江上的所见所闻及所感，流动着意尽而情不尽的意绪。不仅风情韵味与竹山词极为接近，而且体式上例用《一剪梅·舟过吴江》《行香子·舟宿兰湾》平声韵，甚至几处韵脚"飘、摇、桥、蕉"等完全相同，意象使用如江舟、酒旗、春雨、芭蕉等也一致，令人相信这些绝非偶然，而是有意仿效竹山词伤感婉转的趣味。其他小令词也多用平声韵，且用韵较密，味同竹山词。如《南乡子·春事已阑珊》《浣溪沙·过黄州》等都与上述竹山词及《梅花引·荆溪阻雪》等异调同气。再如《解佩令·月》，主旨写秋，对应竹山词写春，句式韵味如出一辙，二词共有春花迸泪、秋月伤神的妙处，看似闲情，实则"清而不佻，旨趣遥深"①。此外，以《浪淘沙》词句为例，由"二十五声今夜点，点点心头"自然想到蒋捷《声声慢·秋声》中"疏疏二十五点，丽谯门，不锁更声"，诸多词语的袭用也使

---

① ［清］丁绍仪：《听秋声馆词话》卷十五，唐圭璋：《词话丛编》第三册，中华书局1986年版，第2763页。

得刘氏词呈现出瓣香竹山的艺术痕迹。

嘉庆年间的沉闷压抑情绪流荡文人心间，刘嗣绾一生经历与现实社会颇不相合，尤其是"频年旅食，虽捷礼闱、入木天，恒杜门却轨，生平抱蕴，百未展一，竟郁郁以终"①，借此可明了其词心。虽未直接发现刘嗣绾有关蒋捷的词论，但这些创作实践无论情感蕴涵还是艺术体式无不逼肖竹山词，概二人相似心曲情趣，移植于词也便是隔空对话了。

二、清词可歌竹山味

著名词人周稚圭，名之琦，号退庵，生逢嘉庆、道光、咸丰年间，有《心日斋词》多种著述。其词宗南唐北宋，心追手摹元人张翥（仲举）的风格。他论词折中浙派而接近常州派，常不相依傍，别开生面。龙榆生先生曾就此论云："道光咸丰以来，词家于常浙二派之外，能卓然自树者，有周之琦、蒋春霖二家。"②作为词学名家，周之琦深谙竹山词三昧，其论词绝句云："阳羡鹅笼涕泪多，清辞一卷黍离歌。红牙彩扇开元句，故国凄凉唤奈何。"③"红牙彩扇"，缘于蒋捷《贺新郎·梦冷黄金屋》词中"彩扇红牙今都在，恨无人解听开元曲"。结合身世，周之琦将蒋捷《竹山词》比为伤悼故国的黍离之歌，意在阐述词中所寄托的深切亡国之痛。正是这种异代同慨的黍离之悲绾结了词心，揭示出蒋捷词在后世词人心目中的位置和情感。周之琦对此予以精辟归纳，也成为清代论词绝句的经典。

与周之琦同时，词人陈元鼎也较有影响。谭献曾经评述他："杭州填词，为姜张所缚，偶谈五代北宋，辄以空套抹杀。百年

---

① ［清］丁绍仪：《听秋声馆词话》卷十五，唐圭璋：《词话丛编》第三册，中华书局1986年版，第2763页。
② 龙榆生：《中国韵文史》，上海古籍出版社2002年版，第152页。
③ 孙克强、裴喆：《论词绝句二千首》，南开大学出版社2014年版，第329页。

来，屈指惟项莲生有真气耳。实庵虽未名家，要是好手。"① "实庵"是陈元鼎的号。又云其鸳鸯宜福词、吹月词："婉约可歌，有竹山、碧山风味。"② 与陈元鼎交游的词人黄燮清，也深得竹山词韵致，如《浪淘沙》：

> 秋意入芭蕉，不雨潇潇，闲庭如此好凉宵。月自缠绵花自媚，人自无聊。　　别恨几时消，认取红绡。凤筝音苦雁书遥。醒着欲眠眠着醒，灯也心焦。

秋意凄清伤婉与蒋捷同类题材词《一剪梅·舟过吴江》如出一人，韵调、意绪是完全一致的，与陈元鼎自己在《寒松阁词题评》中的词论遥相呼应③，这也成为审视《竹山词》清疏流美艺术范式的一个小小窗口。

综上，这一时期《竹山词》的影响走向高潮，许多词人自觉地以《竹山词》为艺术范式。正如咸丰年间的马兰芬为《寒松阁词》所作序称，在朱彝尊、李符的影响之下，"数十年寻声捅谱，不乏其人。所为词，虽薄不浮，虽浅不俚，有清空婉约之致，无肥泽浮靡之习"④。这一脉词风当与词坛追踪竹山词有一定关联。

---

① ［清］谭献：《复堂日记》，河北教育出版社 2001 年版，第 34 页。
② ［清］谭献：《复堂词话》，唐圭璋：《词话丛编》第四册，中华书局 1986 年版，第3995 页。
③ ［清］陈元鼎：《寒松阁词题评》，施蛰存：《词籍序跋萃编》，中国社会科学出版社1994 年版，第 598 页。
④ ［清］陈乃乾辑：《清名家词》第十卷，上海书店 1982 年版，第 1 页。

第三节

常州词派对《竹山词》的理论思考

在开启常州词派对《竹山词》的论述之前，我们发现这一词派与阳羡词派在词统建构方面具有交叉关系。常州，即无锡、宜兴、阳湖等的统称；阳羡，乃宜兴一地的古称。阳羡派极力推崇蒋捷及其《竹山词》，后来兴起的常州词派受到熏染影响自然是在情理之中。常州派与阳羡派在词人所属地域、词统建构方面均具有交叉关系，形成天然的互倚之势。加上两派在各派之内彼此称许，极尽倡导之能事，又都注重以父子、师生、家族等为纽带的群体运动，共同推演了清代词学中兴。也是两派实际上有所交集。而与浙西派相比，"在理论的建设上，浙派远较常州派逊色。因此，在嘉庆前，浙派风靡一时，词家为其笼罩者'十居七八'，但等到常州派一出，浙派便趋向没落，由常州派取而代之。"① 从嘉庆初年到道光中后期，从张惠言兄弟到周济，从推尊词体、提出诗词同源，提倡词应当比兴寄托、意内言外等主张，到周济提出词亦有史、词作才情等，常州词派的理论建树引人注目，其宏通性、深厚性也体现于对《竹山词》的切实体悟。

一、宏通有变的周济

常州词派在词统建构过程中，有诸多对《竹山词》的体认阐释。尤其词学大家周济论词，以纠正浙派偏颇为目的，既鼎力推

① 吴宏一：《清代词学四论》，联经出版事业公司 1990 年版，第 73 页。

崇北宋词人，又显示着对蒋捷词前后不同的滋味。周济在文学创作上专意于词，"未死名心长短句，已通世法马牛风"（《却寄家木君高云溪》，《介存斋诗》卷三）可见其为词精神，在此基础上形成了周密有法的词学理论，常州词派正自周济起树立旗帜。清人张德瀛曾有一则"清词三变"①的论述，可以考见常州词派在晚清人心目中的崇高位置，但他极力褒扬张惠言而缺失周济的倾向存在偏颇，严迪昌先生对此予以甄别，并认为张惠言无意开派于词坛是可以肯定的②。这一准确明锐的剖析拂去了以往人们对常州词派变迁发展的模糊与偏差看法，还之以本来面目。那么，周济是如何继往开来、开疆拓土的呢？

（一）词选中的竹山词

如上所言，周济出于醇雅之求，不满于竹山词的"粗鄙"之处。常州词派是以编录词选来树立流派的，但周济并非因他人的鄙薄而弃竹山词于不顾。张惠言编《词选》时，并未选入蒋捷词，后来董毅《续词选》选入三首词。张炎词也只是选入一首，这和朱彝尊《词综》选入三十九首形成鲜明对比。有学者认为，张惠言编选《词选》参考利用了朱彝尊《词综》，"张惠言用心并不在词学。《词选》的蓝本，据我的勘对，大概是根据朱彝尊的《词综》一书。他所评的词家的词集，我想他是没有看过的"③，认为朱彝尊对词作者有错误等问题，张惠言也大都沿袭下来，并没有去核校词家词集。张惠言本来以经学为重，是乾嘉之际著名的今文派易学大师，他所倡导的词学观念中具有强烈的干世情结，迎合了清代中晚期士人的意欲变革以图有所作为的心思。虽然他编纂《词选》并没有开宗立派的意旨，而是藉此作为门人学

---

① ［清］张德瀛：《词征》卷六，唐圭璋：《词话丛编》第五册，中华书局 1986 年版，第 4184 页。

② 严迪昌：《清词史》，江苏古籍出版社 1999 年版，第 469—472 页。

③ 吴宏一：《清代词学四论》，联经出版事业公司 1990 年版，第 164 页。

词的读本。但由于他将词学与现实政治相比附，也即论词重在意义阐发，偏重以"寄托"揭示词作的具体寓意，此种别树一帜让人眼前一亮，能够引发士子难以明言的人生感慨，因此张惠言往往被誉为常州派的始祖。

需要注意的是，《词选》未录蒋捷词篇，但并不能因此否认蒋捷对他们词学历程的影响痕迹，如张琦《江城子》"最苦伊家今夜梦，寻不到，小楼西"，《丑奴儿慢》"乍晴又雨，消得几番花信"等词句极类竹山词味。历经嘉庆朝，《词选》逐渐成为常州派的一面旗帜，"常州词派的旗号只是到了周济这一辈方始大振，《词选》的影响也是到了道光十年之后才得到扩大"①。由于张惠言自身所作词难与精锐理论相提并论，其《词选》影响仍是有限度的。1812 年，周济首先编著《词辨》十卷，选入蒋捷词一首《贺新郎》"梦冷黄金屋"。周济选录这首词，大概以其含蕴情深，且不入俗调之故。1832 年，周济的《宋四家词选》及其序论正式反映出他日渐成熟的词学观。他不仅附蒋捷于稼轩之后，还选录其词五首:《贺新郎》"渺渺啼鸦了"、《贺新郎》"梦冷黄金屋"、《瑞鹤仙》"绀烟迷雁迹"、《女冠子》"蕙花香也"、《绛都春》"春愁怎画"，所选皆慢词长调，且内容都属于一介遗民亡国破家后的凄凉追忆。这几首词借蒋捷"待把旧家风景，写成闲话"（《女冠子·元夕》）的创作手法，不仅蒙着一层社会时代的政治色彩，还有一种裹缠其中的夜箫低沉韵味的"琼魂暗泣"（《瑞鹤仙·乡城见月》）之声，这种沉郁也正不同于白石、玉田的空灵，自有清警、峭拔之色。对于词学选本所起的推尊词体、弘扬词旨、扩大词派的作用，龙榆生所论切中肯綮:"清初词人，未脱晚明旧习。自浙、常二派出，而词学遂号中兴；风气转移，乃在一二选本之力；选词标准，亦遂与前代殊途。伶工之词，至

①严迪昌:《清词史》，江苏古籍出版社 1999 年版，第 470 页。

是乃为士大夫所摈斥；思欲兴起绝学，不得不别树旗帜，先之以尊体，继之以开宗，壁垒一新，而旗鼓重振。自朱彝尊《词综》、张惠言《词选》、周济《宋四家词选》，乃至近代朱彊村先生之《宋词三百首》，盖无不各出手眼，而思以扶持绝学，宏开宗派为己任。"① 作为一种独特的批评方式，选本确实具有别样的词学意义，沾概了常州派词学和晚清词坛。

周济选词与其词学理论互为映照，初期词学受当时有影响的浙西词派影响，又提出"服膺白石，而以稼轩为外道"，突破浙派专论南宋词独尊姜夔的偏颇，从"发现"辛弃疾的角度对《词综》《词选》都有所反拨。有学者论曰："常州派词人在矫正浙派独尊南宋姜夔一派的狭窄格局时，不仅重振了唐五代、北宋词风，也提高了苏、辛一派词人的地位。从这个意义上说：在《词选》出现以后，《词综》作为参照比较以及互补的对象，仍然对晚清词学的发展轨迹具有一定影响力。而对于学词者来说，这两种词选也是可以互相补充的。"② 与张惠言、张琦及董士锡等人的学说相切磋，词学观念发生转变，批评浙派弊端并为树立常州词派而建构体系。此时原为浙派推崇的白石，在周济的词学视野中渐渐沦为"放旷才小""门径浅狭"，甚至"如同嚼蜡"的指摘，地位一落千丈。周济对蒋捷词，虽选词不多，却怀有希冀，感情不一般。正如学者舍之（即施蛰存）所论："词选之以流派分者，又为周氏独创。"③ 以上所选竹山词的态度，对追随此派的词人也不无影响，如常州派殿军陈廷焯等。此外，周济选录竹山词，大概还有一个隐性原因。常州词派较重音律，而竹山词恰以音律精工见长。古人论"雅"本有二义：一为典雅之词或骚雅之词，意

---

① 龙榆生：《龙榆生词学论文集》，上海古籍出版社1997年版，第73页。

② 于翠玲：《朱彝尊〈词综〉研究》，中华书局2005年版，第205页。

③ 舍之：《历代词选集叙录》，《词学》第六辑，华东师范大学出版社1988年版，第218页。

取大雅；一为张炎所云"雅词协音，一字不放过"者，即以协乐律为雅。周济不辍竹山词，应出于后面一种认识。然而，虽有词选，其间接性终究不能清晰显现周济对蒋捷词的细微态度，这还须通过理论细节来检验考察。

（二）词学理论中的竹山词

嘉庆十七年即 1812 年，周济作《词辨》十卷（现仅存前两卷），序言对自我审美情趣的转折变化阐述得颇为详细，标志着其词学观念的初步形成：

> 余年十六学为词，甲子（按：嘉庆九年，即 1804 年）始识武进董晋卿。晋卿年少余，而其词缠绵往复，穷高极深，异乎平时所仿效，心向慕不能已。晋卿为词，师其舅氏张皋文、翰风兄弟。二张辑《词选》而序之，以为词者，意内而言外，变风骚人之遗。其叙文旨深词约渊乎登古作者之堂而进取之矣。晋卿虽师二张，所作实出其上。予遂受法晋卿，已而造诣日以异，论说亦互相短长。晋卿初好玉田，余曰："玉田意尽于言，不足好。"余不喜清真，而晋卿推其沈著拗怒，比之少陵。牴牾者一年，晋卿益厌玉田，而余遂笃好清真。既予以少游多庸格，为浅钝者所易托；白石疏放，酝酿不深。而晋卿深诋竹山粗鄙。牴牾又一年，余始薄竹山，然终不能好少游也。其后，晋卿远在中州，余客授吴淞。弟子田生端，学为词，因欲次第古人之作，辨其是非，与二张、董氏各存岸略，庶几他日有所观省。爰录唐以来词为十卷，而叙之曰：古称作者，岂不难哉！自温庭筠、韦庄、欧阳修、秦观、周邦彦、周密、吴文英、王沂孙、张炎之流，莫不蕴藉深厚，而才艳思力，各骋一途，以极其致。譬如匡庐

衡岳，殊体而并胜，南威西施，别态而同妍矣。①

这段话表明周济基于张惠言的意内言外，提出比兴寄托理论，标志着周济词学观念初步形成，清晰勾勒出他发扬光大常州词学的辛勤历程，也是常州派词学理论逐步体系化的重要文献。周济在《词辨》中辨析词学的正变二途，在"正声"外列为"变声"的词人是李煜、范仲淹、苏轼、辛弃疾、陆游、姜夔、刘过以及蒋捷等。他与张惠言之甥董士锡由相识而往来切磋词艺，互为汲引而体系渐明，充分显示了周济的胆识和清醒。他由"不喜清真"到"笃好清真"，由"以少游多庸格"到"终不能好少游"，由受"晋卿深诋竹山粗鄙"影响而至"始薄竹山"等都是周济词学进程中的不同认识点。周济本与蒋捷同一乡邑，并未泛泛以乡贤相尊。他的词学思想中尚雅为主流，以宏通有变的态度审视词学，所附《介存斋论词杂著》里也明确宣称"竹山薄有才情，未窥雅操"。其次，周济重比兴寄托，走出二张秉持的区分正变到强调浑化深厚。他自述，"予少嗜此（指词学），中更三变"。对蒋捷词的情感也逐渐发生了变化，深刻演绎出"变"的痕迹。他认为"文人卑填词为小道，未有以全力注之者，其实专精一二年，便可卓然成家。若厌难取易，虽毕生弛逐，费烟楮耳"，何况，周济与董士锡历经数年而淘洗唐宋词名家，努力超越阳羡、浙西、云间等词派的艺术观念和标准，体现了周济宏通有变的词史观念。

周济的词学观日渐成熟，经典体现在《宋四家词选序论》中。尤其对于竹山词洞察精微，见解精辟，多发他人所未发：

竹山有俗骨，然思力沉透处，可以起懦。

①［清］周济：《词辨自序》，见《介存斋论词杂著》附录，唐圭璋：《词话丛编》第二册，中华书局 1986 年版，第 1636 页。

梅溪才思，可比竹山。竹山粗俗，梅溪纤巧，粗俗之病易现，纤巧之习难除。颖悟子弟，尤易受其熏染。余选梅溪词，多所割爱，盖慎之又慎云。

雅俗有辨，生死有辨，真伪有辨，真伪尤难辨。稼轩豪迈是真，竹山便伪；碧山恬退是真，姜、张皆伪。味在咸酸之外，未易为浅尝人道也。①

考辨这些词论，周济以往所言的"薄"并非完全摒弃，感情上仍有所萦系。他不断融合研读竹山词的经验，而出以简洁中肯的批语。他并不囿于张惠言的词学主张，尤其对其莫逆之交董士锡的"粗鄙"说加以取舍，认为竹山词粗而不鄙，精辟地提出某些词学创作和鉴赏规律。稍稍对读关乎张炎的评论："玉田，近人所最尊奉。才情诣力，亦不后诸人，终觉积谷作米，把缆放船，无开阔手段。然其清绝处，自不易到。玉田词，佳者匹敌圣与，往往有似是而非处，不可不知。叔夏所以不及前人者，只在字句上着功夫，不肯换意。若其用意佳处，即字字珠辉玉映，不可指摘。近人喜学玉田，亦为修饰字句易，换意难。"②显然，在常州派主要理论家周济这里，他对于张炎的批评有与浙西派的门户之争，词话中的"近人"就是指向浙派，浙派尊崇姜、张。综合观照，周济对张惠言的词论有突破、有建树，发扬光大了常州派，对蒋捷的点评也有许多富有思辨性的真知灼见。

这里，我们专门辨析竹山词的粗俗。周济以竹山词"粗俗"为病，确有一定道理。竹山词的审美风格多样化，以疏快明秀而见长，"粗俗"只是竹山词的一面，周济并非信口开河式的极端

---

① [清] 周济：《宋四家词选目录序论》，唐圭璋：《词话丛编》第二册，中华书局 1986 年版，第 1643 页。

② [清] 周济：《介存斋论词杂著》，唐圭璋：《词话丛编》第二册，中华书局 1986 年版，第 1635 页。

化评价。对类似这样风格的词人，他往往运用辩证的视角，如论苏轼词"人赏东坡粗豪，吾赏东坡韶秀。韶秀是东坡佳处，粗豪则病矣"①，即欣赏东坡词的韶秀之处，而以粗豪为病，并非以偏概全，一棒子把人打翻。对于竹山词的"粗俗"，清人存在一些误解，或许直到今天仍延续着。清初陈玉璂作词多俗味，尤其以三十三首《沁园春》津津有味地称论美人足、手、肩、泪、心等，极尽其能事。首调词序云："闲凭柳馆余音，漫仿竹山别体"②，这类俗艳之词被视为"竹山别体"是缘于蒋捷词中的《金盏子》"练月萦窗"、《虞美人·梳楼》、《柳梢青·游女》、《一剪梅·舟过吴江》等有绮靡情辞的词篇。其实，蒋捷的这些词并不完全关涉艳情，即使有所涉及也未流于俗艳。尤其《一剪梅·舟过吴江》《行香子·舟宿兰湾》，虽然出现了历史上此地著名歌伎秋娘、泰娘、窈娘，但词人是借她们萦系一地风景风情，抒写时光流逝，寄托今昔感慨。宋末陈以庄《水龙吟》中也出现了这些名字，而词题所言"记钱塘之恨"，正是记述亡国之恨，构成同一时代的经典缩影。因此，历来对于蒋捷《竹山词》某一点的解读，出现误解或者无端放大等都值得在反思中予以归正。

至周济晚年，他已经颇为自信地寻取到一条治词门径："问途碧山，历梦窗、稼轩，以还清真之浑化"，如同沈曾植所云"心厌浙派，亦扬梦窗以抑玉田"③，正是未厌竹山而略薄竹山也。这不仅反映出周济论词取径以宽的思想情趣，而且表明有清一代

①［清］周济：《介存斋论词杂著》，唐圭璋：《词话丛编》第二册，中华书局1986年版，第1656页。

② 南京大学中文系编：《全清词·顺康卷》第十三册，中华书局2002年版，第7802页。

③［清］沈曾植：《菌阁琐谈》附录《海日楼丛钞》，唐圭璋：《词话丛编》第四册，中华书局1986年版，第3613页。

词学不辍竹山词的事实。周济对竹山词的"思力沉透"颇为中意，这正表明他的一个词学思想："梦窗思沉力厚"，"清真词多从耆卿夺胎，思力沉挚处往往出蓝"①，对不同词人的"思力"青睐有加，并引出一个有关"涩"的话题。可见，周济是将"涩"作为词体一种值得肯定的艺术风格来认识的②。吴文英被重新认识，不同于将他视为姜夔羽翼、一味批评晦涩的否定之音，常州派成员们也纷纷对"涩"的内涵作出新解③。这些对于晚清时期呈现"家梦窗而户竹山"的局面有其积淀意义。由此，以周济为代表，常州词派对竹山词的观照以是否合"雅"出发，摘以"粗俗"而认可其"思力沉透处"。他在《宋四家词选目录序论》中痛斥姜白石的俗滥处、寒酸处、补凑处、敷衍处、支处、复处六大"罪名"，而论竹山则温和许多，从始至终视蒋捷为稼轩一脉，认为"竹山有俗骨，然思力沉透处，可以起懦"，对此可以入选《贺新郎》诸阕为例，演示出周济对竹山词的体悟渐细、渐深的痕迹。联系以上论述，竹山词的"粗俗"别有一番新解。竹山词的"俗"并非俗滥，有一定机趣，如《霜天晓角·折花》词便充满了日常生活的清新趣味，虽然题材及语言都有俗化的趋势，但并不妨碍明清人对它的品评与唱和。蒋捷并未一味沉溺于亡国破家的惨痛哀叹，而是于伤痕文笔中着力营造凄清的秋香冷调。之后，词学家们渐渐重视这一词学命题，如晚清况周颐论词标举"重、拙、大"，并云"重者，沉着之谓"④，引人思索。而近世词学大家汪东先生，则在前人基础上辨识"俗"与"沉着"的关

① [清] 周济：《宋四家词选目录序论》，唐圭璋：《词话丛编》第二册，中华书局1986年版，第1651—1657页。
② 孙克强：《清代词学》，中国社会科学出版社2004年版，第374页。
③ 包世臣：《月底修箫谱序》云："声之得者又有三：曰清、曰脆、曰涩。不脆则声不成，脆矣而不清则腻，清矣而不涩则浮。屯田、梦窗以不清伤气；淮海、玉田以不涩伤格，清真、白石则能兼三矣。"参见《艺舟双楫》卷一。
④ [清] 况周颐：《蕙风词话》卷二，唐圭璋：《词话丛编》第五册，中华书局1986年版，第4447页。

系，持论甚精，对于深入理解竹山词大有裨益：

> 晚宋诸家，竹山最为沉咽。周止庵讥其有俗骨，是也。
> 以与梅溪之纤等类而齐黜之，则非也。盖词涉纤巧，则境不
> 能深；语归沉着，即俗亦无碍。况其眷怀故邦，触物兴感，
> 固有与《花外》《白石》异曲而同工者矣。①

将蒋捷置于南宋词坛予以评述，揄扬其眷怀故国的沉着韵致，认
为与姜夔、王沂孙等词旨归一，从而条分缕析周济的词学观念。
尤其从蒋捷词的沉着韵致出发辨析俗骨、纤巧的是与非，认为出
语俚俗与沉着词境并不矛盾，有其合理性。

二、厚薄不一的陈廷焯

关于清人接受《竹山词》这一话题，我们不能不论及常州派
后期代表人物陈廷焯。他的词学修养很高，撰有两部词选及词论
《白雨斋词话》等著述。梳理后发现陈廷焯有关竹山词的论述影
响很大，有必要对他眼中特别的《竹山词》做一番抽丝剥茧。

陈廷焯（1853—1892），原名世琨，字亦峰，江苏丹徒
人。起初学词，受浙派影响，其自述"癸酉、甲戌之年（1873、
1874），余初习倚声"，正值词人二十余岁之际。此时，陈廷焯
编选《云韶集》二十六卷，并以朱彝尊的《词综》为准，选词取
径广泛，体现出浙派词学主张，并因年轻气盛具有振衣独立之
慨，被誉为常州派的后劲。与选本《云韶集》同时完成的尚有理
论著述《词坛丛话》，其中一则论述"玉田词风流疏快"关系到
蒋捷的归属：

---

① 汪东：《唐宋词选评语》，《词学》第二辑，华东师范大学出版社 1983 年版，第 84
页。

白石词，如白云在空，随风变灭，独有千古。同时史达祖、高观国两家，直欲与白石并驱，然终让一步。他如张辑、吴文英、赵以夫、蒋捷、周密、陈允平、王沂孙诸家，各极其胜，然未有出白石之范围者。惟玉田词，风流疏快，视白石稍逊，当与梅溪、竹屋，并峙千古。①

《词坛丛话》中仅此一则论及蒋捷，显而易见，为因袭浙派之论。日后他总结词学历程时，认识到在丙子年（1876）交往常州派重要词人庄棫之后，才"精益求精，思欲鼓吹蒿庵（即庄棫），共成茗柯复古之志"②，词学思想发生了重要变化。光绪十六年（1890），当陈廷焯编选《词则》四集时，认为张惠言《词选》一编"篇幅狭隘""去取未当"③，选择不同类别词作，以便让学词者能自由宗法。与《词选》未录蒋捷词不同的是，陈廷焯选入九首蒋词，并入《别调集》，如《别调集序》所云："人情不能无所寄，而又不能使天下同出一途。大雅不多见，而繁声于是乎作矣。猛起奋末，诚苏辛之罪人；尽态呈妍，亦周姜之变调……辞极其工，意极其巧，而不可语于大雅，而亦不能尽废也。"这番话似有通融之色，但绝非同情之理解。他比较欣赏竹山词的"尽态呈妍"处，并不因俗而完全废人，之后他的态度发生了巨大转变。从《云韶集》到《词则》，形成了两种不同的选本模式。

陈廷焯服膺唐代大诗人杜甫，论词也以沉郁顿挫为正，密切相关儒家诗教："入门之始，先辨雅俗，雅俗既分，归诸忠厚；既

---

① [清] 陈廷焯：《词坛丛话》，唐圭璋：《词话丛编》第四册，中华书局 1986 年版，第 3724 页。

② [清] 陈廷焯：《白雨斋词话》卷五，唐圭璋：《词话丛编》第四册，中华书局 1986 年版，第 3885 页。

③ [清] 陈廷焯：《词则自序》，施蛰存：《词籍序跋萃编》，中国社会科学出版社 1994 年版，第 791 页。

得忠厚，再求沉郁；沉郁之中，运以顿挫，方是词中最上乘。"①
这一思想在晚清光宣和民国词坛有着较为广泛的影响。在《词坛丛话》基础上撰写的《白雨斋词话》八卷，表明其词学思想已转向常州词派，并以"抉择幽微，辨才无俚"②为目标。陈廷焯论词日渐维护个人主张或所属词派，对不同词学表现愈加激烈抨击，毫不留情。他时常对竹山词高谈阔论，仅《白雨斋词话》中有十六处之多，包括对蒋捷人品、词品的全方位评价。他认为蒋捷"词不必足法，人品却高绝"③，奠定了讨论竹山词的基调。此外，他不顾蒋捷转益多师的特色，而在其词的归属问题上前后不一，评论有些激切，如：

> 竹山词亦是效法姜尧章，而奇警雄快非白石所能缚者。
> 竹山词劲气直前，老横无匹。
>
> 刘改之、蒋竹山，皆学稼轩者，然仅得稼轩糟粕，既不沉郁，又多支蔓。词之衰，刘、蒋为之也。④

陈廷焯论词多变，一会儿认为蒋捷师法姜夔，一会儿又觉得他向辛弃疾学习。认为蒋捷仅得稼轩的糟粕，或者把词衰的罪责一股脑归于蒋捷、刘过，也极其不合实际。因他论词随其词学角度而变，导致他的评语持其一端，而未见全豹。显然，陈廷焯此论完全出于当时标榜宗派的实际需求。他认为竹山词"外强中干"，

---

① [清] 陈廷焯：《白雨斋词话》卷九，唐圭璋：《词话丛编》第四册，中华书局 1986 年版，第 3943 页。
② [清] 王心耕：《白雨斋词话叙》，唐圭璋：《词话丛编》第四册，中华书局 1986 年版，第 3748 页。
③ [清] 陈廷焯著、屈兴国校注：《白雨斋词话足本校注》上册注 [二] 引《云韶集》，齐鲁书社 1983 年版，第 113 页。
④ [清] 陈廷焯：《白雨斋词话》卷一，唐圭璋：《词话丛编》第四册，中华书局 1986 年版，第 3794 页。

"且谓其源出白石，欺人之论"，或云"痴人说梦"①，这些足以表明他与浙派彻底决裂。由此，竹山词是被他划归稼轩、姜夔名下的。而今比较通行的说法之一，认为蒋捷融合了辛、姜二派的长处而能自成一家，某种意义上与之是一脉相承的②。但在陈氏笔下，蒋捷几乎不得好声色："竹山词多不接处"，"刘、蒋之词，未尝无笔力，而理法气度，全不讲究。是板桥、心余辈所祖，乃词中左道"③。蒋捷有些词确实因注重辞藻而导致气脉不畅，这些话有一定道理，只是陈氏言语未免过于苛刻了。

在陈廷焯的词人排行榜上，蒋捷的位置与日俱降，甚至跌到了榜末。如论史达祖时即认为"以竹屋、竹山与之并列，是又浅视梅溪。大约南宋词人，自以白石、碧山为冠，梅溪次之，梦窗、玉田又次之，西麓又次之，草窗又次之，竹屋又次之。竹山虽不论可也。"④ 这种以个人好恶而不顾客观事实随意轩轾的做法有失学术公允，对竹山词的历史地位评价难以合理。他对竹山词情感激烈，甚至不关乎蒋捷之处，也要站出来攻击几句，以泄心头之愤："竹屋词最隽快，然亦有含蓄处。抗行梅溪则不可，要非竹山所及。"看似知人论世，而强论竹山词，实在有些郢书燕说。又如："葛长庚词，一片热肠，不作闲散语，转见其高。其《贺新郎》诸阕，意极缠绵，语极俊爽，可以步武稼轩，远出竹山之右。"⑤ 皆借竹山来论，前后行文语意失于相接，而批评

---

① ［清］陈廷焯：《白雨斋词话》卷一，唐圭璋：《词话丛编》第四册，中华书局 1986 年版，第 3794 页。

② 有些著述持此观点，具有一定代表性。见袁行霈主编：《中国文学史》第三卷，高等教育出版社 1999 年版，第 175 页。

③ ［清］陈廷焯：《白雨斋词话》卷一，唐圭璋：《词话丛编》第四册，中华书局 1986 年版，第 3795 页。

④ ［清］陈廷焯：《白雨斋词话》卷二，唐圭璋：《词话丛编》第四册，中华书局 1986 年版，第 3800 页。

⑤ 同上书，第 3818 页。

也多有不合理、不一致处。唯独蒋捷的《贺新郎·梦冷黄金屋》词较得陈廷焯的褒奖，大概他也以周济在《词辨》《宋四家词选》中选录了蒋捷的这首词，于是推许它为竹山词的"压卷之作"①。晚清谭献曾经评价这首词："瑰丽处鲜妍自在，词藻太密"②，显然这首词在当时频频进入了读者视野。蒋捷的词中确实多有佳句警句，尤其是一些明快流丽的小词，陈廷焯对此也毫不掩抑：蒋捷《贺新郎》中的"竹几一灯人做梦""月有微黄篱无影"；《满江红》中的"浪远微听葭叶响，雨残细数梧梢滴"等，都赞为警句③。竹山词中这类佳句还不少，如"流光容易把人抛。红了樱桃，绿了芭蕉"（《一剪梅》），"二十年来，无家种竹，犹借竹为名"（《少年游》）等。关注并点赞蒋捷词的警句，也再度证明陈廷焯论词有源于兴趣、执其一端的痕迹。

此外，陈廷焯对蒋捷词的通俗特点十分不满，或有"竹山词多粗"，"《沁园春》'老子平生'二阕、《念奴娇》'寿薛稼翁'一阕、《满江红》'一掬乡心'一阕、《解佩令》'春晴也好'一阕、《贺新郎》'甚矣吾狂矣'一阕，皆词旨鄙俚"等批驳，甚至极端化地概括为"不可谓正轨""词中左道"。竹山词中确有俗色：俗语入词、题材之俗等，上文谈及杨慎、周济时有所涉及。正与变是词学的一个核心问题，词中有"俗"味，尚需区别对待，不可妄下断语。何况，有些词也俗得可爱动人，如《霜天晓角》词即以俗为雅，令人掩卷沉吟。

与周济相比，陈廷焯显然缺失了一些异量之美的艺术修养。

---

① [清] 陈廷焯：《白雨斋词话》卷八，唐圭璋：《词话丛编》第四册，中华书局 1986 年版，第 3974 页。

② [清] 黄苏、周济、谭献选评，尹志腾校点：《清人选评词集三种》，齐鲁书社 1988 年版，第 188 页。

③ [清] 陈廷焯：《白雨斋词话》卷二，唐圭璋：《词话丛编》第四册，中华书局 1986 年版，第 3795 页。

随着《竹山词》在社会上的广泛传播，论词专以周邦彦、姜夔等词人为典范而排斥异端的陈廷焯愈加发出激烈的批语。然而，这些并不能够阻隔时人诵读、仿效蒋捷词的步伐。作为当时的著名词家，张惠言、周济、陈廷焯等积极从事填词创作，相关词学活动和广泛交游使得常州派理论广为流布，对蒋捷等词人的品藻也流播愈远。哪怕遭受贬斥，反而会愈发引起时人对竹山词的莫大兴趣，竹山词学的激烈争锋也符合当时词学观念兴替消长的历史事实。事实上，晚清时代，政治的黑暗、官场的污浊以及世途的艰难，都促使词人寻取古代讲气节、重人品作家的心灵共鸣与情感慰藉，以"抱节终身"①而自励，并汇成汩汩激流。其他，如谭献、冯煦等分别在词话《复堂词话》《蒿庵论词》中评论蒋捷《竹山词》，认为有密丽之色；冯煦还有《宋六十一家词选》十二卷具有特殊意义。毛晋汲古阁本《宋六十家词》在清代是流行最广、数量最多的词集②，但于晚清此本难以访求。冯煦深感词集不易得之，有碍晚清习学宋词风气的顺畅，于是以毛晋《宋六十家词》为底本，在光绪十三年（1887）编选大型词选。其特色在于将选词和论词分离，重在选词和词心。《蒿庵论词》中则精选词人最具代表性词作予以评骘，如以蒋捷《沁园春》"老子平生"、《念奴娇》"稼翁居士"，评论毛晋深为推挹的竹山词"词旨鄙俚"，如此全盘考虑可见苦心孤诣。所以，谭献说他填词论词"门径甚正"。

此外，词系传承属于常州派的临桂词派，在晚清后期发扬光大。本来常州派是晚清时期影响最大、持续时间最长的主流词派，作为界内新变的临桂派便成为中国古代词学的某种总汇。以

---

① [清] 况周颐：《蕙风词话》卷一，唐圭璋：《词话丛编》第五册，中华书局1986年版，第4420页。

② 唐圭璋：《朱祖谋治词经历及其影响》，《词学论丛》，上海古籍出版社1986年版，第1019页。

王鹏运、郑文焯、况周颐、朱祖谋为代表，不仅在理论上提出重、拙、大等词学主张，还进行了大规模的唐、宋、元词集搜罗整理，首开词籍校勘之学。这些创见和做法，在同治、光绪年间的词坛上产生巨大吸引力。其中，包括王鹏运《四印斋所刻词》、朱祖谋《彊村丛书》中的《竹山词》，汇辑校勘蒋捷词集为其传播和研究提供了良好的文献基础。

第四节

新变："家梦窗而户竹山"

晚清竹山词学的总结，最终以理论家刘熙载、词人叶大壮为代表得到了经典体现。而这恰与清初以来易代词人的文学境遇前后照应，构成了词学演进的完整链条。

晚清时期，词坛虽为常州派词风笼罩，但同时也在从一元走向多元，呈现出活跃态势。词坛格局主要由苏浙、岭南、湖湘、闽中以及皖上五大板块构成，苏浙为第一板块，其余起着辅翼的作用①。同时并存着与之分庭抗礼、特立独行的词学活动。足以成为典型的是，诸多词人沿着前代词学对竹山词的推许而兼容并蓄，把不断"发现"的竹山与白石、玉田、梅溪一样相提并论，为竹山词的词学史地位提供了一个最明确的阐释，这一现象不得不让我们重新省视元明以来，尤其清代词学的发展轨迹。

清初词坛，"数十年来，浙西填词者，家白石而户玉田，黜容大雅，风气之先，实由先生（按：指清初词人曹溶）"②。清代中期词坛风气如何呢？谢章铤对清代乾隆时期的词坛风气有简要概括："雍正乾隆间，词学奉樊榭为赤帜，家白石而户梅溪矣。"③即清代中期以厉鹗为首的浙派奉行南北之际，推举姜夔、史达祖

---

① 莫立民：《晚清词坛研究》，中国社会科学出版社 2006 年版，第 15 页。
② ［清］朱彝尊：《静惕堂词序》，施蛰存：《词籍序跋萃编》，中国社会科学出版社 1994 年版，第 543 页。
③ ［清］谢章铤：《赌棋山庄词话》卷十一，唐圭璋：《词话丛编》第四册，中华书局 1986 年版，第 3458 页。

到张炎等南宋词人，风靡一时。然而，诚如上文所论，晚清以前的词坛无不笼罩着竹山词学的影响，不仅推进各个词派理论与创作的发展和深化，且有利于清代词学中兴局面的形成。因此，常州等派的口号旗帜多为词派建设的标志而发，深入词学内部，会发现理论的外壳下别有天地。竹山词在清代的广为传播和词学影响，也印证着"传播活动总是流向社会上需要它的地方"①，即没有审美性的"需要"就不会引起阅读者的浓厚兴趣。此时，晚清词坛除去陈廷焯为代表的常州派理论影响重大外，另一重要文学理论家刘熙载论词至为精到，二者在竹山词的看法上分歧较大、论争激烈。

一、"长短句之长城"的内涵

将蒋捷的词誉为"长短句之长城"，来自晚清刘熙载。

刘熙载（1813—1881），字伯简，号融斋，江苏兴化人。著述多种，晚年撰定《艺概》自成体系，尤其《词曲概》部分论述精微，对词曲文体的一些重要问题做了系统深入的阐发总结，堪称王国维《人间词话》之前最经典的词学批评著作。沈曾植曾经指出："止庵（按：周济）而后，论词精当莫若融斋。涉览既多，会心特远，非情深意超者固不能契其渊旨。而得宋人词心处，融斋较止庵真际尤多。"②确实，刘熙载论词多洞微之言，比那些寻章摘句的词话高明许多。特别是他继承了儒家"知人论世""文以载道""文以行为本"的传统观念，强调评论作品，首先要看作家的人品，如"诗品即人品"（诗概），"赋尚才不如尚品"（赋概），"论词莫先于品"（词曲概）等文论思想，特别论述了词品

---

① ［美］威尔伯·施拉姆、威廉·波特著，陈亮等译：《传播学概论》，新华出版社1984年版，第108页。

② ［清］沈曾植：《菌阁琐谈》，唐圭璋：《词话丛编》第四册，中华书局1986年版，第3608页。

与人品的关系，认为词品随人品而高下："美成词信富艳精工，只是当不得一个'贞'字"；"周美成律最精审，史邦卿句最警炼，然未得为君子之词者，周旨荡而史意贪也"。

显然，无论何种文体，刘熙载都秉承着人品文品相统一的艺术旨趣，作为宋末遗民词人的蒋捷极具典范性，于是产生了影响深远的一则词论："蒋竹山词，未极流动自然，然洗练缜密，语多创获。其志视梅溪较贞，其思视梦窗较清。刘文房为'五言长城'，竹山亦长短句之长城欤！"①梅溪，是指南宋词人史达祖，他在词坛上享有盛誉，被誉为风雅词派三大家之一。其梅溪词中多抒写感伤时事和家国愁绪的作品，"寸心外、安愁无地"（《祝英台近·柳枝愁》），几乎句句有愁、字字生愁，怎一个愁字了得！其咏物词《双双燕》，体物生动，可以说是广受称赞的压卷之作。史达祖生当南宋中叶，也怀有平戎报国之志。但是，由于他曾经依附于韩侂胄，韩氏在庆元党禁、掌权北伐等事件上颇受争议，受此牵连的史达祖人品为士人所议论，其忧国忧民的感情被大打折扣。刘熙载说蒋捷词的志气胜过史达祖，就是受此影响。然而，史达祖的词集《梅溪词》自流行以来，是受到关注的，张炎、陆辅之等人视之为词家范本，以传词法。尤其是清代前期的浙西词派风靡一时，尊崇姜夔、张炎一脉的风雅词，史达祖词也乘风而上，其地位更是可与姜白石比肩，甚至出现了"家白石而户梅溪"的热闹情景。随着常州词派尊体之风和评词标准的变迁，即由艺术技巧的清空风雅，向着思想内涵的比兴寄托转变，史达祖的人品与词品就越来越受到质疑。而蒋捷义不仕元、人品超绝，气节在宋末四大遗民词人之中称得上第一，刘熙载说"其志视梅溪较贞"带有浓郁的知人论世色彩。加上蒋捷词不落

---

① 两则引文均见［清］刘熙载：《艺概·词概》，唐圭璋：《词话丛编》第四册，中华书局1986年版，第3692、3695页。

窠臼、独树一帜，因此赢得了刘熙载的至高评价。如此词论，固然有刘熙载个人的看法，但也离不开时代思潮与风气的影响。

刘熙载论词时推崇苏、辛一派词人的作品，提倡写作"君子之词"，强调词品与人品的一致性。这固然源于刘熙载所受的儒家伦理观影响，更与他所处的腐败不堪、文风绮靡的清末时代有关。他对蒋捷词的认识概括准确入微，能发他人所未发，"长短句之长城"的赞誉或许高些，"文如其人"的说法也是常常为人质疑的，但他论词先着眼于"品"，以词品论力图纠正当时末流词家的颓败倾向，则是具有积极意义的。此处不能不插播一下"长城"譬喻。从文献角度看，这个批点最早应该指向檀道济。据《南史·檀道济传》记载，宋文帝要杀掉大将檀道济，檀道济临刑前怒斥说："乃坏汝万里长城"，以长城自许。后世便以"长城"比喻能够守边的将领。唐宋诗词多用之，如陆游的《书愤》诗云："塞上长城空自许，镜中衰鬓已先斑。"显然是借鉴檀道济的寓意说法。刘熙载论词精警，气魄不凡，"长短句之长城"的点评超拔前人，而且很大程度上提升了小词的地位。可以说，与上述陈廷焯的偏见激烈相区别，刘熙载对蒋捷词见解独到，没有盲目以人品代替词品，尤其留意富有创获的语言特色，是超越前人或同时代人的地方，终不失知人之旨。

稍后的常州派评论家陈廷焯也有词品之论，不过常常流于过激偏狭，如"词中如刘改之辈，词本卑鄙。虽负一时重名，然观其词，即可知其人之不足取"[①]之类，显然不仅仅是苛刻。刘过词有纤刻柔弱的一面，但也不乏联系时事、讴歌抗战的粗豪作品，要说这样的词也"卑鄙"，实难服众，以词论人的做法带有片面性。与刘熙载相比，他对蒋捷表示出不同看法："蒋竹山，

①［清］陈廷焯：《词坛丛话》，唐圭璋：《词话丛编》第四册，中华书局1986年版，第3894页。

至元大德间，臧、陆辈交荐其才，卒不肯起。词不必足法，人品却高绝"，即认为人品高而词品不高。如上文所述，陈廷焯后期因标举沉郁顿挫之说，对多元风格的蒋捷词的口吻由比较温和转向激烈叫嚣，几乎泯灭了竹山词的词史地位。尤其是，陈廷焯不顾竹山词和梦窗词在清代词坛开风气的事实，而肆意妄评的态度不合乎学术规范。因此，整体上总不如刘熙载对竹山词的评价更加公正合理。由于晚清特定的社会局势，还有许多词人思考词品与人品的关系问题，如况周颐也曾经发出感慨："蒋竹山词极秾丽，其人则抱节终身。……词固不可概人也。"① 这一说法认为蒋捷人品和词品并非完全等同，其实"秾丽"只是蒋捷词的一面；至于况周颐笔下的"词不可概人"内涵，他没有仔细解析是存有遗憾的。陈廷焯的轰炸式激烈词话，同样折射为当时词学的一个缩影。

二、"家白石而户竹山"的生成

晚清词坛词人辈出、词论迭现，常州词派取代浙西派主盟晚清词坛，同时清初以来的阳羡派和浙西派均有余响，其他地域性词派以鲜明的地方色彩给人异军突起之感，词人数量、区域分布以及词社、词风等无不呈现出前所未有的复杂性② 。词人对于前贤的选择也会基于因革予以重组，融合晚清时局发抒怀抱，甚至藉此出现某种总结式点评。为此，我们介入晚清词人叶大庄。叶大庄（1844—1898），字临恭，号损轩，福建闽县（今闽侯县）人。为叶申芗曾孙，有《小玲珑阁词》（又称《曼殊庵词》）。存词不多，汲引家学而有变通。受浙西派影响较深，多用厉鹗词

---

① ［清］况周颐：《蕙风词话》卷一，唐圭璋：《词话丛编》第五册，中华书局 1986 年版，第 4420 页。
② 莫立民：《晚清词研究》，中国社会科学出版社 2006 年版，第 7 页、33 页。

韵。其余如《点绛唇·初夏园居和俶殷韵》《琵琶仙·橘溪夜泊》《绮罗香·寓斋寒夜》等词，无论写景秋寒还是抒情漂泊，深得竹山词的疏快凄清之色。摘录一二如下：

点绛唇·初夏园居和俶殷韵

一派红荷，前头一派黄金柳。梅炎难受，又试轻纨手。

六柱油篷，写入图中否。家居久，雨声穿牖，梦在吴淞口。

齐天乐·兰山旅店和壁间韵

关山等是窗前月，偏促离人宵起。灯盏寒更，车帷晓色，落得凄凉而已。倩谁料理，这酒病如年、诗愁似水。马尾杨花，北来相送六十里。

显然，叶大庄摒弃了竹山词慢词长调的晦涩，多得小令的清新疏朗。当时的石遗老人陈衍给叶大庄词集作序，并论及清代中晚期之后的词坛：

> 自浙派盛行，玉田、白石外，家梦窗而户竹山，有宁为晦涩不为流易者。然梦窗、竹山固时出疏快语，非惟涩焉已也。君词宗南宋，最近梦窗、竹山，庸可弃乎？ ①

陈衍一边批评时人学梦窗、竹山词仅仅模仿字面语言形式而跌入晦涩的风气，辨析吴文英、蒋捷并非一味晦涩的实际，一边指出叶大庄等词人疏快清新词风的词学渊源。这段词论是对中晚清词坛词学风尚的最好总结，卓显梦窗词、竹山词转移一代风会的词学贡献，词坛展示出不同于"家白石而户玉田""家白石而户梅

①［清］陈衍：《小玲珑阁词序》，陈乃乾辑：《清名家词》第十卷，上海书店1982年版，第1页。

溪"的新景象。

　　陈衍之所以并提吴文英、蒋捷，这和二人之词在中晚清词坛的流布推崇状况有关，和二人相似的命运遭际、词学地位有关。吴文英在风雨飘摇的宋末名声显著一时。当时的尹焕曾经盛赞："求词于吾宋者，前有清真，后有梦窗，此非焕之言，四海之公言也。"[①] 主要是以南宋末年沈义父、张炎的评点为代表。《乐府指迷》说："梦窗深得清真之妙。其失在用事下语太晦处，人不可晓。"《词源》说："吴梦窗词如七宝楼台，眩人眼目，碎拆下来，不成片段。"显然，二人对梦窗词不乏整体感知和赞誉的一面，也客观述及其晦涩质实的瑕疵。元明两代吴文英与蒋捷相似，词名并不彰显，词集几乎湮没不传。尤其是明代词学衰微，即如广为盛行的词学选本《草堂诗馀》也未收录梦窗词，直至明末毛晋发现刊刻《梦窗词甲乙丙丁稿》；明代词论家很少评点梦窗词，传世文献中仅有杨慎的《词品》转载前人二则记述。随着清代词学中兴局面的形成，梦窗词逐渐倍受词坛关注。由于时代风气、词学观念的推演，重格律的浙西词派常常提及吴文英词，常州派周济甚至将其列为宋代四家之一，抬举甚高。晚清时期，四大词人王鹏运、朱祖谋、郑文焯、况周颐倡导弘扬梦窗词，"以梦窗词转移一代风会"[②]，他们整理、校勘等文献贡献甚大，留下各种增补校订后的精审版本，以毕生精力手批、研治梦窗词，为进一步阐发梦窗词的词学意义，提升吴文英的词史地位奠定了良好基础。王鹏运为校勘梦窗词制订了著名的校词体例：正误、校异、补脱、存疑、删复，开创了近代词集校勘之学。甚至将自己的寓所命名为"校梦龛"，为梦窗词呕尽一生心血[③]。如此力推之下，

① 黄昇：《中兴以来绝妙词选》，上海书店 1989 年版，第 102 页。
② 钱萼孙：《改正梦窗词选笺释原序》，施蛰存：《词籍序跋萃编》，中国社会科学出版社 1994 年版，第 357 页。
③ 孙克强：《清代词学》，中国社会科学出版社 2004 年版，第 376 页。

吴文英成为许多词人效法的典范，甚至标举他为"词家韩杜"①，梦窗词与竹山词在"沉著"、致密等方面也有共同点，对于纠正浙派末流空疏浮滑的弊端有积极意义②。前述清初以来数位词人追忆蒋捷牵牛花的唱和词，所选词调《惜秋华》正是吴文英的自度曲，其创调词本为一首七夕词，即借传说中的牛郎织女鹊桥相会的故事寄托怀念相思之情，使得词调《惜秋华》先天具有委婉含蓄的悲慨风貌。此调得名由来与词人们咏叹牵牛花一语双关、词心相合，虽然是僻调却把蒋捷与吴文英绾结在一处，也是二人词调词风交集的绝佳例证，无形中影响着"家梦窗而户竹山"局面的形成。

吴文英与蒋捷，二人都精通音律，其词都具有尽态极妍的艺术特征。也正如刘永济先生评价吴文英说："梦窗是多情之人，其用情不但在妇人女子生离死别之间，大而国家之危亡，小而友朋之聚散，或吊古而伤今，或凭高而眺远，即一花一木之微，一游一宴之细，莫不有一段缠绵之情寓于其中。"③梦窗、竹山之词带有衰颓末世漂泊羁旅、无所依托的感伤与凄清，注重开掘内在意蕴，都闪动着纷乱时代的悲感。深入二人的词世界，梦窗词以追忆和梦境为主，融入身世遭际，风格更为朦胧绵密；竹山词既有"密"的一面，也有舒朗松散的一面，甚至是尖新的特色。吴文英与蒋捷在传承骚雅、深化词艺、打破传统方面具有一定共同性，比较独特的艺术技巧都受到清代词人的关注与喜爱。即便词风有别，二者词中的忧患意识、感伤韵味、迷离情境都令清代词人如同身临其境。比如，作为常州派领袖，周济对于二人都有仿效与点评。除去上文关乎蒋捷的传播接受之外，周济也着迷于吴

---

① [清] 沈曾植：《菌阁琐谈》附录一《海日楼札丛》，唐圭璋：《词话丛编》第四册，中华书局 1986 年版，第 3613 页。

② 孙克强：《清代词学》，中国社会科学出版社 2004 年版，第 382 页。

③ 刘永济：《微睇室说词》，上海古籍出版社 1987 年版，第 58 页。

文英的词味："其佳者，天光云影，摇荡绿波，抚玩无致，追寻已远。"① 显然，能够把蒋捷与吴文英并举并非毫无根据的妄评，而是众人对其艺术技巧共同选择的结果。后世论者对两位词人或毁或誉，褒贬迥异，传播接受命运却极为类似。如前所述，清初顺康雍乾时期广陵词派、浙西词派开始关注梦窗词；嘉庆道光咸丰年间常州词派、吴中词派大力推扬梦窗词，常州词派代表人物周济从"寄托"理论出发将梦窗推举到宋词四大家的重要地位；经过周济的发掘，梦窗词得到了清代词人的广泛关注，词学大家的地位得以确立②。晚清民初的陈廷焯、晚清四大家将梦窗词奉为经典，校勘、笺证、评点，从时代风会、作家性情、审美境界等高度接受梦窗词，并使之趋于经典化③。此时，蒋捷及其《竹山词》同样被不同程度地加以关注。历经漫长的世代累积之后，"家梦窗而户竹山"热点现象应运而生，与清初以来的词学景观"家白石而户玉田""家白石而户梅溪"遥相颉颃，词人吴文英、蒋捷对清代词坛的影响力至晚清民初臻于理论凝结。

事实上，清初在朱彝尊之前多喜爱北宋词，因复雅思想的驱遣而大力推崇南宋词。对于清代词坛的中兴与重构而言，作为雅词正宗的周邦彦、辛弃疾、姜夔、张炎、吴文英、蒋捷等都充当了相对重要的媒介，维护了词的艺术特质，丰富了词的表现技巧，也表明宋词所产生的后续影响，折射出南宋词艺的历史深化和词人的经典化。受浙西派影响的词人同样提出"取法南宋"的填词之法："填词之道，须取法南宋。然其中亦有两派焉，一派

① 周济：《介存斋论词杂著》，唐圭璋：《词话丛编》第二册，中华书局 1986 年版，第 1633 页。
② 余卉囡：《梦窗词在清代词学中的接受与经典化》，江南大学硕士学位论文，2013 年。
③ 孙克强：《以梦窗词转移一代风会——晚清四大家推尊吴文英的词学主张及意义》，《河南大学学报》2013 年第 4 期。

为白石，以清空为主，高、史辅之，前有梦窗、竹山、西麓、虚斋、蒲江，后则有玉田、圣与、公瑾、商隐诸人，扫除野狐，独标正谛，犹禅之南宗也。一派为稼轩，以豪迈为主，继之者龙洲、放翁、后村，犹禅之北宗也。"① 不仅提倡取法南宋，还专门指出姜夔、辛弃疾各有开创影响。浙派词人尤其推崇清空、豪迈的风格，只是词家对于蒋捷归属姜白石还是辛弃疾一派持有不同说法。综上，颇有理论见地的陈衍居高临下，清晰俯视着浙派词学对整个当代词坛的演进影响。联系浙西词派代表李符等人师法竹山、一反流派门户的特异表现，这称得上剖析词坛的宏言高论。

由刘熙载到叶大庄，演示出清代词学建构过程中"家白石而户玉田"—"家白石而户梅溪"—"家梦窗而户竹山"的经典选择与嬗变交错，不同艺术原型的树立与融合，即历史性地累积着词人毁誉交加的重重收获。回首古典词学演进轨迹，词人周邦彦、辛弃疾、姜夔、张炎、吴文英、蒋捷等被隆重推举，都会意味着词学思想的交锋与词学风气的转变。通观中国词学史，蒋捷及其《竹山词》具有较高的词学范式影响。虽然他转益多师而创变尚不完善，有一定自家风格而能称"竹山体"，但《竹山词》渐渐脱颖而出并驰骋于词场成为不争的事实。范式并非僵硬不化，经典也不会凝滞不动、一成不变，尤其明清词人对蒋捷人品、词品的追随、仿效或评价，都显示着历代词学起伏不平的发展轨迹，而《竹山词》由隐而显的身份由众多词人及词评家的参与累积而成，这再次说明"家梦窗而户竹山"的历时过程性。每一种艺术体式的经典化，都经历了时代思潮、文学创作、流派论争的综合洗礼，当它具有足够底气应战其他词学之际，便穿越时

---

① 张其锦：《梅边吹笛谱序》，陈乃乾辑：《清名家词》第六卷，上海书店 1982 年版，第 3 页。

空的阻隔脱颖而出，蔚为潮流。在此过程中，词学逐渐打磨出这一词体诸多闪亮的部分，即使褒贬毁誉，都能不同程度地扩大词作的影响。即使是非不一，也清晰地汇聚而成它别开生面的特色。蒋捷及其《竹山词》正是这样走向接受高峰的。

第四章

《竹山词》接受的延续与跨越（近现代及域外）

第一节
近现代词坛对蒋捷的文化受容

自清初以来，为反拨明末词坛绮靡纤柔的词风，不同词派词人常常标举情致深厚的南宋词，对于清词中兴及后世词人产生了深刻影响。回望蒋捷及其词集的后世刊刻与传播影响，清代达到高潮。浙西、阳羡、常州词派崛起演变的诸多词学现象，折射出清代复杂的政治环境、学术背景对于词学发展的牵连作用，因而在蒋捷词接受历史的宏观架构、与之联动的宋末词人接受情形上还存在延伸空间。随着不断开拓研究新视野，以及对《全明词》《全清词》等文献进行订补细读，关于竹山词的接受细节趋于更加清晰，接受链条更为紧密。晚清近世词坛承继前人而形成"家梦窗而户竹山"的独特词学现象，对词学新变迁新景象有所揭示，随后开启了蒋捷词受容的新旅程。

近世以来，蒋捷依然受到较高程度的关注，即便有时批评同样比较激烈。王国维论词重视唐五代、北宋，对姜夔、张炎等南宋词人并无太多好声色。他在《人间词话》中说："朱子谓：'梅圣俞诗，不是平淡，乃是枯槁。'余谓草窗、玉田之词亦然。""白石尚有骨，玉田则一乞人耳。"[1]南宋尤其宋末词人确有无情枯淡的一面，王国维又较为偏爱不隔的词作，所以他对姜夔词格的清高点评有肯定，但显然不满意雕琢过甚或者不耐思索的毛病，其

---

[1] 王国维著、佛雏校辑：《新订〈人间词话〉广〈人间词话〉》，华东师范大学出版社1990年版，第119页。

笔下更不见对于蒋捷及其《竹山词》的评点。王国维对于南宋以及宋末词人的观念表述，为五四运动时期的胡适等人所承继，对后世词学形成了影响链条。以下主要通过词选、词史等方面予以动态探究。

一、词选观照

选本是一种独特的批评样式。就词选而言，胡适编纂的《词选》虽然选有南宋词家一百三十多首词，其中选了十首蒋捷词，提出一些别致的点评，但整体上对"白石以后直到宋末元初"的"词匠之词"颇多微词，认为他们重咏物、多用典，重视音律轻视内容而毫无生气，对宋末词嗤之以鼻，并且说出一番很决绝的话："词到了宋末，已成了厄运。吴文英、王沂孙一派的咏物词、古典词成了正宗，词家所讲究的只是如何能刻画事物，如何能使用古典，如何能协调音律。这一类的调和后世的试帖诗同一路数；于是词的生气完了，词要受当时新起的'曲子'的淘汰了。"[1]这些言论不能说没有一点儿道理，比如雕琢字眼、刻意形容、词律刻板等，都很中肯。但把宋末词贬低到极致显然有失公允，差不多等于全盘否定，蒋捷等词人也被连坐了。另一方面，胡适终究受当时白话文学的影响，又说蒋捷的词受辛弃疾影响，是明白爽快的；而且认为其词富有实验精神，颇能自出新意，也肯自造新句。关于蒋捷善于填制无韵词而能自出新意的说法，胡适曾反复提及："此两词（按：指李清照、蒋捷《声声慢》词）皆'文学'的实地试验也。易安词连用七叠字作起，后复用两叠字，读之如闻泣声；竹山之词乃'无韵之韵文'，全篇凡用十'声'字，以写九种声，皆秋声也。读之乃不觉其为无韵之词，可谓为吾国无韵韵文之第一次试验功成矣。无韵之韵文（Blank Verse）

---

[1] 胡适:《词选》，中华书局 2006 年版，第 324—325 页。

谓之起于竹山词或未当；六朝、唐骈文之无韵者，皆无韵之韵文也；惟但可谓之'无韵之文'，或谓之'文体之诗'也。若佛典之偈颂，则真无韵诗矣。"①"无韵之韵文"的意蕴，文学试验观与白话文运动的关系等，彰显出新文学的源头要追溯到古典文体。相比而言，胡适当时坚持白话文学的立场，对蒋捷《声声慢》就发出了礼赞。这种执其一端的批评或者青睐影响学界较长时间，导致一段时期内对于南宋词、宋末词另眼相看，对其研究自然就会因冷落或者偏执而有所失衡。

　　1933 年龙榆生创办了《词学季刊》，这堪称现代词学建立的标志。他在《研究词学之商榷》中正式界定词学内涵，提出词学研究的八个方面，即在图谱之学、音律之学等五项传统词学成就基础之上，进而提出亟待开拓的声调之学、批评之学以及目录之学，论词极为全面，这些构成龙榆生词学体系的整体架构。词学上龙榆生深受著名词学家朱祖谋的器重，朱祖谋编订《四印斋所刻词》，其中包含蒋捷《竹山词》；所编选的《宋词三百首》并举宋末四大遗民词人，蒋捷词选篇自然囊括在内。作为入室弟子，龙榆生终生服膺彊村词学，看待宋代词人自然受其潜移默化之影响，堪称彊村词学的传人。通过推源溯流，龙榆生认为胡适《词选》把姜夔、史达祖、吴文英、张炎诸家词人诋为"词匠"之作，谓其"重音律而不重内容"，是胡适未能考察词史环境，未能深究诸家词集之过。此外，龙榆生注重以选本来推进词学普及，其《唐宋名家词选》，最初版本是在经历多年教课实践后，1934 年由开明书店出版发行，多次重印后于 20 世纪 50 年代予以不少增删，广为流传。修订本连续选入了蒋捷、周密、王沂孙与张炎的词作，其中选录蒋捷词六首：《贺新郎·怀旧》《女冠子·元夕》《声声慢·秋声》《虞美人·听雨》《一剪梅·舟

---

① 胡适:《胡适古典文学研究论集》，上海古籍出版社 1988 年版，第 595 页。

过吴江》《燕归梁·风莲》，无一例外都是《竹山词》名篇。受时代的影响，修订本虽然入选的词人由原来的 42 家 489 首增加至 94 家 708 首，但是崇北宋抑南宋的倾向导致后者多位词人选篇减少，诸如吴文英由原来的 38 首降至 10 首等，更侧重反映词史发展的全过程。有学者认为新版《唐宋名家词选》特色不足，难以代表龙榆生一贯的词学思想，但反映了词史全貌。相比于较为深奥的《宋词三百首》等选本，修订本对于词学普及则具有深层意义。可以说，龙榆生论词、选词能够兼顾深浅，这与其治词的学养深厚、整体意识以及知行结合分不开①。同时代的词学家胡云翼，其《宋词选》打破了注重音律辞藻的选词传统，更加重视词作的思想内涵，将遗民词人蒋捷、周密、王沂孙和张炎依次排列，并选录多首蒋捷词，这在长期重视北宋词、鄙薄南宋词的历史时期内是难能可贵的。出于普及之需，选篇基本都是名篇，注释尽量通俗易懂。与胡适《词选》的选篇多有交叉，同样将蒋捷视为辛派词人，认为他遵循着辛派的创作道路；与龙榆生《唐宋名家词选》修订本相比，胡云翼的选本对于蒋捷选词较多，整体上都带有推出宋末杰出词人的倾向，成为后来文学史或者词史称谓"宋末四大遗民词人"的前奏。之后，当代词学家选词大多受到上述词选的影响，尤其是蒋捷等遗民词人群体得以定型，由词选逐渐渗透至文学史或者词史，形成互文性影响。如唐圭璋，《唐宋词简释》初版于 1981 年，同样分别选入周密、蒋捷、张炎、王沂孙的代表性词作，其中蒋捷词入选 2 首。当然，近现代以来的词选中，也有因为兴趣或者篇幅等原因而未选入蒋捷词者，如陈匪石《宋词举》仅仅选择了两宋 12 名家的 53 首词，四大遗民词人中张炎、王沂孙入选。但他也论述到没有选择蒋捷的缘由所在："选南宋词者，戈顺卿取史、姜、吴、周、王、张

---

① 张宏生、张晖：《龙榆生的词学成就及其特色》，《江西社会科学》2004 年第 3 期。

六家，周稚圭取姜、史、吴、王、蒋、张六家，周止庵则以辛、王、吴为领袖。夫张炎之妥溜；王沂孙之沉郁；吴文英极沉博绝丽之观，擅潜气内转之妙；姜夔野云孤飞，语淡意远；辛弃疾气魄雄大，意味深厚。皆于南宋自树一帜，流风所被，与之化者各若干人。然蒋捷身世之感同于王、张，雕琢之功导源吴氏，周密附庸于吴，尤为世所认同，姑舍周、蒋而录张、王、吴、姜、辛，意实在于此。"① 简而言之，就是认为蒋捷的身世与王沂孙、张炎一样，填词方面的雕琢功夫来自吴文英的影响，因此不必重复选入。平心而论，这种说法反映出学者的思考流程，粗线条看待词人有一定道理，但是蒋捷及其词作也有其他词人所无法替代的特色。为清晰起见，现当代词选涉及蒋捷及宋末四大遗民词人者，择其主要列表如下：

表 4-1

选者	选本	"宋末四大遗民词人"入选情形	蒋捷
上疆村民	《宋词三百首笺注》唐圭璋笺注，上海古籍出版社1979年版	全选	选词3首:《瑞鹤仙·乡城见月》《贺新郎》《女冠子·元夕》
胡适	《词选》商务印书馆1927年版	未选周密	选词10首:《一剪梅·舟过吴江》《虞美人·听雨》《燕归梁·风莲》《少年游》(两首)《梅花引·荆溪阻雪》《最高楼·催春》《声声慢·秋声》《霜天晓角》《贺新郎·秋晓》

① 陈匪石编著，钟振振校点:《宋词举》，江苏古籍出版社2002年版，第8页。

续表

选者	选本	"宋末四大遗民词人"入选情形	蒋捷
龙榆生	《唐宋名家词选》上海古籍出版社1980年版	全选	修订本选词6首:《贺新郎·梦冷黄金屋》《女冠子·元夕》《声声慢·秋声》《虞美人·听雨》《一剪梅·舟过吴江》《燕归梁·风莲》
胡云翼	《宋词选》上海古籍出版社1962年版	全选	选词7首:《贺新郎·吴江》《贺新郎·兵后寓吴》《女冠子·元夕》《一剪梅·舟过吴江》《虞美人·听雨》《贺新郎·甚矣吾衰矣》《霜天晓角·人影窗纱》
俞平伯	《唐宋词选释》人民文学出版社1979年版	全选	选词1首:《燕归梁》
唐圭璋	《唐宋词简释》上海古籍出版社1981年版	全选	选词2首:《贺新郎·梦冷黄金屋》《女冠子·元夕》

如上可知,几种畅销词选选录的蒋捷词各有特色,各具内涵。频频入选的《贺新郎·梦冷黄金屋》《女冠子·元夕》带有对往昔梦华的回忆,越回忆越痛苦,寄托深切的哀感顽艳之感。其《声声慢·秋声》,作为宋词杂体独木桥体,还典型体现出蒋捷绝爱秋声秋光的性情特征。正是在如许词选的层层沉积之下,蒋捷及其《竹山词》的经典化历程才一步步走向历史深处。

二、词史探讨

就词史而言,一代词学大家刘毓盘的代表作《词史》,对蒋捷也有特别关注。刘毓盘自幼浸淫于文史，与王鹏运、朱祖谋等晚清词学大家多有交往，后与曲学大师吴梅过从较密。1919 年后他来到北大文学院任教，主讲词史、词选、词家专集等课程，对唐宋词人心得也多。作为我国第一部词史专门著述，《词史》具有开拓之功和先导之力，对词学研究影响深远。刘氏之说具有时代特点，一如学者所评："今天看来，《词史》显得相当地粗略，缺乏系统的理论探究和规律性的把握。不过，我们应将其置放于具体的历史空间与学术背景中予以评价考察。之所以如此，当然有着多种动因，如民国时期大学的文学教育理念、民初的词学观念与研究积累以及刘毓盘本人词学素养与学术积累等。"① 暂且不细究刘毓盘的整体词学观，与蒋捷关系密切的是"南宋六家之说"，即刘毓盘在其《词史》中将史达祖、吴文英、蒋捷、周密、王沂孙和张炎并为六家，潜移默化中此说对后世学者影响较大。薛砺若的《宋词通论》，则将王沂孙、张炎、周密集结为一章"南宋末期三大家"，蒋捷被另归入此时的一般附庸作家里②。显然，这种平庸说既带有时代色彩，同时又暴露了说法的狭隘偏颇。而今通行的文学史、词史，往往将蒋捷归属为宋末遗民词人，如以袁行霈主编的《中国文学史》为代表，甚或认为蒋捷在宋末姜夔、吴文英等之外是最有特色个性的词人，并能卓然成家，独立于宋末时代风气之外，对于清初阳羡词派颇有影响③。这些看法集合了当时学界最新研究，虽然概括而有其道理。

就断代文学史或者词史而言，《两宋文学史》认为宋元易代的一批词人，经历了沧桑巨变以后作品中蕴含着苍凉怨慕的哀音，蒋捷就是一典型。并将蒋捷与陈允平、周密、王沂孙、张炎

---

① 刘毓盘著，沙先一导读，毛文琦校点：《词史·导读》，上海古籍出版社 2011 年版，第 5 页。
② 薛砺若：《宋词通论》，上海书店 1985 年版，第 328 页。
③ 袁行霈主编：《中国文学史》第三卷，高等教育出版社 1999 年版，第 186—187 页。

一起，划归姜派词人。认为蒋捷创作上独辟蹊径，融合了姜夔、辛弃疾两家的长处，具有含蓄明快、典雅洗练的特色①。他们同属于词人姜夔的路数。《唐宋词流派史》受清人厉鹗的影响，他抄录校补《草堂诗馀》后，在《论词绝句》中提出宋末元初的江西词派之说。这个词派是一批以江西词人为主的南宋遗民词人，继承着稼轩词风。并从表现内容及审美情调方面，将蒋捷、汪元量视为江西词派的同盟军。著者认为，蒋捷词风格多样，善用纪实性笔法，注重效仿稼轩体，其身后褒贬不一②。《南宋词史》对蒋捷鉴赏解析较为细致，强调其艺术个性比较突出，与周密、王沂孙、张炎并称为"宋末四大家"。还认为竹山词风格多样，将豪放婉约兼收并蓄，说他上承稼轩余风、下启清初陈维崧一派③。但是，此著中的一些说法可资商榷，有的不免流于字面而胶柱鼓瑟，如透过《少年游》词中的"无家种竹"，可以看出蒋捷的贫困。其实词人意在借竹寄托气节，言说故国不再的羁旅漂泊情思罢了。还有一些专题词史，如《宋代咏物词史论》，设立专章论述南宋遗民词人咏物词，尤其是关注到蒋捷咏物词的独特艺术，认为他笔下有些咏物词在寄托亡国之痛、故国之思与身世之感的同时，能够从高处着眼，将咏物与咏史有机结合起来，这与辛弃疾、刘克庄的一些咏物词接近，都具有较强的历史感④。这些探究将蒋捷的咏物词成就置于南宋词坛咏物词繁盛的时代风气之中，对于其间蕴含的时代之悲、亡国之痛揭示深切，将蒋捷的词汇聚于历代黍离之悲的文学咏叹之中。

还有些学者，认识到南宋以至宋末不同词人之间的派别以及继承关系，特别是他们研究创作集于一身、深谙词作作法风格。

① 程千帆、吴新雷：《两宋文学史》，上海古籍出版社 1991 年版，第 432 页。

② 刘扬忠：《唐宋词流派史》，福建人民出版社 1999 年版，第 557—559 页。

③ 陶尔夫、刘敬圻：《南宋词史》，黑龙江人民出版社 2005 年版，第 517 页。

④ 路成文：《宋代咏物词史论》，商务印书馆 2005 年版，第 253 页。

这些学者词人，具备理论兼实践的功夫，更能洞悉此中甘苦，选词眼光和欣赏见地均能发人深思、予人启迪。如顾随曾经专门讲述蒋捷词，并注意到蒋捷与吴文英等词人颇具特色。顾随性情赤诚率真，佛心与诗才相融，他常常由着自己的性子读词论词，其词学打上了感发直寻、不粘不滞的深刻印痕。一方面，胡适评论蒋捷的词有新句有新意，认同之下顾随述及胡适的宗派之说："宋末词路自北宋清真（周邦彦）一直便至南宋白石（姜夔），其后则梅溪（史达祖）、梦窗（吴文英）、碧山（王沂孙）、草窗（周密）、玉田（张炎），此为一条路子。南宋除此六家外，无大作者。清人戈载辑《宋七家词选》，即收此七家之词。江西诗派有一祖（杜甫）、三宗（黄庭坚、陈师道、陈与义）。南宋词一祖（周邦彦）、六宗（白石、梅溪、梦窗、碧山、草窗、玉田）。如果算上竹山，则是一祖七宗，自清以来，词人多走此路子。"对此种路径，顾随直接说不喜欢。

然而，顾随明确说他喜爱蒋捷词，原因在于其词明白爽快，有几首很有伤感气。甚或，评点《虞美人·听雨》："前无古人""没一字不好"，相比之下认同这首词的上半阕，说它精细，他说"细"有两种说法，分别指形体的粗细和质地的糙细，认为这首词是"重罗白面、细上加细"。评论语言很生动形象。随后，还通过古今对比评论"壮年听雨客舟中"等词句："稼轩也许比他还有劲，但没有他的俊，句子不如他干净。近代白话文鲁迅收拾得头紧脚紧，一笔一个花。即使打倒别人，打一百个跟头要有一百个花样，重复算我栽了。别人则毛躁。稼轩不毛躁，但绝没有竹山收拾得那么干净。"这些说法独树一帜，反映出顾随不俗的词学见识。顾随对于《少年游·梨边风紧雪难晴》《木兰花慢·冰》等词的阐释品鉴，指摘其富有"情致"的好处和"贫"的毛病；提倡印象说，评论《南乡子·泊雁小汀洲》《燕

归梁·风莲》时，提出好的文学给人印象而不是概念，只给人概念而没有印象的不是好词句，无不予人启迪。由于顾随深受禅宗影响，词学思想及其表述不同寻常，信手拈来的佛典譬喻和京剧掌故无不传神，其生动幽默的语词往往引人忍俊不禁。另一方面，他又特别谈及蒋捷与吴文英的关系："竹山词，人多谓其学稼轩，其实他不尽受稼轩影响，也受梦窗影响。词中晦涩当以梦窗为第一。"直言蒋捷有的词晦涩，简直不知说的什么。这对于词学史上常常执其一端的创作评论现象予以衡定，在某种程度上回应了有关竹山词观照偏颇的问题。顾随词学观念上敢于打破陈规，不随波逐流，提倡创造新的意境。他曾在一首《临江仙》中说"自开新境界，何必似花间"①。对于人人都说好的《一剪梅》，他给"红了樱桃，绿了芭蕉"真诚点赞，但也毫不讳言说这首词味太传统，过于平静②。真是读其词话如见其人。

历经近代词学的复杂境遇之后，学界对于南宋词以及蒋捷词慢慢回归反思与研究。以宏通的研究视角观照接受历史，当代词学中关于竹山词的丰富评语也值得纳入思考范畴。以词学大家夏承焘先生为例，他提倡"论词重词品，论人重人品，人品先于词品"。他在回顾自己的学词经历时，有一段话值得我们注意：

> 三十岁时，我认为中国词中，风花雪月、滴粉搓酥之辞太多，词风卑靡尘下，只有东坡之大、白石之高、稼轩之豪，才是词中胜境。平时作诗词，专喜豪元一派。经过几番探索，自审才性，觉得自己似乎宜于七古诗而不宜于词。我想，好驱使豪语，断不能效苏、辛，纵成就亦不过中、下之才，如龙洲（刘过）、竹山（蒋捷）而已。但是，对于清真

①《无病词》，《顾随全集》卷一，河北教育出版社 2000 年版，第 27 页。
② 顾随：《顾随诗词讲记》，中国人民大学出版社 2006 年版，第 209—221 页。

词，风云月露，甚觉厌人。因而，我觉得，此后为词，不可不另辟新境，即熔稼轩、白石（姜夔）、草窗（周密）、竹山为一炉。这就成为我几十年来作词的努力方向。[①]

夏先生理解竹山词的关键字眼是"新"，这决定了他的词学态度。基于夏先生的词篇创作，比较他论人品与词品的关系，进而体悟其熔铸一体的词学理论，可见《竹山词》在现当代备受重视的接受现象，极大地丰富了竹山词学史。随着词学演进，现当代以来的词人接受蒋捷及其《竹山词》，呈现出动态多元特征，还会因更多翔实文献的融入不断走向丰富深化。

三、港台影响

蒋捷及其《竹山词》，对港台等地区的文坛也产生着相关影响。淡极方知艳。蒋捷的听雨词《虞美人》深衷浅貌，绝非用力雕琢者所能为，这种精神气质使它得以久擅词场。台湾当代著名散文家余光中、方杞，喜欢从古典诗词中寻取艺术借鉴与滋养，蒋捷及其《竹山词》成为喜好之一。

余光中的抒情散文《听听那冷雨》，通过描写雨声，娓娓倾诉自我身处台湾而不能回大陆团聚的思乡情感。以听雨为视角，将在不同地域感受的云情雨意渲染开来，古典诗词所独具的意趣境界也随之弥漫，为这篇散文赋予异彩。又是听雨，余光中对蒋捷的这首听雨词又极为偏爱，一种不分古今的情意交融自然在内心升腾起来：

> 雨不但可嗅，可观，更可以听。听听那冷雨。听雨，只要不是石破天惊的台风暴雨，在听觉上总是一种美感。大

---

① 吴熊和：《汲取到清澈百丈的源头活水》，方智范、方笑一选编：《词林展步》，江西教育出版社1999年版，第130页。

陆上的秋天，无论是疏雨滴梧桐，或是骤雨打荷叶，听去总有一点凄凉，凄清，凄楚。于今在岛上回味，则在凄楚之外，更笼上一层凄迷了，饶你多少豪情侠气，怕也经不起三番五次的风吹雨打。一打少年听雨，红烛昏沉。两打中年听雨，客舟中，江阔云低。三打白头听雨在僧庐下，这便是亡宋之痛，一颗敏感心灵的一生：楼上，江上，庙里，用冷冷的雨珠子串成。十年前，他曾在一场摧心折骨的鬼雨中迷失了自己。雨，该是一滴湿漓漓的灵魂，窗外在喊谁。①

几百年前漂泊的词人和几百年后漂泊的诗人由此交汇，冷雨被赋予生命韵律，将一曲寻觅寄托的心灵之歌打湿，形成跳动灵气的音符。作为作家的经典名篇，余光中的一篇散文、一首诗歌，是与蒋捷词对话的绝佳范例，也因此映照出古今文学源流以及文脉演进。除此之外，余光中的代表诗作《乡愁》，分别以小时候—长大后—后来的人生分期，幽幽抒写游子强烈的思乡之情、怀乡之愁。面对永恒的乡愁主题，其三部曲式的艺术章法明显导源于《虞美人·听雨》，并且以简代繁、以淡取胜，如风行水上、自然成文，这种独特性、典型性使之迥别于平常的思乡之作，也不同于诗人往日诗作的词藻雕琢，余光中为此赢得了"乡愁诗人"的徽号。

方杞，被誉为台湾散文界的隐士，其散文对于中国传统文化有着深刻的体认与留恋。其散文追求古典诗美，将长期浸淫的古典文学语言及其意境之美映现于笔下，引用、化用、借用古典诗词成为某种自觉。方杞似乎特别偏爱压缩时光的味道，常常在笔下表达一种追忆的况味。如《母亲的切菜声》，文中讲述自己因听到楼下的切菜声而回忆起来，忆及小时候、念初中、上高中以

①《余光中散文》，吉林文史出版社 2008 年版，第 99 页。

及后来落榜、考上大学，不同时段不同心境听闻母亲的切菜声，"起先每次听到，忍不住眼里热湿湿的，心上凄凄楚楚，这才觉着又要离家远去了。后来在外头住久了、住惯了，每次回到家听到它，眼泪又忽然像潮水一样地升腾起来，多亲切的声音！听着听着，想到童年以来母亲对我的种种呵护与疼爱，心里也就潮涨潮落地满是情绪，说也说不上来"。作家的内心是纤柔多情的，借助回忆将潜存已久的冷暖亲情细细体味，与追忆逝水年华的语言形式相得益彰。极具典型色彩的是《杜鹃休向耳边啼》，题目源自唐代《杂诗》中的"早是有家归未得，杜鹃休向耳边啼"，深情款款地抒写故园情怀，轻轻叩打心弦。他以不同的年龄阶段吟咏着家的变迁："小时候，家是一个纯真的梦"，"少年时，家是一处温暖的怀抱"，"成年后，家化成了枕边晶莹的泪光"，"到了老年，家却变成一方善恶的明镜"。还有一篇《岁月》也隶属此类，时光无情流逝，方杞将孩提时代视为"前天早上"，青年、中年视为"昨日午时"，由此展望"明日"的老去无能[1]。可以说，历经人生悲欢的作家要比一般人更能细细体悟生命情怀。从学缘上看，方杞深受余光中等前辈作家的影响，尤其是这种时光变形的艺术手法极为典型。面对这些散文作品的形式特色，可以说方杞就近模拟余光中的《乡愁》写法，远溯则是高度借鉴蒋捷的《虞美人》，那种跨越古今的伤逝意绪瞬间弥漫开来。台湾著名诗人痖弦称赞其散文"每每化情义为文字，寄沉痛于悠闲，如长江大河滚滚灌注，颇有独标高格的气势"[2]。我们阅读着思考着，既有感于台湾散文家们普遍浓重的乡愁情怀，又无限感慨古今文学的源流映照，并藉此体会到时光变形、思想折叠所带来的艺术别趣。

---

[1] 前后引文，参见《方杞散文》，浙江文艺出版社 1997 年版，第 91 页、99 页、189 页。
[2] 同上书，第 1 页。

第二节
域外汉学视域中的蒋捷及其《竹山词》

　　唐宋词的源流演变与域外文化关系密切。域外主要指向历史上与中国往来频繁的日本、韩国、越南等国家地区。由于出使往来等政治文化因素的作用影响，域内域外在词调、乐器、风俗名物等方面产生了多元交流。尤其是域外词学受唐宋词熏染，日渐涌现出一批文辞较为精致的词人。

　　唐宋词别具特色，经典辈出。域外文士对于唐宋词的关注度同样值得探究，从中也不难发现对于蒋捷及其《竹山词》的借鉴、点评等，尤其是东亚诸国最为典型。在东亚地区对于中国古代词学以及蒋捷《竹山词》的受容，主要以日本词人的系列表现为核心。

　　日本词学，开始于公元 823 年，以《和张志和渔歌子》五首为标志，成为日本词学的开山。唐宋词对日本词学的影响一直延续后世。基于相关词人词作，也不难发现宋末著名词人蒋捷在域外的传播接受印痕。

　　清代浙西派词人沈岸登、邵瑛、李良年等曾经盛吟《竹山词》中的"牵牛花"，为蒋捷《贺新郎》词中的数朵冷淡青花所沉醉，甚至以同调《惜秋华·牵牛花》留下了诸多唱和之作，词作尽态极妍，极富竹山词味。除去这些本土反响，近世以来的日本词坛，日下部梦香、野村篁园等词人分别填制《惜秋华·牵牛花》，与中华古典词学遥相唱和。以野村篁园的词作为例：

钿朵匀圆，盼银河染出，嫩青将滴。点缀墙阴，浑疑七襄新织。凉天宿露淋漓，擎玉盏、轻涵斜月。清寂。伴闲阶暗蛩，疏离幽蝶。　　小院晓灯白。想残妆未理，带星争摘。宛似雨过云破，秘瓷颜色。柔梢恐不禁秋，故要添、一枝潇碧。奇绝。又何输、滕家水墨。[①]

所用言辞细碎，尽态极妍，承袭了南宋以来词人注重描写之功的艺术追求。词末，运用五代花鸟画家滕昌祐工于描绘的典故，深层阐明眼前景象如诗如画的特征。据记载，野村篁园名直温，字君玉，别号紫芝山樵。1843 年去世，享年六十九岁。著有《篁园全集》二十卷；词集《秋篷笛谱》二卷，共有一百五十首。其咏物之作，细腻不减史达祖、吴文英[②]。野村篁园词集名《秋篷笛谱》，集中咏物之作甚多。咏食物有柑、笋、蚕豆、银鱼、蟹等，以姜白石、史梅溪刻画之笔，写江乡风味，令人有莼鲈之思[③]。野村篁园填词以南宋为宗，传世词作中《东风第一枝·梅花，用史邦卿韵》是向南宋词人史达祖学习借鉴的实例；《西子妆慢·荷花》是仿效张炎所为，因为张炎《山中白云词》中有红情、绿意二词，其自序云："疏影、暗香，姜白石为梅著语。因易之曰'红情''绿意'。以荷花、荷叶咏之。"间接构成了与姜夔白石词的沟通交流。事实上，野村篁园的这首《惜秋华·牵牛花》还能够表明，他对宋末蒋捷以及清代浙西派咏物词的关注与好感，这场隔空对话也成为词学双重接受的一个经典示例。较为相似的是，日下部梦香的《惜秋华·牵牛花》："一种幽葩，已秋迎绮节，翠绡将破。剩雨残烟，妆成尚含妍冶。何

---

① 夏承焘选校:《域外词选》，书目文献出版社 1981 年版，第 18 页。

② 同上书，第 14 页。

③ 夏承焘选校:《域外词选·前言》，书目文献出版社 1981 年版，第 2 页。

须秀蔓紫纤，开不尽露珠倾泻。今夜，映纱囊乱萤，彩灯走马。

曙月小窗下，尽痴儿摘去，欲添钗朵。恰是素飔萧飒，影栖香惹。吟怀占断新凉，想花庵往年闲雅。无奈。这柔姿，午阴凋谢。"其所用手法及词作风味，也是注重词藻修饰、追求优柔婉约的格调，喜欢雕琢字眼词藻。笔下也同样多有咏物词，如咏飞絮影、秋蝶、寒柳等，见出一个时代的艺术倾向。同样作为江户幕府时代的词家，野村篁园曾经为他的词集《梦香词》作序，二人词风趋同也便不难理解了。

此外，词人森川竹磎也引人注意。森川竹磎，生于1869年。早年他为鸥梦吟社所刊《鸥梦新志》编诗余栏，后在1911年编《随鸥集》，被誉为"填词再兴"。其词整体上宗南宋，其笔下有《疏影》《绿意》等词作对话姜夔，遗著有《词律大成》等。他有一首《解佩令·竹溪题壁》：

> 无鱼也好，无车也好，有千竿修竹更好。修竹千竿，看绿玉琅玕围绕，没些儿俗扰。　　前溪秋早，后溪秋早，惹清愁一片还早。静里填词，拟竹屋竹山精巧，更竹坨新调。[1]

这首题壁词基于"竹溪"着笔，抒写了茂林修竹、清溪潺潺的美好情境。此词调虽用仄韵，语辞俚俗，却不乏一种流畅活泼的味道。这首《解佩令》特别提及"竹屋竹山"，分别指向南宋词人高观国、蒋捷。在如此清雅的环境里填词，兴发感动之际自然要串联与"竹"息息相关的词人。其实，两宋时期字号词集中有"竹"的词人不止高、蒋二位，比如沈瀛的《竹斋词》、谢薖的《竹友词》、周紫芝的《竹坡词》等。那么，森川竹磎的表述带着自我词学追求，具有清晰的内在情感指向，借"竹"写出了一片清静之气。竹溪或许关乎森川竹磎的居所环境，词作应带有词

---

[1] 夏承焘选校：《域外词选》，书目文献出版社1981年版，第82页。

人自况的色彩。无论如何，这首词在同期词作中词艺上乘，能够显示出作者一定的词学爱好和艺术情趣，从中可以窥见蒋捷《竹山词》传播接受之一斑。加之，朱彝尊填有《风中柳·戏题竹垞壁》一词，词中云："晚来月上，对影描他横幅。赋新词，竹山竹屋……"二人词句作为例证，也可表明森川竹磎对于清代词人词作的学习与借鉴，联系朱彝尊对于蒋捷的态度，域外域内是一脉相承的。

《惜秋华·牵牛花》的唱和现象，与日本词学受浙西词派影响直接相关。浙西派推崇姜夔、张炎等格律派词人，他们的词风清空雅致，恰好与日本的"佗寂美"追求相契合。与此相关，日本民族文化对别称"朝颜"的牵牛花情有独钟，也可以说形成了朝颜文化。一朵小小牵牛花，开放后转瞬即逝，与生命短暂、人生无常非常类似，极易引发崇尚"物哀"民族文化的内心共鸣。极具乡土意义的牵牛花，在奈良时代传入日本，不仅被大和民族逐渐开发出更多奇异品种，发挥牵牛子泻药功效的同时也影响着日本的文学艺术。著名的俳圣松尾芭蕉，笔下有多首诗作深情咏叹朝颜：朝颜齐放，一波波，撞开的钟声，等等。画家葛饰北斋、歌川广重等都绘有与朝颜有关的画作，当时不仅出现专门的园艺经典《朝颜三十六花馔》，甚至举办与赏鉴趣味有关的朝颜花会等[1]，这些受宠的盛况无疑超越了牵牛花的原生故国。蒋捷的这首《贺新郎》，某种意义上也成为典故，后来者效仿唱和，都是对咏牵牛花词及其经典名句、意义内涵的吸收和转换，每位词人在互文性写作中与之对话，甚或在某种超越自得中获得欢喜。

综上，域外词学以日本为例，可见众多词人对宋词尤其是南宋词更多兴趣感发，除去姜夔、张炎之外对于蒋捷《竹山词》别有会心，从词风、词境等方面产生了深远影响。

---

① 芳纯：《牵牛花到底在日本变成了怎样的朝颜》，《文汇报》2021 年 12 月 20 日。

结 语

　　竹山词学，经历了一个由不自觉到自觉、由知到行的演进历程。从宋末的隐晦、元代的沉寂与苏醒，到明代对词韵词艺的仿效，以至清人大规模的摹仿、研究，竹山词在愈加自发的情境下折射出异样的光彩。尤其是阳羡词派的鼎力推许，使得蒋捷的人品和词品完美地结合为一体。也正是在诸多不同词学追求词人的拥护甚或反对声中，竹山词的冷淡秋香美、音律美、疏快有趣等艺术特色超越时空的界限而清晰再现，并对引导明清词学的发展流向做出突出的贡献。

　　从词学史看，"竹山体"有它存在的合理性。所谓词体，是指那些在词史流变中能独辟蹊径、自成一家，风格多样而又特色鲜明，并能在历代词坛引起较大反响、推动词学演进的词作。竹山词便具有这样的特征，而且学界初步认识到这些问题，相信随着研究的深入，"竹山体"的艺术表现将愈加清晰。抛开文学层面暂且不谈，"竹山体"成立的另一条件即因风格独特而在后世词坛被其他词家效法，才有可能具有属于自己名号的词体。至于蒋捷擅长独木桥体等杂体词，这些特殊的填词之法融入其中，共同构成"竹山体"的深厚内涵，即包括效法词人艺术风格、词韵词法等方面。如明清时期明确标明效法"竹山体"的有清人彭桂《沁园春·长歌当哭》，词序云："用蒋竹山体，前第四句、后第三句末字，皆用平声。"[①]万树《声声慢·秋色》，词有小序："竹山赋秋声用此调，平韵。今效其体，以仄协之。"厉鹗《瑞鹤

---

① 南京大学中文系编：《全清词·顺康卷》第十册，中华书局2002年版，第6081页。

仙·咏菊，为楞山生日效蒋竹山体》，其词题显而易见①，而彭孙
贻的《霜天晓角·卖花，用蒋竹山折花韵》，用韵间接说明效法
"竹山体"，等等。蒋捷的词无论题材还是表达策略，对不同读
者而言可能存在深浅不一的感悟，但依旧凭借其强大的文本活力
赢得学界关注，并在历代词坛沉潜而起，影响日甚。蒋捷词的风
格化与独特性堪称独树一帜，自然形成"竹山体"之说。

　　刘扬忠曾归纳前人明确提出的词体大约有 18 种，连同未标
明"某某体"而实效唐宋某人某体者，则计 31 种之多，如李易
安体、稼轩体等②，如此，"竹山体"也应计入其中。即便蒋捷词
不能与李清照、苏轼等词作成就完全比肩，但其影响也足以成就
竹山范式。如前所述，蒋捷《竹山词》在元明时期没有产生巨大
轰动，其词学地位一直沉潜不显。直至清人广泛推举南宋词，深
入发现蒋捷词独树一帜的审美特色，它才产生了日渐浓郁的艺术
影响力，并以"家梦窗而户竹山"的繁盛表现引领词学风尚。

　　透视清代词学发展，不同流派间的论争时有激烈。或者是
因为研究对象——蒋捷《竹山词》的多元化特色，或者是因为流
派之间艺术主张的分歧，这些便为后世词学研究提供了生动丰富
的文献。我们不能简单地以一则词话妄断词人的艺术倾向，他们
往往会在某些观念和创作艺术上旁逸斜出，对于蒋捷及其《竹山
词》存在这样的表现。从词学发展规律来看，清代是模仿借鉴、
传承发展的时代，也是总结词学观念和词作追求创获的时代。从
清初到晚清，不同词派主张有别，但都带着对唐宋词的模拟和复
古，具有显著的宗宋观念。两宋词是清人的主要学习对象，如何
博观约取、转益多师，而又别出新意、自铸伟辞，成为清代有识
之士的时代任务。由此，凡是优秀卓异的词人，决不会株守一家

①［清］厉鹗：《樊榭山房集》，四部丛刊本。
② 参见刘扬忠：《唐宋词流派史》，福建人民出版社 1999 年版，第 36 页。

之言；同一词派中的代表性作家，也不会仅仅流于陈陈相因、固步自封的停滞状态。在《竹山词》的接受问题上，我们清醒地看到词人及词学理论家们所进行的探索与开创。以此为基础，《竹山词》在中国词学史以至域外的受容情形逐渐明了，其词学地位也走出历史的迷雾，不断清晰起来。至此，我们可以肯定地说，蒋捷为宋词名家，"竹山体"是宋末词坛上最后一个以词人名字命名的宋词词体，这足以显示它的独特性。后人的仿效师法，均可视作"竹山体"于词学演进的组成部分。这是历代词人们不断探索过程中的精心选择，因具有一定的可操作性而使之进入词学历史的进程。而由"竹山体"引发的仿效借鉴，又令我们返观《竹山词》研究层面的不足，文学本体与文化受容研究一旦形成互动，对于解读"竹山体"的深刻内涵，对于《竹山词》研究的科学完善将意义深远。

附　录

附录一　蒋捷生平行迹考辨二题

蒋捷，宋末著名遗民词人。宋亡前，蒋捷贵为公子，常常流连于歌楼舞榭。一度罗帐红烛的闲适生活并未给他披上奇异的光环，带来创作的跃动。经历故国覆亡的惨痛教训之后，蒋捷持重气节，流浪漂泊、遁迹不仕，且少与文士显客往来唱和。关于他的文献记载，正史无传，宋元笔记绝少，平添了研究难度。即使当时赫赫有名的月泉吟社等诗词集会中也未见蒋捷的踪影，这就使其行迹晦涩难辨，恰如《竹山词》题跋所云"先生貌不扬"，即如声名不显。因此，就其事迹钩沉而言，即使吉光片羽也便珍贵异常。

一、生卒年考述

对于蒋捷的生卒年问题，目前学界意见不一。胡适在《词选》中确定为 1235？—1300？，并为一些学者袭用，如薛砺若的《宋词通论》等。刘大杰的《中国文学发展史》推断蒋捷卒年在 1310 年左右，之后陶尔夫、刘敬圻的《南宋词史》沿用此种观点。遗憾的是，胡、刘等先生并未明确他们的证据何在，令人知其然不知其所以然。针对这些纷纭说法，我们拟在此基础上辨明源流，寻找更切实的答案。

《竹山词》中有《虞美人·听雨》，虽云小令，蕴涵深邃，可视作蒋捷生平小传：

> 少年听雨歌楼上，红烛昏罗帐。壮年听雨客舟中，江阔云低、断雁叫西风。　而今听雨僧庐下，鬓已星星也。悲欢离合总无情，一任阶前、点滴到天明。

经历国破家亡的惨痛生活，昔日歌楼听雨的生活发生了巨大转折。蒋捷为逃避战乱辗转于江浙一带，这从其他词序"江阴道中""兵后寓吴"等可见一斑。这时词人已届"壮年"，"壮年"何解？一般辞书注释为中年，未免失于泛泛。《论语·季氏》云：

> 君子有三戒：少之时，血气未定，戒之在色；及其壮也，血气方刚，戒之在斗；及其老也，血气既衰，戒之在得。

《皇疏》（萧梁时皇侃所注《论语》）云："少之时，谓三十岁以前也。……"由此联系蒋捷亡国前后的漂泊生活，元军1275年攻占常州[1]，此时蒋捷概已三十岁，即生年约1245年左右。1275年即宋恭帝德祐元年，在元军的强烈攻势下南宋都城临安岌岌可危。就在这个风雨如晦的德祐年间，太学生褚生曾经以词纪事，写下《祝英台近》："倚危栏，斜日暮，莫莫甚情绪。稚柳娇黄，全未禁风雨。春江万里云涛，扁舟飞渡。那更听、塞鸿无数。　叹离阻。有恨落天涯，谁念孤旅。满目风尘，冉冉如飞雾。是何人惹愁来，那人问处。怎知道、愁来不去。"[2]以此作为镜鉴，可以想见宋末遗民词人的满怀愁绪，这是一个时代悲剧。蒋捷身在其

---

① 梁栋：《哀毗陵》序，程敏政辑《宋遗民录》卷一二，《丛书集成初编本》，中华书局1991年版，第122页。

② 陶尔夫、刘敬圻所著《南宋词史》，将褚生词题录为《祝英台近·德祐己亥》，与所参照《全宋词》不合。需订正。

中，读其《女冠子·元夕》可以感受同样的凄楚，往昔繁华不再，佳节更令人哀。"待把旧家风景，写成闲话"，所谓"闲话"不闲，亡国后的节日更多深刻的心灵痛楚。整首词带着对比，越热闹越是悲凉，梦境和笑意潜藏无限酸楚，可与李清照、刘辰翁等词人的同类词作相媲美。

至于蒋捷的卒年，笔者赞同刘大杰先生的说法，约卒于1310年。但刘氏未明所据，今试论如下，以资探讨。首先，《万姓统谱》中的一则记述是限定蒋捷卒年的重要线索："（蒋捷）元初遁迹不仕，大德间宪使臧梦解、陆垕交章荐其才，卒不就。"《南畿志》《江南通志》等方志类书籍皆载此事。而据《续文献通考》卷一百九十五记载，元成宗大德九年（1305）五月戊申，"诏求山林间有德行、文学、识治道者"，此外未发现大德年间有诏求人才之事，即蒋捷被荐当在元成宗大德九年（1305），是可证明胡适所论卒年为1300年说不确。其次，我们发现蒋捷有与宋末张炎交往的可能性，借此可以推论卒年。张炎的《山中白云词》中有词《清波引》，词序云："横舟，是时以湖湘廉使归。"横舟，宋人称此号者不止一人。清人江昱《山中白云词疏证》认为这段时间做过湖湘廉使者，唯有江阴陆垕一人，而且陆氏以"横舟"为别号，概得之于其家阁楼。元人陆文圭即有《横舟记》（《墙东类稿》卷八）为之记述，即与张炎交游的"横舟"乃陆垕[1]。此外，陆文圭还在卷十四《陆庄简公家传》，不仅称颂陆垕"姿性英悟，学问绝人，有经世之才"，而且还记载了他的出仕经历："援朝列大夫、岭北湖南肃政廉访副使。公（按：陆垕）辞，不可，不得已就道。……公固倦游，又以侍亲，弃官归。逾年，升中议大夫、海南广东肃政廉访使。……为政期年，复以侍亲弃官归。"看来，陆垕入仕也是迫不得已，最终弃官回

---

[1] 朱鸿：《蒋捷生平考略》，《龙岩师专学报》1991年第1期。

乡。传中所云第一次弃官即张炎词序言"以湖湘廉使归"，第二次任职在大德七年（1303）[①]，由此推算第一次还乡时间在大德六年即 1302 年，可明辨张炎与陆垕的会面时间以及《清波引》作于何时。同时，《墙东类稿》卷十八有《寿陆义斋二首》，自注："乙巳九月自五羊（按：广州）归。义斋即陆垕，据《家传》曰，垕尝匾所居斋曰'义'，故有'义斋'之别号。""乙巳年"即元大德九年（1305）。陆、臧二人都有经世之才，宋末中进士第，未官而国亡（《元史》卷一百七十七）。张炎曾两游江阴，初游时间为 1302 至 1303 年间[②]，陆氏恰恰回乡，此次游历二人相识，张炎二游江阴，恐怕就寄住在陆家。蒋捷与张炎家世相似，年龄相仿，又同样沦为宋室遗民，同到过江阴，二人皆与陆垕有一定联系。照此推想，蒋、张认识或有可能性。而且张炎至少曾有过滞留宜兴两年（1310—1311）的经历，他在《渔歌子》十首序言中说："张志和与余同姓，而意趣亦不相远。庚戌春，自阳羡牧溪过罨画溪，作《渔歌子》十解，述古调也。"所云"庚戌"为元至大三年即 1310 年，此时张炎并未述及蒋捷，而蒋捷持重气节的名声不会不被张炎所闻，蒋氏此时概已不在世间也未可知。综合上述大德年间蒋捷受到举荐，或可推论蒋捷卒年在 1305—1310 年间。

顺便提及，蒋捷何时中进士？现存的相关资料如《宜兴县志·人物志》"隐逸"云："蒋捷，字胜欲，宋德祐进士，元初遁迹不仕。"学界对此问题说法不一，概有三说：唐圭璋在《全宋词》中申以宋度宗咸淳十年即 1274 年之说；胡适《词选》、胡云翼《宋词选》均称蒋捷为恭帝德祐年间即 1275 年—1276 年进士，源于嘉庆《重刊宜兴县志》所载"德祐中进士"；词学大家

---

① 《广东通志》卷二十六载（陆垕）七年任肃政廉访使。
② 杨海明《张炎词研究·张炎年表》，齐鲁书社 1989 年版，第 254 页。

饶宗颐则认为蒋捷于 1275 年中进士。据《文献通考》记载，宋代进士末科为宋度宗咸淳十年，即 1274 年，这一年省元李大同、状元王龙泽。古人有以状元名称榜的惯例，由此龙泽榜应在咸淳十年[1]。笔者知见《茗岭蒋氏宗族谱》，卷二云："蒋捷登德祐丙子王龙泽榜进士，元初不仕。由明以来，大宗之谱未修，未敢妄为记载。""德祐丙子"乃 1276 年，与王龙泽榜的 1274 年存在矛盾，显然记载有误，不可偏信。因此，蒋捷中进士的时间当以 1274 年为确。照此推想，上文所提臧梦解，"宋末中进士第，未官而国亡"（《元诗选·癸集·乙》），或许他与蒋捷同是咸淳十年的末科进士，有一定的接触了解才交章荐引，也正借此补充二人的关系。

二、交游行迹

除去臧梦解、陆垔、张炎与蒋捷有直接或间接的往来外，我们还可以借助《竹山词》钩沉蒋氏与他人的交游活动。

（一）陶成之

《竹山词》中有一首《大圣乐·陶成之生日》，词题表明蒋捷与陶成之有往来。原词如下：

> 笙月凉边，翠翘双舞，寿仙曲破。更听得艳拍流星，慢唱寿词初了，群唱莲歌。主翁楼上披鹤氅，展一笑、微微红透涡。襟怀好，纵炎官驻伞，长是春和。

> 千年鼻祖事业，记曾趁雷声飞快梭。但也曾三径，抚松采菊，随分吟哦。富贵云浮，荣华风过，淡处还他滋味多。休辞饮，有碧荷贮酒，深似金荷。

这是一首寿词。上阕，描绘了歌舞曲唱的寿席场面，热闹欢快。

---

[1] 参见马端临：《文献通考》卷三十五《宋登科记总目》，中华书局 1986 年版。

"主翁楼上披鹤氅，展一笑、微微红透涡"，这里的寿星自然是指陶成之。下阕，词人没有一味沿着祝寿的主题去写，而是结合陶成之的生平事迹，发出了"富贵浮云，荣华风过，淡处还他滋味多"的慨叹。陶成之何许人也？以蒋捷能亲为寿词来看，陶成之应该是他的一位朋友。

"千年鼻祖事业，记曾趁雷声飞快梭。"有一种说法是，这首词下阕包含着一则古代的科技文献。据《漫话无锡·南宋词人蒋捷》载：

> 国际航空航天界公认，中国人在公元 12 世纪初发现了原始火箭，那就是符合于反作用定律、运用火箭发明的"地老鼠"和"飞火枪"。但发明原始火箭的人是谁，由于在"独尊儒术"的封建社会不重视科技，史书没有记载。

> 直到 20 世纪 80 年代，在台湾航空公司退休的航空专家、宜兴人邵品刚在读他的乡贤，有南宋四大词家之一美誉的蒋捷的《竹山词》时，才解开这个谜。他在 1988 年 11 月的美国《世界日报·上下古今》发表文章，根据蒋捷在一首《大圣乐》中的记述，披露了这位火箭鼻祖名陶成之（1201—1276），这首《大圣乐》是蒋捷为祝贺他 70 岁寿辰而写的。词中提到"千年鼻祖事业，记曾趁雷声飞快梭"，邵品刚在文中谈道："我学的专业是航空机械，我直觉地想到这句子是描述现代太空梭（即火箭）发射一刹那情景之词。"[1]

依据这些表述，陶成之是中国原始火箭的发明者。甚至还有一说，南宋宫廷比较重视这一发明，开始进行试验[2]。这些说法听来确实倍感意外，引述在此并非想耸人耳目，只是意在说明作为

---

[1] 顾一群、肖鹏编：《漫话无锡》，江苏文史资料编辑部编 1999 年版，第 64 页。
[2] 姜宸英：《中国航空史料》，西北工业大学出版社 1987 年版，第 28 页。

乡贤蒋捷被世人熟悉关注的程度，而这种偏爱乡贤而近似荒唐的现象又恰是中国文化传统的一个路数。那么，下阕的真意究竟是什么呢？

重回词篇，下阕换头处说"千年鼻祖事业，记曾趁雷声飞快梭"，鼻祖即始祖的意思，词句用到了东晋名将陶侃的典故。据南朝宋刘敬叔的《异苑》记载："钓矶山者，陶侃尝钓于此山下，水中得一织梭，还，挂壁上。有顷，雷雨，梭变成赤龙，纵空而去。"用神异之物龙梭的出奇变化，暗寓才人贤士终能飞黄腾达，借以表达能人必有异象。加上陶侃与东晋陶成之同姓，这个"陶侃龙梭"的典故显然是对陶成之的赞叹，或许他曾经仕途顺利有所升迁发达。随后，"但也曾三径，抚松采菊，随分吟哦"，这几句词明显用到陶渊明的典故，分别出自《归去来兮辞》和他的《归园田居》，藉此申述陶成之对闲适自得隐居生活的向往之情。蒋捷运用此典，恰好同样映照一个"陶"姓。前后用典，体现出词人的巧思和用心，而又如此妥帖。显然，蒋捷对陶成之的行迹非常了解，对其人品和精神也是赞同的。情投意合之下，词人说荣华富贵不过浮云罢了，人生淡而有味得好，我们还是尽情豪饮吧。从这首词的艺术看，蒋捷巧于构思创意，即便寿词的性质使得赞叹难以避免，但他运用精心别致的典故含蓄表达，实际上超越了一般寿词常见的谀辞之貌，而现出自我独有的新景象。限于资料失详，我们一时尚不知陶成之何许人也，其生平暂付阙如，但大致能够弄清陶成之何样人了。

除此之外，蒋捷《竹山词》中还有《沁园春·为老人书南堂壁》《念奴娇·收薛稼堂》，这些寿词对象无一例外是颇有气节风范的隐士，或许也是不仕新朝的遗民。蒋捷词中借用陶渊明、杜甫等经典故实，树立了蔑视达官富贵、歌咏民族气节的范式，某种程度上也是蒋捷自身精神的一种写照。

（二）岳君举

《竹山词》中还有一首寿词《沁园春·寿岳君举》，既然能够以词祝寿，蒋捷与所寿者岳君举或有一定交往。为方便论述，引词如下：

> 昔裴晋公，生甲辰岁，秉唐相钧。向东都治第，才娱老眼，北门建节，又绊闲身。燠馆花浓，凉台月淡，不记弓刀千骑尘。谁堪美，美南塘居士，做散仙人。　　南塘水向晴云。三百树凤洲杨柳春。有绿衣奏曲，金斜小雁，彩衣劝酒，玉跪双麟。前后同年，逸劳异趣，中立翻成雌甲辰。斯言也，是梅花说与，竹里山民。

这是一首寿词，作者没有拘泥于一般寿词的谀颂层面，上阕首先叙述唐代显赫的裴度建功立业的事迹，次写友人不慕功业、其乐无边的隐居日子令人钦羡。下阕描绘了南塘的宜人景致，以及寿筵之际的歌舞场面，"前后同年，逸劳异趣"揭示了词篇主旨。看来，友人岳君举的生年即为甲辰岁，蒋捷直呼其名，二人年龄辈分应相近。经查检，岳君举的生年应为宋理宗淳祐四年，即1244年。那么，岳君举究竟何人也？首先，从词意来看，蒋捷的这位友人居所"南塘"，并因此有"南塘居士"的称号。《竹山词》中另有《花心动·南塘元夕》词，某些词句如"南塘""凤洲柳"等与寿词完全一致，即此词也与岳君举直接关联。其次，岳君举在宋元之际隐居不出，行迹不显。经广为检索典籍，仅发现宋末牟巘有诗《岳君举用东阳法酿酒，味颇蕴藉。长儿携归，偶得数语》[①]，从"契阔二十年，那复此风味""儿从南塘归，殷勤有佳遗"等语得知，这位"入元不仕"（见《四库全书总目提要》）与遗民士人多有来往的牟巘也与岳君举关系亲近，有诗酒

---

① [宋] 牟巘：《牟氏陵阳集》卷二，《文渊阁四库全书》本。

往来。另外牟巘有《挽岳君举》诗①，对我们辨识岳君举的生平有一定帮助："五十余年事，都将作梦看。早方磨铁砚，老遂葬桐棺。蚁结途方戒，驹驰岁已阑。山前一片石，读者为悲酸。"明确告诉世人，回顾岳君举五十余年的一生经历，他虽然早年有所抱负，由于南宋亡国最终化为一场梦，他一生是消沉不显的。这种宋末遗民的人生经历具有非常典型的代表性。同声相求，蒋捷与之往来，他们的隐居行径并非出于内心的自由选择，而是疏狂狷介、不得已而为之。如果大致推算，以五十五岁暂定岳君举的寿命，则他大概卒于1299年左右，即蒋捷的这首词作于此年之前，至迟绝对不会超过1304年。经查检，牟巘生于1227年，卒于1311年②，这一推断大致合乎情理。至于牟巘是否与蒋捷认识，目前尚无确切材料记载，暂付阙疑。

蒋捷与岳君举的关系，有其祖上与岳家往来的渊源。蒋捷本为蒋璨之后世子孙，据记载，"蒋璨为淮南路转运副使。璨不为秦桧所喜，自镇江罢去，为祠官者十二年"③。延至蒋捷，似乎并无与岳家来往的痕迹。元人谢应芳有《跋岳氏族谱》："岳氏为常之望族，旧矣，予早岁过唐门，见其第宅相甲已者数家。且闻竹山蒋先生言，宋乾德间岳王弟经略史之孙自九江来居，由宋而元，子姓繁衍，文物之胜拔萃同里……"④需要辨析的是，此处"竹山蒋先生"并非蒋捷，尚不能由此遽然界定蒋、岳关系，这一问题可参第一章相关论述。

蒋捷生平资料及其相关文献记载较为寥落，其行迹交游存在诸多模糊，突破难度可想而知，但这样的特点也给未来的蒋捷研究提供着一定空间和可能性。

---

① [宋]牟巘:《牟氏陵阳集》卷六，《文渊阁四库全书》本。
② 唐圭璋:《全宋词》，中华书局1965年版，第3142页。
③ 《宋史》卷二十二上，[宋]陈槱《负暄野录》卷上也录有此事。
④ [元]谢应芳:《龟巢集》卷十四《跋岳氏族谱》，《文渊阁四库全书》本。

附录二 蒋捷相关研究文献辑录

一、蒋捷生平及词集资料汇辑

［元］湖滨散人《题竹山词》

竹山先生出义兴（注：即宜兴）巨族，宋南渡后，有名璨字宣卿者，善书，仕亦通显。子孙俊秀，所居擅溪山之胜。故先生貌不扬，长于乐府。此稿得之于唐士牧家藏本。虽无诠次，庶几无遗逸云。至正乙巳岁次秋七月十有七日，湖滨散人。（出处：［明］毛晋辑：《宋六十名家词》，上海古籍出版社1989年版。）

［元］谢应芳《龟巢集》

一别两年，将谓假馆华庄，优游蔗境，未闻移席县庠也。故昨于学斋书中，有失问讯，兹承赐诗与惠山泉偕至，不胜感激，遂即刻奉和以抒谢忱，曰：龙山只在片云间，不到山中四十年。多谢古人知渴望，瓦瓶封寄煮茶泉。笑笑。学斋回，更烦寻水符之盟，毋使山灵笑人寂寂也。《竹山词》久为乌有，弗克奉命。岁晏末由晤言，惟善保为斯文寿。（出处：［元］谢应芳：《龟巢集》卷十一，四部丛刊本。）

［明］毛晋《汲古阁卷首题竹山词》

竹山先生出义兴巨族。宋南渡后，有名璨字宣卿者，善书，仕亦通显。子孙俊秀，所居擅溪山之胜。故先生貌不扬，长于乐府。此稿得之于唐士牧家藏本。虽无诠次，庶几无遗逸云。至正乙巳岁次秋七月十有七日，湖滨散人。（出处：［明］毛晋辑：《宋六十名家词》，上海古籍出版社 1989 年版。）

［明］毛晋《竹山词跋》

昔人评词，盛称李氏、晏氏父子，及耆卿、子野、子游、子瞻、美成、尧章止矣。蒋胜欲泯焉无闻。今读《竹山词》一卷，语语纤巧，真《世说》靡也；字字妍倩，真六朝隃也，岂其稍劣于诸公耶？或读《招落梅魂》一词，谓其磊落横放，与辛幼安同调，其殆以一斑而失全豹矣。（出处：［明］毛晋辑：《宋六十名家词》，上海古籍出版社 1989 年版。）

［清］曹亮武等编《荆溪词初集·蒋景祁序》

吾荆溪……以词名者则自宋末家竹山始。竹山先生恬淡寡营，居滆湖之滨，日以吟咏自乐，故其词冲夷萧远，有隐君子之风。（出处：严迪昌：《清词史》，江苏古籍出版社 1999 年版。）

［清］曹贞吉《珂雪词·摸鱼子·寄赠史云臣》

绕荆溪数间茅屋，竹山旧日曾住。吟花课鸟无遗恨，领袖词场南渡。（出处：南京大学中文系编：《全清词·顺康卷》，中华书局 2002 年版。）

［清］孙尔准《论词绝句》

词场青兕说髯陈，千载辛刘有替人。罗帕旧家闲话在，更兼蒋捷是乡亲。（出处：孙克强、裴喆：《论词绝句二千首》，南开大学出版社 2014 年版。）

［清］万斯同《宋季忠义录》

蒋捷，字胜欲，宜兴人，举德祐进士。元初晦迹不仕。大德中，宪使臧梦解、陆垕荐其才，不就。称竹山先生。（出处：［清］万斯同：《宋季忠义录》，北京图书馆出版社影印室辑《宋代传记资料丛刊》2006 年版。）

《四库总书总目提要·〈竹山词〉》

《竹山词》一卷，安徽巡抚采进本。宋蒋捷撰。捷字胜欲，

自号竹山，宜兴人。德祐中尝登进士。宋亡之后，遁迹不仕而终。是编为毛晋汲古阁所刊，卷首载至正乙巳湖滨散人题词，谓："此稿得之唐士牧家，虽无诠次，已无遗逸。"当犹元人所传之旧本矣。其词炼字精深，调音谐畅，为倚声家之榘矱。间有故作狡狯者，如《水龙吟·招落梅魂》一阕，通首住句用"些"字。《瑞鹤仙·寿东轩》一阕，通首住句用"也"字，而于虚字之上仍然叶韵。盖偶用《诗》《骚》之格，非若黄庭坚、赵长卿辈之全不用叶，竟成散体者比也。他如《应天长》一阕，注云"次清真韵"。前半阕"转翠笼池阁"句止五字，而考周邦彦词作"正是夜堂无月"实六字句。后半阕"漫有戏龙盘"句亦五字，而考周词"又见汉宫传烛"实亦六字。此必刊本各有脱字。至于《沁园春》"绝胜珠帘十里楼"句，"楼"字上讹增"迷"字。《玉楼春》"明朝与子穿花去"句，"花"字讹作"不"字。《行香子》"奈云溶溶"句，"奈"字下讹增"何"字。《粉蝶儿》"古今来人易老"句，讹脱一"来"字。《翠羽吟》"但留残月挂苍穹"句，讹脱"月""苍"二字。皆为疏舛。"唐多令"之讹为"糖多"，尤足唱噱。其《喜迁莺》调所载改本一阕，视元词殊减风韵，似非捷所自定。《词统》讥之甚当，但指为史达祖词，则又误记耳。（出处：［清］永瑢等撰：《钦定四库全书总目》，中华书局 1965年版。）

朱祖谋《竹山词跋》

《竹山词》一卷，黄荛圃藏抄本。卷端有明孙唐卿胤嘉记云：乙巳春季，假锡山剑光阁本校一过。荛圃称嘉庆庚午得之毛意香，寔吴枚庵物，《竹山词》祖本也。毛子晋刊本似从兹出。而词佚目存之《谒金门》《菩萨蛮》《霜天晓角》《点绛唇》十四阕及上半阕之《忆秦娥》，下半阕之《昭君怨》，毛本并目不载。《喜迁莺》，毛本二阕复十余句，兹本并缺。而目称一阕，或传写有异耶。荛圃定为元钞，意极珍秘。往从吾乡张石铭假录，勘正毛本数十字。异时倘并其缺佚者补得之，是所蕲于同志已。癸丑清明前一日，朱孝臧跋于吴下听枫园寓。（出处：[清]朱祖谋：《彊村丛书》，上海古籍出版社 1988 年版。）

陶湘《景刊宋金元明本词叙录·景元钞本〈竹山词〉叙录》

湘案：此昔年艺风先生抚寄伯宛者。前有题字，四行，不著姓名。称此稿得之于唐士牧家藏本，至正乙巳秋七月录。末有明人题及杨五川、梦羽二印，亦士礼居旧藏。半叶十行，行二十字。其词凡次行以下，皆低一字，特为创格。伯宛曾据以校汲古阁刻，订补极多。惜辗转迻写，不能尽如原本耳。（出处：陶湘：《景刊宋金元明本词》，上海古籍出版社 1989 年版。）

饶宗颐《词集考》卷六《宋代词集解题》

《竹山词》蒋捷撰。捷，字胜欲，号竹山，阳羡人。系出钜族，登德祐（1275）进士第。宋亡，遁迹不仕。《宋史·艺文志补》有蒋捷《小学详断》不分卷。《竹山词》九十余首，炼字精深，《提要》推为词家矩矱。（出处：饶宗颐：《词集考》，中华书局 1992 年版。）

唐圭璋:《宋词四考·蒋捷》

《竹山词》一卷天一阁藏钞本。

《竹山词》上下卷天津图书馆藏唐宋名贤百家词钞本。

《竹山词》北京图书馆藏宋元名家词钞本。

《竹山词》一卷士礼居藏元钞本。南京图书馆藏书。武进陶氏有影印本。

《竹山词》一卷汲古阁刊本。

《竹山词》一卷陆勑先校本，陆氏以一钞本校。郦衡叔藏书。

《竹山词》一卷四库全书本，用毛刻本。

《竹山词》一卷彊村丛书本，用元钞本。中有十四首，有目无词，又《昭君怨》缺上半首，予据永乐大典补足。

（出处：唐圭璋：《宋词四考》，上海古籍出版社1986年版。）

王兆鹏《词学史料学》

蒋捷《竹山词》，今传最早之本为元人钞本。卷首有元至正二十五年乙巳（1365）湖滨散人序……元钞本曾由黄丕烈收藏，有明天启三年（1623）孙胤伽补遗并跋，清黄丕烈跋、今藏台北"中央图书馆"。《景刊宋金元明本词》本《竹山词》一卷，即据以影刻。

明清所传钞、刻本有：

明吴讷《唐宋名贤百家词》本，虽分作二卷，实出元钞本，编次相同。

明紫芝漫钞《宋元名家词》本。

明毛氏汲古阁刻《宋六十名家词》本，亦出元钞本。

《文渊阁四库全书》本，据毛本收录。

《彊村丛书》本，据传钞黄丕烈藏元钞本校刊。

清钞《宋人词》本。

《全宋词》录存其词94首。

今有黄明校点《竹山词》，上海古籍出版社1988年版。

（出处：王兆鹏：《词学史料学》，中华书局2004年版。）

二、蒋捷词作经典汇评

［元］倪瓒《清閟阁全集》

韩奕，字公望，吴之良医也。好与名僧游。所云蒋竹山者，则义兴蒋氏也。以宋词名世，其清新雅丽，虽周美成、张玉田不能过焉。（出处：［元］倪瓒：《清閟阁全集》，凤凰出版社2012

年版。）

［明］杨慎《词品》

沈约之韵，未必悉合声律，而今诗人守之，如金科玉条。此无他，今之诗学李杜，李杜学六朝，往往用沈韵，故相袭不能革也。若作填词，自可通变。如朋字与蒸同押，打字与等同押。卦字、画字，与怪坏同押，乃是鸩舌之病，岂可以为法耶。元人周德清著《中原音韵》，一以中原之音为正，伟矣。然予观宋人填词，亦已有开先者。盖真见在人心目，有不约而同耳者。俗见之胶固，岂能眯豪杰之目哉。试举数词于右。东坡《一斛珠》云："洛城春晚。垂杨乱掩红楼半。小池轻浪纹如篆。烛下花前，曾醉离歌宴。　　自惜风流云雨散。关山有限情无限。待君重见寻芳伴。为说相思，目断西楼燕。"篆字，沈韵在上韵，本属鸩舌，坡特正之也。蒋捷《元夕·女冠子》云："蕙花香也。雪晴池馆如画。春风飞到，宝钗楼上，一片笙箫，琉璃光射。而今灯漫挂。不是暗尘明月，那时元夜。况年来、心懒意怯，羞与闹蛾儿争耍。　　江城人悄初更打。问繁华谁解，再向天公借。剔残红烬。但梦里隐隐，钿车罗帕。吴笺银粉砑。待把旧家风景，写成闲话。笑绿鬟邻女，倚窗犹唱，夕阳西下。"是驳正沈韵画及挂话及打字之谬也。吕圣求《惜分钗》云："重帘挂。微灯下。背阑同说春风话。"用韵亦与蒋捷同意。晁叔用《感皇恩》云："寒食不多时，牡丹初卖。小院重帘燕飞碍。昨宵风雨，只有一分春在。今朝犹自得，阴晴快。　　熟睡起来，宿酲微带。不惜罗襟揾眉黛。日高梳洗，看著花影移改。笑拈双杏子，连枝带。"此词连拈数韵，酌古斟今尤妙。国初高季迪《石州慢》云："落了辛夷，风雨顿催，庭院潇洒。春来长恁，乐章懒按，酒筹慵把。辞莺谢燕，十年梦断青楼，情随柳絮犹萦惹。难觅旧知音，把琴心重写。　　妖冶。忆曾携手，斗草阑边，买花帘下。看辘轳低

转，秋千高打。如今甚处，总有团扇轻衫，与谁共走章台马。回首暮山青，又离愁来也。"诸公数词，可为用韵之式，不独绮语之工而已。

欧阳永叔仿玉台体诗："银蒜钩帘宛地垂。"东坡《哨遍》词："睡起画堂，银蒜押帘（此二字原缺，王幼安据东坡词补），珠幕云垂地。"蒋捷《白纻》词："早是东风作恶。旋安排，一双银蒜镇罗幕。"银蒜，盖铸银为蒜形，以押帘也。宋元亲王纳妃，公主下降，皆有银蒜帘押数百双。

蒋捷《一剪梅》词云："一片春愁带酒浇。江上舟摇，楼上帘招。秋娘容与泰娘娇，风又飘飘，雨又潇潇。　何日云帆卸浦桥？银字笙调，心字香烧。流光容易把人抛，红了樱桃，绿了芭蕉。"（案容一作渡；娇一作桥；何日云帆卸浦桥，一作何日归家洗客袍。）

词家多用心字香，蒋捷词云："银字筝调。心字香烧。"张于湖词："心字夜香清。"晏小山词："记得年时初见，两重心字罗衣。"范石湖《骖鸾录》云："番禺人作心字香，用素馨茉莉半开者，著净器中。以沉香薄劈，层层相间，密封之。日一易，不待花萎。花过香成。"所谓心字香者，以香末萦篆成心字也。心字罗衣，则谓心字香熏之尔。或谓女人衣曲领如心字，又与此别。

蒋捷有"效稼轩体招落梅之魂"《水龙吟》一首云："醉兮琼瀣浮觞些。招兮遣巫阳些。君毋去此，飓风将起，天微黄些。野马尘埃，污君楚楚，白霓裳些。驾空兮云浪，茫洋东下，流君往、他方些。　月满兮西厢些。叫云兮、笛凄凉些。归来兮为我，重倚蛟背，寒鳞苍些。俯视春红（红字原缺，王幼安据《竹山词》补），浩然一笑，吐出香些。翠禽兮弄晓，招君未至，我心伤些。"其词幽秀古艳，迥出纤冶秾华之外，可爱也。稼轩之词曰《醉翁操》，并录于此。"长松。之风。如公。肯余从。

山中。人心与吾兮谁问。湛湛（原一湛字，据《稼轩词》补）千里之江，上有枫。噫，送子东（原作送子东望君，据《稼轩词》补）。望君之门兮九重。女无悦己，谁适为容。不龟手药，或一朝兮（兮字原缺，王幼安据《稼轩词》补）取封。昔与游兮皆童。我独穷兮今翁。一鱼兮一龙。劳心兮忡忡。噫，命与时逢。子取之食兮万钟。"小词中离骚，仅见此二首也。（案蒋捷词乃效稼轩水龙吟押些字，并非效稼轩之醉翁操。）

俗谓风曰孟婆，蒋捷词云："春雨如丝，绣出花枝红袅。怎禁他、孟婆合皂。"宋徽宗词云："孟婆好做些方便。吹个船儿倒转。"江南七月间有大风，甚于舶趠，野人相传以为孟婆发怒。按北齐李騊骙聘陈，问陆士秀："江南有孟婆，是何神也。"士秀曰："《山海经》：'帝之二女，游于江中，出入必以风雨自随，以帝女，故曰孟婆。'犹《郊祀志》以地神为泰媪。"此言虽鄙俚，亦有自来矣。

（出处：唐圭璋编：《词话丛编》，中华书局1986年版。）

［清］朱彝尊《黑蝶斋词序》

词莫善于姜夔，宗之者张辑、卢祖皋、史达祖、吴文英、蒋捷、王沂孙、张炎、周密、陈允平、张翥、杨基，皆具夔之一体，基之后得其门者，或寡矣。（出处：唐圭璋编：《词话丛编》，中华书局1986年版。）

［清］毛奇龄《西河词话》

"音谐弦调"：崇祯甲寅，京师梨园有南迁者，自诉能弦旧词。试其技，促弹而曼吟，极类挡筝家法，然调不类筝。坐客授蒋竹山长调令弦，辄辞曰，口俚碍吟叹何也。时徐仲山贻九日倡和词至，诵而授之，歌才数过，指爪融畅。询其故，云：吾所传者，无调而有词，无宫徵而有音声，词雅则音谐，音谐则弦调。由是推之，世之效辛、蒋者可返已。菊庄者，吴江徐子电发也。

"张鹤门词"：张鹤门词以草堂为归，其长调绝近周、柳，虽不绝辛、蒋，然亦不习辛、蒋，此正宗也。大抵词必有意有调有声有色，人人知之。若别有气味在声色之外，则人罕知者。骤得张鹤门词，适在久客初归，心思迷烦之际，不辨其何意何调，其声何等，其色何似。而徘徊缠绵，心萦意扰，一若醉里思乡，烛边顾影，使人镠辖不可解。在昔庄皇帝入宫，宫人焚色目所贡鹊脑。时方简文书，忽若醉梦间，迷殢顿生，憧憧然，既而渐甚，亟命撤其焚，而摈其贡。当是时，未尝有所见有所闻也。鹤门词犹是矣。鹤门介他客以其词五卷，请予为叙，予不能叙，而姑应以此。（出处：唐圭璋编：《词话<u>丛</u>编》，中华书局 1986 年版。）

［清］周济《介存斋论词杂著》

竹山薄有才情，未窥雅操。（出处：唐圭璋编：《词话<u>丛</u>编》，中华书局 1986 年版。）

［清］周济《宋四家词选目录序论》

竹山有俗骨，然思力沉透处，可以起懦。碧山胸次恬淡，故黍离麦秀之感，只以唱叹出之，无剑拔弩张习气。

梅溪才思，可匹竹山。竹山粗俗，梅溪纤巧。粗俗之病易见，纤巧之习难除。颖悟子弟，尤易受其熏染。余选梅溪词，多所割爱，盖慎之又慎云。梅溪好用偷字，品格便不高。

雅俗有辨，生死有辨，真伪有辨，真伪尤难辨。稼轩豪迈是真，竹山便伪。碧山恬退是真，姜、张皆伪。味在酸咸之外，未易为浅尝人道也。

（出处：唐圭璋编：《词话<u>丛</u>编》，中华书局 1986 年版。）

［清］郭麐《灵芬馆词话》

国初浙西词人辈出，嘉善曹顾庵尔堪与吴中尤西堂侗齐名。西堂百末词，自以为花间草堂之余。顾庵颇为雅洁，《念奴娇》一阕，殊有竹山风调。"孤舟初发，正严霜似雪，布帆如纸。一派残云萦别恨，愁向青山隐几。晚圃黄花，小槽红酒，客路谁同醉。蒯缑黭澹，自将管乐为比。　　遥念旅宿方寒，丹阳古道，老树酣青紫。戍鼓沉沉天未晓，残月模糊映水。白袷谈兵，青灯读《易》，漫洒英雄泪。啼鸟成阵，石头城外潮起。"同时魏学渠喜用侧艳之字，《误佳期》云："花满驿亭香浅。恨翠啼红宛转。碧城十二曲阑干，送落英无算。　　铜漏莫嫌长，银烛偏愁短。寒情孤坐愤眠迟，好梦终难选。"然他词未能如此。（出处：唐圭璋编：《词话丛编》，中华书局 1986 年版。）

［清］杜诏《山中白云词序》

词盛于北宋，至南宋乃极其工。姜夔尧章最为杰出，宗之者史达祖、高观国，卢祖皋、吴文英、蒋捷、周密、陈允平诸名家，皆具夔之一体，而张炎叔夏庶几全体具矣。仇仁近谓："叔夏词意度超玄，律吕协洽，当与白石老仙相鼓吹。"顾白石风骨清劲，诚如沈伯时所云，未免有生硬处；叔夏则和雅而精粹，读其《乐府指迷》一书，为古今填词准则，夫岂斤斤墨守尧章者？（出处：唐圭璋编：《词话丛编》，中华书局 1986 年版。）

［清］邹祗谟《远志斋词衷》

"柳词僻调最多"：僻调之多，以柳屯田为最。此外则周清真、史梅溪、姜白石、蒋竹山、吴梦窗、冯艾子集中，率多自制新调，余家亦复不乏。至如晁次膺、万俟雅言之依月按律，进词应制，调名尚数百种未传。曾觌、张抡、吴琚辈亦然。今人好摹乐府，句栉字比，行数墨寻，而词律之学弃如秋蒂。间有染指，不过草堂遗调，率趋易厌难之故，岂欲尽理还之日耶。

"长调须一气流贯"：朱承爵《存余堂诗话》云：诗词虽同一机杼，而词家意象，与诗略有不同。句欲敏，字欲捷，长篇须曲折三致意，而气自流贯，乃得。此语可为作长调者法，盖词至长调而变已极。南宋诸家凡以偏师取胜者无不以此见长。而梅溪、

白石、竹山、梦窗诸家，丽情密藻，尽态极妍。要其瑰琢处，无不有蛇灰蚓线之妙，则所云一气流贯也。

"彭金粟词"：长调惟南宋诸家，才情蹀躞，尽态极妍。阮亭尝云：词至姜、吴、蒋、史，有秦、李所未到者。正如晚唐绝句，以刘宾客、杜紫薇为神诣，时出供奉、龙标一头地。彭十金粟所作数十阕长调，妙合斯恉。阮亭戏谓彭十是艳词专家。余亦云：词至金粟，一字之工，能生百媚，虽欲怫然不受，岂可得耶。

（出处：唐圭璋编：《词话丛编》，中华书局 1986 年版。）

［清］彭孙遹《金粟词话》

"南宋词人以史邦卿为第一"：南宋词人，如白石、梅溪、竹屋、梦窗、竹山诸家之中，当以史邦卿为第一。昔人称奇分镳清真，平睨方回，纷纷三变行辈，不足比数，非虚言也。（出处：唐圭璋编：《词话丛编》，中华书局 1986 年版。）

［清］王又华《古今词论》

"邹程村论词"：朱承爵《存余堂诗话》云："诗词虽同一机杼，而词家意象，与诗略有不同。句欲敏，字欲达，长篇须曲折三致意，而气自流贯，乃得。"此语可为作长调者法，盖词至长调而变已极。南宋诸家凡偏师取胜者莫不以此见长。而梅溪、白石、竹山、梦窗诸家，丽情密藻，尽态极妍。要其瑰琢处，无不有蛇灰蚓线之妙，则所谓一气流贯也。（出处：唐圭璋编：《词话丛编》，中华书局 1986 年版。）

［清］贺裳《皱水轩词荃》

"王通叟词无斧迹"：词之最丑者为酸腐，为怪诞，为粗莽。然险丽贵矣，须泯其镂划之痕乃佳。如蒋捷"灯摇缥晕茸窗冷"，可谓工矣，觉斧迹犹在。如王通叟《春游》曰："晴则个，阴则个，饾饤得天气，有许多般。须教撩花拨柳，争要先看。不道吴绫绣袜，香泥斜沁几行斑。东风巧，尽收翠绿，吹在眉山。"则痕迹都无，真犹石尉香尘，汉皇掌上也。两"个"字尤弄姿无限。

"蒋捷用骚体不妙"：蒋捷用骚体作水龙吟招梅魂，奇耳，固未为妙。

（出处：唐圭璋编：《词话丛编》，中华书局 1986 年版。）

［清］蒋敦复《芬陀利室词话》

余每恨竹垞翁问学淹博，而《词综》一书，不无疏漏。至万氏《词律》，自矜创获，于宫调，全未梦见。又一体三字，最为无理取闹。今观柳东所云：张子野《惜琼花》下阕"汴河流如带窄，任轻舟如叶"，《词综》脱汴字、舟字。《词律》知轻下落一字，不知河上之有脱误。蔡伸《侍香金童》"更柳下人家似相识"，《词综》脱相字。《词律》另收赵长卿多一字为别体。子野《于飞乐》"怎空教花解语，草解宜男"，《词律》据何本脱花解语三字，而以毛滂多此三字，另立一体。周邦彦《荔枝香近》"香泽方薰"，脱遍字，是韵。《词律》作四字句，遂误认卷字是韵。柳永《斗百花》"终日厌厌倦朱户"，应作换头起句，《词综》误属上段，而以远恨绵绵作起。《词律》不知收晁补之一调，亦同此误，致疑参差无味。蒋捷《白苧》，忆昨下脱"听莺柳畔"四字，《词律》以柳永多此四字，为另格。赵以夫《角招》"溪横略彴"，脱横字。张先《山亭宴》"问还解相思否"，脱还字。陈允平《垂杨》"纵鹃啼不唤春归"，脱纵字。此类不可缕举，万氏无由考正，沾沾以辨上去为独得，句调之未审，何暇更论音律耶。其訾议万氏如此。吴门戈顺卿亦有《词律订》《词律补》之作，惜未板行。恐学者辗转承讹，余所以不得已于一言也。（出处：唐圭璋编：《词话丛编》，中华书局 1986 年版。）

［清］先著　程洪撰，胡念怡辑《词洁辑评》

"高阳台"：蒋捷"宛转怜香"，前后结三字句，或韵或不韵。后段起句，或七字或六字。六字者用韵，七字多不韵。若执一而论，将何去何从。意者宫调不当凌杂，而字句或可参差。今既已不被管弦，徒就字句以绳，词虽自诧有独得之解，吾未敢以为合也。

"喜迁莺"：刘一止"晓光催角"，前半晓行，景色在目，虽不及竹山之工，正是雅词。

"齐天乐"：张炎"分明柳上春风眼"，美成如杜，白石兼王、孟、韦、柳之长。与白石并有中原者，后起之玉田也。梅溪、梦窗、竹山皆自成家，逊于白石，而优于诸人。草窗诸家，密丽芊绵，如温、李一派。玉台沿至于宋初，而宋词亦以是终焉。以诗譬词，亦可聊得其仿佛。

"瑞鹤仙"：蒋捷"绀烟迷雁迹"，句意警拔，多由于拗峭，然须炼之精纯，始不失于生硬。竹山此词云："劝清光，乍可幽窗相照，休照红楼夜笛。"梦窗云："问阊门，自古送春多少。"玉田云："能几番游，看花又是明年。"妙语独立，各不相假借。正不必举全词，即此数语，可长留数公天地间。

（出处：唐圭璋编：《词话丛编》，中华书局1986年版。）

［清］李调元《雨村词话序》

词非诗之余，乃诗之源也。周之颂三十一篇，长短句居十八。汉郊祀歌十九篇，长短句居五。至短箫铙歌十八篇，篇皆长短句。自唐开元盛日，王之涣、高适、王昌龄绝句流播旗亭，而李白《菩萨蛮》等词亦被之管弦，实皆古乐府也。诗先有乐府而后有古体，有古体而后有近体。乐府即长短句，长短句即古词也。故曰：词非诗之余，乃诗之源也。温、韦以流丽为宗，《花间集》所载南唐、西蜀诸人最为古艳。北宋自东坡"大江东去"，秦七、黄九踵起，周美成、晏叔原、柳屯田、贺方回继之，转相矜尚，曲调愈多，派衍愈别。鄱阳姜夔郁为词宗，一归醇正。于是辛稼轩、史达祖、高观国、吴文英师之于前，蒋捷、周密、陈君衡、王沂孙效之于后，譬一之于乐，舞箾至于九变，而叹观止矣。流传既广，互有月旦，而词话生焉。陈后山不工词，而词话实由之祖。自是以来，作者指不胜屈。而吾蜀升庵词品，最为允当，胜弇州之英雄欺人十倍。而近日徐釚有《词苑丛谈》一书，聚古今之词话，汇集成编，虽不著出处，而掇拾大备，可谓先得我心矣。然则余又何词之可话也。大凡表人之妍而不使美恶交混曰话，摘人之媸而使之瑕瑜不掩亦曰话。余之为词话也，表妍者少，而摘媸者多，如推秦七，抑黄九之类，其彰彰也。盖妍不表则无以著其长，媸不摘则适以形其短，非敢以非前人也，正所以是前人。存前人之是，正所以正今人之非也。非特以正今人之非，实以证己之非也。五十无闻，学可知矣，而犹老不知耻，争辩于剪红刻翠之间，又不知后有何人复议余之妍媸也。余家藏有常熟吴氏讷所汇宋元百家词写本，即朱竹垞所谓抄传绝少未见全书者，并汲古阁所刊六十名家词，日披阅之，而择其可学者取以为法，其不可学者取以为鉴。录成，目曰《雨村词话》。夫见贤思齐，见不贤自省，亦圣贤之事也。其必如是刺刺何也，诚以词也者，非诗之余，乃诗之源也。蜀绵州李调元童山撰。（出处：唐圭璋编：《词话丛编》，中华书局1986年版。）

［清］李调元《雨村词话》

"银字"：和凝《山花子》云："银字笙寒调正长。"按《唐书·祀乐志》："备四本属清乐，形类雅音，有银字之名，中管之格，音皆前代应律之器也。"《宋史·乐志》："太平兴国中，选东西班习乐者，乐器独用银字觱栗，小笛，小笙。"白乐天诗"高调管色吹银字"，徐铉"檀的慢调银字管"，吴融诗"管纤银

字密，梭密锦书匀"，故词中多用之。蒋竹山词"银字笙调""雁字筝调"，所由来也。

"撊"：蒋捷《竹山秋夜雨》词有句云："漫细把寒花轻撊。"撊字，字书不载，意即掷字也。

"竹山词有奇气"：蒋竹山词堆金砌玉，少疏宕。独《沁园春》为老人书南堂壁，甚有奇气。人多不选，今录之。词云："老子平生，辛勤几年，始有此庐。也学那陶潜，篱栽些菊，依他杜甫，园种些蔬。除了雕梁，肯容紫燕，谁管门前长者车。怪近把，一庭明月，却借伊渠。　　鬓边白发纷如，又何苦招宾纳客欤。但夏榻宵眠，面风欹枕，冬檐昼短，背日观书。若有人寻，只教僮道，这屋主人今自居。休羡彼，有摇金宝辔，织翠华裾。"又次韵云："结算平生，风流债负，请一笔句。盖攻性之兵，花围锦阵，毒身之鸩，笑齿歌喉。岂识吾儒，道中乐地，绝胜珠帘十里楼。迷因底，叹晴干不去，待雨淋头。　　休休。著甚来由，硬铁汉从来气食牛。便只有千篇，好诗好曲，都无半点，闲闷闲愁。自古娇波，溺人多矣，试问还能溺我不。高抬眼，看牵丝傀儡，谁弄谁收。"每读之爽神数日。"晴干"二句，见《五灯会元》，守初禅师语也。俗语入词，必有所本方可用。

"竹山遗词"：蒋竹山词，有全集所遗而升庵词林万选所拾者，最为工丽。如《柳梢青》云："学唱新腔。秋千架上，钗股敲双。柳雨花风，翠松裙褶，红腻鞋帮。　　归来门掩银缸。淡月里、疏钟渐撞。娇欲人扶，醉嫌人问，斜倚楼窗。"又《霜天晓角》云："人影窗纱。是谁来折花。折则从他折去，知折去、向谁家。　　檐牙。枝最佳。折时高折些。说与折花人道，须插向、鬓边斜。"

"上元词"：伯可词名冠一时，有"上元"《宝鼎现》词，首句"夕阳西下"。蒋竹山，同时人，作《女冠子》词咏上元，结句云："笑绿鬟邻女，倚窗犹唱，夕阳西下。"其推重当时如此。

"竹垞"：本朝朱彝尊竹垞，词名冠一时，有《江湖载酒集》三卷，《静志居琴趣》一卷，《茶烟阁体物集》二卷，《蕃锦集集句》一卷。余酷喜其自题画像百字令云："菰芦深处，叹斯人枯槁，岂非穷士。剩有虚名身后策，小技文章而已。四十无闻，一丘欲卧，漂泊今如此。田园何在，白头乱发垂耳。　　空自南走羊城，西穷雁塞，更东浮淄水。一刺怀中磨灭尽，回首风尘燕市。草屦捞虾，短衣射虎，足了平生事。滔滔天下，不知知己谁是。"又"戏题竹垞壁"《风中柳》云："有竹千竿，宁使食时无肉。也不须更移珍木。北垞也竹。南垞也竹。护吾庐、几丛寒玉。　　晚来月上，对影描他横幅。赋新词、竹山竹屋。邮筒一束。笋鞋三伏。竹夫人、醉乡同宿。"竹山，蒋捷词名，竹屋，高观国词名也。发语尤趣，可想竹垞之高风。至世所称《洞仙歌》十七阕与诗集中风怀百首，则似近狭邪，不无宋玉登徒子之讥，虽艳丽，非余所好也。

（出处：唐圭璋编：《词话丛编》，中华书局 1986 年版。）

［清］田同之《西圃词说》

"白石以后词家"：白石而后，有史达祖、高观国羽翼之。张辑、吴文英师之于前，赵以夫、蒋捷、周密、陈允衡、王沂孙、张炎、张翥效之于后。譬之于乐，舞箾至于九变，而词之能事毕矣。

"宋徵璧论宋词七家"：华亭宋尚木徵璧曰："吾于宋词得七人焉，曰永叔秀逸，子瞻放诞，少游清华，子野娟洁，方回鲜清，小山聪俊，易安妍婉。若鲁直之苍老，而或伤于颓。介甫之劖削，而或伤于拗。无咎之规检，而或伤于朴。稼轩之豪爽，而或伤于霸。务观之萧散，而或伤于疏。此皆所谓我辈之词也。苟举当家之词，如柳屯田哀感顽艳，而少寄托。周清真蜿蜒流美，

而乏陡健。康伯可排叙整齐，而乏深邃。其外则谢无逸之能写景，僧仲殊之能言情，程正伯之能壮采，张安国之能用意，万俟雅言之能协律，刘改之之能使气，曾纯甫之能书怀，吴梦窗之能叠字，姜白石之能琢句，蒋竹山之能作态，史邦卿之能刷色，黄花庵之能选格，亦其选也。词至南宋而繁，亦至南宋而敝，作者纷如，难以概述矣。"

"彭孙遹论史梅溪"："南宋词人如白石、梅溪、竹屋、梦窗、竹山诸家之中，当以史梅溪为第一。昔人称其'分镳清真，平睨方回，纷纷三变行辈，不足比数'，非虚言也。"

（出处：唐圭璋编：《词话丛编》，中华书局 1986 年版。）

［清］焦循《雕菰楼词话》

"词韵无善本"：词韵无善本，以《花间》《尊前》词核之，其韵通叶甚宽，盖寄情托兴，不比诗之严也。余尝取唐词，尽择其韵考之，为唐词韵考，以未暇成就。然如杜牧之八六子，上下皆有韵，上以深沉衾信局为韵，下以侵禁整临阴为韵。论者谓其韵不可考，盖以宋之八六子准之也。夫据宋以定唐可乎。吴梦窗自度《金盏子》调云："新雁又无端送人江上，短亭初泊"，上九字句，余所谓缓调，字字可停顿也。乃或据蒋竹山词，读又字为顿。竹山固本诸梦窗，乃据竹山以衡梦窗，可乎。

"唐宋人词用韵"：毛大可称词本无韵，是也。偶检唐、宋人词，如杜安世《贺圣朝》用计（霁）媚（寘）待（贿）爱（队）。……蒋捷《秋夜雨》云："黄云水驿筛噎。吹人双鬓如雪。愁多无赖处，漫碎把、寒花经撚。"凡此皆用当时乡谈里语，又何韵之有。

（出处：唐圭璋编：《词话丛编》，中华书局 1986 年版。）

［清］许昂霄《词综偶评》

"贺新郎"：（蒋捷）"月有微黄篱无影，挂牵牛，数朵青花小。"旧人言牵牛花，日出即萎，故此词云然。又我辈中人无此分三句。名言。

"庆春宫"：纵飘零，满院杨花，犹是春前。与竹山"纵然归近风光，又是翠阴初夏"，各有其妙。

"扫花游"：不似竹山罗列许多秋声，命意与欧公一赋仿佛相似。但从旅客情怀说来，倍觉怆然。"顿惊倦旅。"主意。"但落叶满阶，唯有高树。"欧公所谓声在树间也。"想边鸿孤唳"四句。借以作波，亦如欧公赋末，用虫声唧唧也。又"剩红如扫"。来路。过变处，一线相承。"旧盟误了，又新枝嫩子，总随春老。"去路。用杜牧寻春事，入妙。

乐天《听筝》诗："江州去日听筝夜，白发新生不愿闻。如今格是头成雪，弹到天明亦任君。"蒋竹山《听雨》词云："少年听雨歌楼上，红烛昏罗帐。壮年听雨客舟中，江阔云低、断雁叫西风。   而今听雨僧庐下，鬓已星星也。悲欢离合总无情，一任阶前、点滴到天明。"人生老境，万缘都尽，二老人听筝听雨，一任天明，实情实景。李献吉《元夕》云："儿女添灯闹，邻家品笛残。少时思可笑，走马向更阑。"老人追忆少年时，往往可笑，皆此类也。

（出处：唐圭璋编：《词话丛编》，中华书局1986年版。）

［清］冯煦《蒿庵词话》

《金谷遗音小调》，间有可采。然好为俳语，在山谷、屯田、竹山之间。而隽不及山谷，深不及屯田，密不及竹山。盖皆有其失，而无其得也。

子晋之于竹山深为推挹，谓其有世说之靡，六朝之腴，且比之二李、二晏、美成、尧章。《提要》亦云："炼字精深，调音谐畅，为倚声家之椠欔。"然其全集中，实多有可议者。如《沁园春》"老子平生"二阕，《念奴娇》"寿薛稼翁"一阕，《满江红》

“一掬乡心”一阕，《解佩令》“春晴也好”一阕，《贺新郎》“甚矣吾狂矣”一阕，皆词旨鄙俚，匪惟李、晏、周、姜所不屑为，即属稼轩亦下乘也。又好用俳体，如《水龙吟》仿稼轩体，押脚纯用“些”字，《瑞鹤仙》“玉霜生穗也”，押脚纯用“也”字。《声声慢 · 秋声》一阕，押脚纯用“声”字。皆不可训。即其善者亦字雕句琢，荒艳炫目。如《高阳台》云：“霞铄帘珠，云蒸篆玉。”又云：“灯摇缥晕茸窗冷。”《齐天乐》云：“电紫鞘轻，云红筤曲。”又云：“峰缯岫绮。”《念奴娇》云：“翠簨翔龙，金枞跃凤。”《瑞鹤仙》云：“螺心翠靥，龙吻琼涎。”《木兰花慢》云：“但鹭敛琼丝，鸳藏绣羽。”等句。嘉道间，吴中七子类祖述之，其去质而俚者自胜矣。

（出处：唐圭璋编：《词话丛编》，中华书局 1986 年版。）

［清］谢章铤《赌棋山庄词话》

红友《词律》，倚声家长明灯也。然体调时有脱略，平仄亦多未备。……《贺新郎》，余据苏轼、张元幹、辛弃疾、刘克庄、刘过、高观国、文及翁、蒋捷、李南金、葛长庚、王奕增出四十三字。虽其中不无误笔，然有累家通用者，不载则疏矣。然其中亦有以入代平，以上代平之字，不得第据平仄而不细辨也。

捷，字胜欲，义兴人。德祐进士，入元不仕，学者称竹山先生。有《竹山词》一卷。

蒋竹山《声声慢 · 秋声》《虞美人 · 听雨》，历数诸景，挥洒而出，比之稼轩《贺新凉 · 绿树听啼鴂》阕，尽集许多恨事，同一机杼，而用笔尤为崭新。迦陵春溪泛舟填《四代好》，上阕提四水，下阕分疏其事，亦是此格。词云：“碧透双溪尾。蒲桃浪、惯被暖风吹碎。琉璃正滑，簟纹小展，一川空翠。春衣篷窗漫倚。十载事、从头都记。算飘零，曾度汶水，漳水沁永泜水。　汶水长绕孤城，漳水又抱，铜台废址。可怜沁水，还灌太原残垒。三关怒涛夜起，过泜水、重嗟余耳。总不如、春水江南，柔蓝千里。"

红友《词律》，去矜词韵，皆声名极盛之作。而二君于词，都非超乘，但红友较强耳。其《登悠然楼》云："曲尚屯田柳。独予宗眉山苏大，分宁黄九。"然其排荡处，颇涉辛、蒋藩篱，一泻千里，绝少潆洄。词论之讥，正恐不免。《苏幕遮》云："彩分鸾，丝绝藕。且尽今宵，且尽今宵酒。门外骊驹声早骤。恼煞长亭，恼煞长亭柳。　　倚秦筝，扶楚袖。有个人儿，有个人儿瘦。相约相思须应口。春暮归来，春暮归来否。"《贺新凉》云："汝到园中否。问葵花向来铺绿，今全红否。种柳塘边应芽发，桃实墙东落否。青笋箨褪苍龙否。手植盆荷钱叶小，已高擎，碧玉芳筒否。曾绿遍，桂丛否。　　书笺为寄村翁否。乞文章、茅峰道士，返茅峰否。舍北人家樵苏者，近斫南山松否。堤上路，尚营工否。是处秧青都是浪，我邻家、布谷还同否。曾有雨，有风否。"论文有疏气而无深情，论调是奇格而非雅令。作者见奇，读者称妙，而词之古意亡矣。按此体本于山谷，山谷有檃栝《醉翁亭记》《瑞鹤仙》，通阕皆用也字。又有《阮郎归》，通阕皆用山字。其后竹山秋声《声声慢》，亦通阕皆用声字，都非美制，而竹山差胜耳。盖填短调，押实字，或有佳者。若长调虚字，则必不能妥帖矣。张咏川曰：是盖效福唐独木桥体者，然余按礼载《汤盘铭》三韵新字，其后灵帝中平中，《董逃歌》十三韵逃字，则此体之滥觞也。曲亦有之，如元人《扬州梦》《那叱令》，叠押头字，《荐福碑》《叨叨令》，叠押道字者是。

北宋多工短调，南宋多工长调。北宋多工软语，南宋多工硬语。然二者偏至，终非全才。欧阳、晏、秦，北宋之正宗也。柳耆卿失之滥，黄鲁直失之伧。白石、高、史，南宋之正宗也。吴梦窗失之涩，蒋竹山失之流。若苏辛自立一宗，不当侪于诸家派

别之中。

（出处：唐圭璋编：《词话丛编》，中华书局 1986 年版。）

［清］谢章铤《赌棋山庄词话续编》

《木兰花慢》，《词律》以蒋竹山为谱，谓此词规矩森然，诚为毫发无憾矣。然予读《吴礼部诗话》，载柳耆卿此调云："拆桐花烂漫，乍疏雨、洗清明。正艳杏烧林，缃桃绣野，芳景如屏。倾城。尽寻胜去，骤雕鞍、绀幰出郊坰。风暖繁弦脆管，万家竞奏新声。　　盈盈。斗草踏青。人艳冶、递逢迎。向路旁往往，遗簪坠珥，珠翠纵横。欢情。对佳丽地，任金罍罄竭玉山倾。拌却明朝永日，画堂一枕春醒。"其结调用韵，与竹山正同。柳先于蒋，何舍置之。

宣城张其锦，次仲之高弟也，述其师之言曰："词者诗之余也，昉于唐，沿于五代，具于北宋，盛于南宋，衰于元，亡于明。……填词之道，须取法南宋，然其中亦有两派焉。一派为白石，以清空为主，高、史辅之。前则有梦窗、竹山、西麓、虚斋、蒲江，后则有玉田、圣与、公谨、商隐诸人，扫除野狐，独标正谛，犹禅之南宗也。一派为稼轩，以豪迈为主，继之者龙洲、放翁、后村，犹禅之北宗也。"

蒋竹山词，未极流动，而语多创获。其志视梅溪较贞，其思视梦窗较清。

（出处：唐圭璋编：《词话丛编》，中华书局 1986 年版。）

［清］张得瀛《词征》

"竹山与西麓"：神不全，轧之以思，竹山是已。韵不足，规之以格，西麓是已。读石帚诸人所制，乃知姑射仙姿，去人不远。破觚为圜，要分别观之。（出处：唐圭璋编：《词话丛编》，中华书局 1986 年版。）

［清］张祥龄《词论》

尚密丽者失于雕凿。竹山之鹭曰"琼丝"，鸳曰"绣羽"，又"霞铄帘珠，云蒸篆玉"，"翠簇翔龙，金枢跃凤"之属，过于涩炼。若整𤇢绫罗，剪成寸寸。七宝楼台，盖薄之之辞。吴中七子，流弊如此。反是者又复鄙俚，山谷之村野，屯田之脱放，则伤雅矣。作者自酌其才，与何派相近，一篇之中，又不可杂合，不配色。意炼则辞警辟，自无浅俗之患。若夫兴往情来，召吕命律，吐纳山川，牢笼百代，又非钉饾所知矣。（出处：唐圭璋编：《词话丛编》，中华书局 1986 年版。）

［清］江顺诒辑、宗山参订《词学集成》

尤悔庵侗《词苑丛谈序》云："词之系宋，犹诗之系唐也。唐诗有初盛中晚，宋词亦有之……"诒案，比词于诗，原可以初盛中晚论，而不可以时代后先分。……竹山、竹屋、梅溪、碧山、梦窗、草窗，则似中唐退之、香山、昌谷、玉溪之各臻其极。（出处：唐圭璋编：《词话丛编》，中华书局 1986 年版。）

［清］陈曼生（鸿寿）《衡梦词序》

夫流品别则文体衰，摘句图而诗学蔽。花庵淫缛，争价一字之奇。草堂噍杀，矜惜片言之巧。缪道乖典，鲜能圆通。是以耆卿骞翮于津门，邦彦厉响于照碧。至北宋而一变。石帚、玉田，理定而摛藻。梅溪、竹山，情密而引词。词至南宋又一变矣。诒案：论书者谓初写黄庭，恰到好处。词自太白创始，至南唐而极盛，温润绮丽，后鲜其伦。南北二宋，其文中之八家乎。（出处：唐圭璋编：《词话丛编》，中华书局 1986 年版。）

［清］李佳《左庵词话》

"借音"：有借音数字，宋人习用之。如柳永《鹊桥仙》："算密意幽欢，尽成孤负。"负字叶方布切。辛弃疾《永遇乐》："凭谁问，廉颇老矣，尚能饭否。"否字叶方古切。赵长卿《南乡

子》："要底圆儿糖上浮。"浮字叶房逋切。周邦彦《大酺》："况萧素青芜国。"国字叶古六切。潘元质《倦寻芳》："待归来碎揉花打。"打字叶当雅切。姜白石《疏影》："但暗忆江南江北。"北字叶逋沃切。韩玉《曲江秋》，亦用国北叶屋沃韵。吴文英《端正好》："夜寒重，长安紫陌。"陌字叶末各切。《烛影摇红》："相间金茸翠亩。"亩字叶忙补切。蒋捷《女冠子》："羞与闹娥儿争要。"要字叶霜马切。此类略举数家，已见一斑。

"竹山词"：蒋竹山《一剪梅》词有云："银字筝调，心字香烧。红了樱桃，绿了芭蕉。"久脍炙人口。

"竹山词"：蒋竹山《虞美人》云："丝丝杨柳丝丝雨。春在溟濛处。楼儿忒小不藏愁。几度和云飞去、觅归舟。　　天怜客子乡关远。借与花消遣。海棠红近绿阑干。才卷珠帘却又、晚风寒。"亦工整，亦圆脆。

（出处：唐圭璋编：《词话丛编》，中华书局1986年版。）

［清］沈雄《古今词话》

《松筠录》曰：宋季高节，盖推庐陵、吉水、涂川，亦同一派，如邓剡字光荐，刘会孟号须溪，蒋捷号竹山，俱以词鸣一时者。更如危复之于至元中，累征不仕，隐紫霞山，卒谥贞白。赵文自号青山，连辟不起，与刘将孙为友，结青山社。王学文号竹涧，与汪水云为友，不知所之。至若彭巽吾名元逊，罗壶秋名志仁，颜吟竹名子俞，吴山庭名元可，萧竹屋名允之，曾鸥江名允元，王山樵名从叔，萧吟所名汉杰，尹碉民名济翁，刘云闲名天迪，周晴川名玉晨，皆忠节自苦，没齿无怨者。必欲屈抑之为元人，不过以词章阐扬之，则亦不幸甚矣。

《词品》曰：沈韵不合声律，今人守之如金科玉条。无他，今诗学李、杜，李、杜本六朝，相袭而不敢革也。填词自可通变，如朋字与蒸字同押，打字与等字同押。挂字、画字与怪字、坏字同押，是鸩舌之病。周德清著《中原音韵》伟矣，乃宋填词已有开先者，盖真见在人心目，不约而同耳者。试举东坡《一斛珠》云："洛城春晚。垂杨乱掩红楼半。小池轻浪纹如篆。烛下花前，曾醉离歌宴。　　自惜风流云雨散。关山有限情无限。待君重见寻芳伴。为说相思，目断西楼燕。"篆字据沈韵在上韵，本属鸩舌，苏特正之也。蒋竹山《女冠子》云："蕙花香也。雪晴池馆如画。春风飞到，宝钗楼上，一片笙箫，琉璃光射。而今灯谩挂。不是暗尘明月，那时元夜。况年来、心懒意怯，羞与闹蛾儿争耍。　　江城人悄初更打。问繁华谁解，再向天公借。剔残红炧。但梦里隐隐，钿车罗帕。吴笺银粉砑。待把旧家风景，写成闲话。笑绿鬟邻女，倚窗犹唱，夕阳西下。"是驳正沈韵画及挂话及打字之谬也。吕圣求《惜分钗》云："重帘挂。微灯下。背阑同说春风话。"用韵亦与蒋捷同意。晁叔用《感皇恩》云："寒食不多时，牡丹初卖。小院重帘燕飞碍。昨宵风雨，尚有一分春在。今朝犹自得，阴晴快。　　熟睡起来，宿酲微带。不惜罗襟揾眉黛。日高梳洗，看著花影移改。笑拈双杏子，连枝戴。"此词连拈数韵以见酌古斟今之妙。

王士禛云：南宋长调，如姜、史、蒋、吴，有秦、柳所不能及者。北宋小令，如晚唐绝句，以刘宾客、杜紫薇为绝诣，时出供奉、龙标一头地。

沈雄曰：山谷《阮郎归》，全用山字为韵。稼轩《柳梢青》，全用难字为韵。注云：福唐体，即独木桥体也。竹山如效醉翁也字，楚辞些字、兮字，一云骚体即福唐也，究同嚼蜡。

王世贞曰：谢勉仲"染云为幌"，周美成"晕酥砌玉"，秦少游"莺嘴啄花红溜"，蒋竹山"灯摇缥晕茸窗冷"，的是险丽矣，觉斧痕犹在。未若王通叟《踏青游》诸什，真犹石尉香尘，汉皇掌上也。

要，嬉也。周美成"贪耍不成妆"，蒋竹山"羞与闹蛾儿争耍"。

银字，制笙以银作字，饰其音节。"银字笙调"，蒋捷句也。"银字吹笙"，毛滂句也。

心字，以屑香为心字萦篆烧之。又制衣领屈曲如心字，故云"心字香烧"，蒋捷句。"两重心字罗衣"，晏几道句。

"锦拶云挨"，蒋竹山"风莲"句。

"檐牙。枝最佳。"蒋捷《霜天晓角》断句。

"步蟾宫"：沈雄曰：《步蟾宫》系平调，不知原起是何人，但见蒋竹山咏桂一首。《词统》有传一士人访妓，妓在开府侍宴，候之以寄阗者，误达开府。开府见词清丽，呼士人以妓与之。词云："东风捏就腰肢细。系六幅裙不起。看来只惯掌中行，怎教在烛花影里。　更阑应是铅华褪，暗蹙损、眉峰双翠。夜深著纲两小鞋，斜靠著、屏风立地。"

《柳塘词话》曰：《一剪梅》为南剧引子，起句仄仄平平仄仄平是也，诸阕如刘克庄、蒋捷尽然。有用福唐体者，弇州效山谷为之，其旨趣尚逊前人。何况今日，偶一游戏为之可也。但第二字全用平粘则误，王弇州道场山词："小篮舆踏道场山。坐里青山，望里青山。渐看红日欲衔山。湖上青山。湖底青山。　一弯斜抹是何山。道是何山。又问何山。姓何高士住何山。除却何山。更有何山。"近代吴惕《东湖杂感》云："红染青枫白露霏。江上鸿栖。城上乌栖。扁舟野客倒金卮。霜下花稀。月下星稀。

旧事兴亡叹弈棋。颦也西施。笑也西施。英雄心事总成痴。俊杀鸱夷。恼杀鸱夷。"以此证之。

沈雄曰：第二句是空头五字句，李元膺云："放晓晴庭院。"陈亮云："梦高唐人困。"辛弃疾云："算其间能几。"蒋捷云："受东风调弄。"是一法也。但第四句体异，东坡云："绣帘开，一点明月窥人。"晁无咎云："露凉时，零乱多少寒螀。"陈亮云："又檐花落处，滴碎空阶。"已见一斑。而李邴词则云："自长亭人去后，烟草凄迷。"谢懋词则云："酿轻寒，和暝色，花柳难胜。"依稀分作三句，又是一法。若李元膺句则云："更风流多处，一点梅心，相映远。约略颦轻笑浅。"又："向楚宫一梦，多少悲凉无处问，愁到而今未尽。"似添一韵而直接落句，在此调之要详于辨者。又，换头三句，自无蛮动。东坡云："试问夜如何，夜已三更，金波淡玉绳低转。"少游云："别夜欲重来，杳杳银河，空怅望、不胜凄断。"亦自作七字折腰句。李邴则云："记那回，深院静，帘幕低垂，花阴下、霎时留住。"谢懋则云："念阳台、当日事，好伴云来，因个甚、不入襄王梦里。"似作三字两句。李元膺则云："到清明时候，百紫千红，花正乱，已失春风一半。"不入字，已失字，俱衬字也。东坡卒章前一句云："但屈指西风几时来。"晁无咎云："更携取、胡床上南楼。"李邴云："又只恐、伊家忒疏狂。"李元膺云："早占取韶光共追游。"尽作八字句，而结自易易耳。

《词品》曰：此调惟柳永得音调之正，盖倾城，盈盈，欢情，二字句中有韵。近见吴激中秋词，蒋捷咏冰词，吴文英饯别词，亦不失体。刘克庄、戴复古俱不尽然。锦机集中九首内二首两处用韵，亦未为全知者。柳永清明词："拆桐花烂漫，乍疏雨、洗清明。正艳杏浇林，缃桃绣野，芳景如屏。倾城。尽寻胜去，骤雕鞍、绀幰出郊坰。风暖繁丝脆管，万家齐奏新声。　盈盈。斗草踏青。人艳冶、递逢迎。向路傍往往，遗簪堕珥，珠翠纵横。欢情。对佳丽地，信金罍罄竭玉山倾，拚却明朝永日，画堂一枕春醒。"

沈雄曰：诸选骚体仅见二首，如东坡、稼轩之醉翁琴调者。蒋竹山效之，为招落梅魂云："醉兮琼瀣浮觞些，招兮遣巫阳

些。"又："月满兮西厢些，叫云兮、笛凄凉些。归来为我，重倚蛟背，寒鳞苍些。"《词品》谓其古艳，迥出秾纤之外。余谓奇矣，未见当行也。

"瑞鹤仙"：沈雄曰：《瑞鹤仙》一调，六一、清真、伯可俱擅作手，而三家之长短句，各各不同，平仄声亦不合。惟海璚子一词，与六一无异。若蒋捷之寿东轩，全仿骚体俱用也字，但高平调之曲律，渐不可问矣。

"蒋捷《竹山词》"：蒋字竹山，义兴人，宋亡不仕，有《竹山集》。其词章之刻入纤艳，非游戏余力为之者，乃有时故作狡狯耳。

"龚鼎孳香严斋词"：徐釚曰：古人蕴藉生动，一唱三叹，以不尽为嘉。清真以短调行长调，滔滔漭漭，如唐初四杰作七古，嫌其不能尽变。至姜、史、蒋、吴融炼字句，法无不备，兼擅其胜者，惟芝麓尚书矣。

"女冠子"：蒋捷羞与蛾儿争耍。元宵有扑灯蛾，亦曰闹蛾儿，又曰火蛾。

（出处：唐圭璋编：《词话丛编》，中华书局 1986 年版。）

［清］谭莹《论词绝句二百首》

江湖遁迹竟望还，《词品》尤推蒋竹山。心折春潮春恨语，扁舟风雨宿兰湾。（出处：唐圭璋编：《词话丛编》，中华书局 1986 年版。）

［清］冯金伯《词苑萃编》

"姜夔词醇雅"：自古诗变为近体，而五、七言绝句传于伶官乐部。长短句无所依，则不得不更为词。当开元盛日，王之涣、高适、王昌龄诗句流播旗亭。而李白《菩萨蛮》等词亦被之歌曲。古诗之于乐府，近体之于词，分镳并骋，非有先后。谓诗降为词，以词为诗之余者，殆非通论矣。西蜀、南唐而后，作者日盛。宣和君臣，转相矜尚。曲调愈多，流派因之亦别，短长互见。言情者或失之俚，使事者或失之伉。鄱阳姜夔出，句琢字炼，归于醇雅。于是史达祖、高观国羽翼之，张辑、吴文英师之于前，赵以夫、蒋捷、周密、陈允平、王沂孙、张炎、张翥效之于后。譬之于乐，舞箾至于九变，而词之能事毕矣。

“蒋捷《竹山词》”：昔人评词，盛称李氏、晏氏父子，及耆卿、子野、少游、子瞻、美成、尧章止矣。蒋胜欲泯焉无闻。今读《竹山词》一卷，语语纤巧，真《世说》靡也；字字妍倩，真六朝隃也，岂其稍劣于诸公耶？即或读招魂词，谓其磊落横放，与辛幼安同调，其殆以一斑而失全豹矣。

“耒边词”：耒边词，能扫尽臼科，独露本色，在宋人中绝似竹山。

“徐釚九日词”：甲寅九月，瓯伎避兵僦练塘者，自诉能弦旧词。试其技，促弹而曼吟，类搊筝家法，而调不类筝。坐客授蒋竹山长调令弦。会辞曰：“口俚碍吟唱。”时菊庄适贻九日词至，诵而授之，歌才数过，指爪融畅。询其故，云：“吾所传者，无调而有词，无宫商而有音声。词雅则音谐，音谐则弦调。”由是推之，世之效辛、蒋者可返已。

“词韵可变通”：沈约之韵，未必自合声律，而今人守之，如金科玉条。此无他，今之诗学李杜，李杜学六朝，往往用沈韵，故相袭不能革也。若填词，自可通变。如朋与蒸同押，打与等同押。卦字、画字，与怪坏同押，乃是鴂舌之病，岂可以为法耶。元人周德清著《中原音韵》，一以中原之韵为正，伟矣。然予观宋人填词，亦已有开先者。盖真见在人心目，有不约而同耳。试举数词于右。东坡《一斛珠》云：“洛城春晚。垂杨乱掩红楼半。小池轻浪纹如篆。烛下花前，曾醉离歌宴。　自惜风流云雨散。关山有限情无限。待君重见寻芳伴。为说相思，目断西楼燕。”

篆字，沈约在上韵，本属鸩舌，坡特正之也。蒋捷"七夕"《女冠子》云："蕙花香也。雪晴池馆如画。春风飞到，宝钗楼上，一片笙箫，琉璃光射。而今灯漫挂。不是暗尘明月，那时元夜。况年来、心懒意怯，羞与闹蛾儿争耍。　江城人悄初更打。问繁华谁解，再向天公借。剔残红炧。但梦里隐隐，钿车罗帕。吴笺银粉砑。待把旧家景，写成闲话。笑绿鬟邻女，倚窗犹唱，夕阳初下。"是驳正沈韵画及挂话及打字之谬也。吕圣求《惜分钗》云："重帘挂。微灯下。背阑同说春风话。"用韵亦与蒋捷同意。晁叔膺《感皇恩》云："寒食不多时，牡丹初卖。小院重帘燕飞碍。昨宵风雨，只有一分春在。今朝犹自得，阴晴快。　熟睡起来，宿醒微带。不惜罗襟揾眉黛。日高梳洗，看著花影移改。笑指双杏子，连枝带。"此词连用数韵，酌古斟今尤妙。明初高季迪《石州慢》云："落了辛夷，风雨顿催，庭院潇洒。春来长恁，乐章懒按，酒筹慵把。辞莺谢燕，十年梦断青楼，情随柳絮犹萦惹。难见旧知音，把琴心重写。　妖冶。忆曾携手，斗草阑连，买花帘下。看辘轳低转，秋千高打。如今甚处，总有团扇轻衫，与谁共走章台马。回首暮山青，又离愁来也。"诸公数词，可为用韵之式，不独绮语之工而已。

"银蒜押帘"：欧阳永叔仿玉台体诗"银蒜押帘宛地垂"，苏东坡《哨遍》词"睡起画堂，银蒜珠幕云垂地"，蒋捷《白苎》词"早是东风作恶。旋安排、一双银蒜镇罗幕"，银蒜，盖铸银为蒜形，以押帘也。宋元亲王纳妃，公主下降，皆有银蒜帘押数百双。

"孟婆"：俗谓风曰孟婆，蒋捷词云："春雨如丝，绣出花枝红袅。怎禁他、孟婆合皂。"江南七月间有大风，甚于舶趠，野人相传以为孟婆发怒。按北齐李骊骓聘陈，问陆士秀："江南有孟婆，是何神也。"士秀曰："山海经云：'帝之二女，游于江中，出入必以风雨自随，以帝女，故曰孟婆。'犹《郊祀志》以地神为泰媪。"此言虽鄙俚，亦有自来矣。

"心字香"：蒋捷有《一剪梅》词云："一片春愁带酒浇。江上舟摇，楼上帘招。秋娘度与泰娘娇，风又飘飘，雨又潇潇。何日云帆卸浦桥。银字筝调，心字香烧。流光容易把人抛，红了樱桃，绿了芭蕉。"按心字香，外国以花酿香，作心字焚之。

（出处：唐圭璋编：《词话丛编》，中华书局 1986 年版。）

［清］叶申芗《本事词》

"蒋捷赋雪香词"：蒋捷胜欲尝买一妾，名之曰雪香，为赋《瑞鹤仙》云："素肌元是雪。向雪里带香，更添奇绝。梅花太孤洁。问梨花何似，风标难说。长洲漾楫。料鸳边、娇容乍折。对珠栊、自剪凉衣，爱把淡罗轻叠。　　清彻。螺心翠靥，龙吻琼涎，总成虚设。微微醉缬。窗灯晕，弄明灭。算银台高处，芳菲仙佩，步遍纤云万叶。觉来时，人在红帱，半廊界月。"

"蒋捷贺新郎"：名姬有善琵琶者，胜欲为赋《贺新郎》云："妾有琵琶谱。抱金槽、慢捻轻抛，柳梢莺妒。羽调六么弹遍了，花底灵犀暗度。奈敲断、玉钗纤股。低画屏深朱户掩，卷西风、满地吹尘土。芳事往，蝶空诉。　　天天把妾芳心误。小楼东、隐约谁家，凤箫鼍鼓。泪点染衫双袖翠，修竹凄其又暮。背灯影、萧条情互。捐佩洲前裙步步，渺无边、一片相思苦。春去也，乱红舞。"客有谈旧娼潘姬者，因赋《柳梢青》云："小饮微吟，残灯断雨，静户幽窗。几度花开，几番花谢，又到黄昏。潘娘不是潘郎。料应也、霜黏鬓旁。鹦鹉阑空，鸳鸯壶破，云渺烟茫。"

"蒋捷玉漏迟"：傅岩隐在武林，纳浴堂徐氏女子于客楼。其归也，亦贮之所居。楼上四壁，悉图西湖胜景。邀竹山为赋《玉漏迟》云："翠鸳双穗冷。莺声唤转，春风芳景。花涌袖香，此度徐妆偏称。水月仙人院宇，到处有、西湖如镜。烟岫暝。纤葱

误指，莲峰箓岭。　　料想小阁初逢，正浪拍红猊，袖飞金饼。楼倚斜晖，暗把佳期重省。万种惺忪笑语，更一点、温柔心性。钗倦整。盈盈背灯娇影。"

（出处：唐圭璋编：《词话丛编》，中华书局 1986 年版。）

［清］胡薇元《岁寒居词话》

"竹山词"：《竹山词》，蒋捷撰。宜兴人，德祐进士，宋亡遁迹不仕。词练字精深，调音谐畅，为倚声家之椝矱。《水龙吟》招落梅魂一阕，通首用"些"字，《瑞鹤仙》寿东轩一阕，通首用"也"字煞，忽作骚体，亦自适其意，终非正格也。《词统》讥之，甚当也。（出处：唐圭璋编：《词话丛编》，中华书局 1986 年版。）

［清］吴衡照《莲子居词话》

"西麓竹山品谊高"：陈西麓尝为制置司参议官。宋亡，有告庆元遗老通于海上，西麓为魁，幸而得脱。蒋竹山，元大德间宪使臧梦解、陆垕交章荐其才，卒不起。生平著述，多以义理为主，有《小学详断》。观二公轶事，足见品谊之高，不止为填词家也。

彭孙贻，字仲谋，海盐人。拔贡生。有《茗斋诗余》。按先生事详朱笠亭《明人诗钞》小传。词力主两宋，秾致学黄鲁直，高峭近姜石帚。视难弟羡门先生，殆无多让。间尝论明人词好亦似曲，求其辞不伤雅，调不落卑，无雕巧之痕，无叫嚣之习，茗斋而外，盖尟其俦。今人知羡门廷露之词，而不知茗斋之词之工。知茗斋古今体诗之妙，而不知其词之殆过于诗也。《霜天晓角》云："睡起煎茶。听低声卖花。留住卖花人问，红杏下、是谁家。　　儿家。花肯赊。却怜花瘦些。花瘦关卿何事，且插朵、玉搔斜。"卖花。用竹山摘花韵。

（出处：唐圭璋编：《词话丛编》，中华书局 1986 年版。）

［清］谢元淮《填词浅说》

"词禁须活看"：词禁诸条，亦须活看。如一声不许四用一条，查程垓江城梅花引词"睡也睡也睡不稳"，又王观词"怨极恨极嗅玉蕊"，又蒋捷词"梦也梦也梦不到"，均连用七仄字，乃此调定格，断不可易。至若陆游绣针停词"却自恐说著"，高观国《玲珑四犯》词"此意等写翠笺"，周邦彦《西河》词"酒旗戏鼓甚处市"，陈允平《西河》词"买花问酒锦绣市"，秦观《金明池》词"过三点两点细雨"，曹勋《醉思仙》词"按镂板缓拍"，葛长庚《十二时慢》词"一岁复一岁"，辛弃疾《兰陵王》词"纫兰结佩带杜若"，郑意娘《胜州令》词"传粉在那里"，皆用五仄字。苏轼《醉翁操》词"翁今为飞仙"，史达祖《寿楼春》词"裁春衫寻芳"，"自少年消磨疏狂"，"算玉箫、犹逢韦郎"，皆连用五平字。而陈亮《彩凤飞》词"经纶自入手，不了判断"二句，连用七仄字。苏轼《贺新郎》词"花前对酒不忍触，共粉泪，两簌簌"三句，连用十一仄字。其余四仄四平，指不胜屈，岂能尽谐律吕，恐其中不无尚可商榷者。又入声三用一条，若程垓《摘红英》词"红偎碧，惜惜惜"，"几时来得，忆忆忆"，陆游《钗头凤》词"几年离索，错错错"，"锦书难托，莫莫莫"，皆连用一韵四入字。吕渭《惜分钗》词"暝色连空重重，近日情忡忡"，"无计迟留休休，清夜浓愁悠悠"，皆四平连用。唐氏答陆游《撷芳词》"独语斜阑，难难难"，"咽泪妆欢，瞒瞒瞒"，则五平连用。且四平一韵者，此亦定格如是，不能改也。至无关格调者，仍宜细心点勘，去其太甚，勿令读者碍眼，歌者碍口可也。（出处：唐圭璋编：《词话丛编》，中华书局1986年版。）

［清］丁绍仪《听秋声馆词话》

"詹天游词"：詹天游送童瓮天兵后归杭，《齐天乐》云："相逢唤醒京华梦，吴尘暗斑吟发。倚担评花，认旗沽酒，历历行歌

奇迹。吹香弄碧。有坡柳风情，逋梅月色。画鼓红船，满湖春水断桥客。　当时何限俊侣，甚花天月地，人被云隔。却载苍烟，更招白鹭，一醉修江又别。今回记得。再折柳穿鱼，赏花催雪。如此湖山，忍教人更说。"《词品》讥其绝无黍离之感，桑梓之悲，而止以游乐为言，真是无目人语。篇中第一句即寓沧桑之慨。前阕"倚担""认旗""吹香弄碧"，追喟时事，隐然言表。后阕"花天月地，人被云隔"，似指贾似道一辈言。至后结二语，更明明点破矣。昔蔡群笛椽与余论南宋之亡，谓不亡于强敌，而亡于秕政。于时公田会子盐酒酤榷，纷纷整饬为富强计。不知财聚于上，民困于下，元气已剥削殆尽，有元乃得而乘之。今论詹词，益概念当日朝臣，漫不知省。而一二见几之士，如蒋竹山、吴梦窗辈，又复沉沦草泽，无所于告，遂一一寓之于词。其杳渺恍惚处，具有微意存焉。

浙词多法姜张，吴下则不然，然究厥指归，不外竹山、竹屋数家。昭文邵兰风茂才所为词，于蒋尤近。《虞美人》云："记得连番春夜雨，小楼蓊烛同听。玉肩斜眼松惺。今生还未卜，偏要说来生。　一幅冰绡亲付与，同心结子珑玲。细将辛苦苦叮咛。绣成花一朵，数尽漏三更。"案此调乃《临江仙》，非《虞美人》。南浦云："前约记分明。倚屏山、听彻檐铃声碎。雪意正冥，浑忘了、一角斜阳鸦背。金猊香袅，何因结就双双穗。蓦地湘帘钩细戛，还认玉钗敲坠。　本来弱不禁寒，料寒帷、定怯酸风吹袂。真个不来时，生憎煞、昨夜灯花银蕊。平生细数，凄凉几度消清泪。听尽更筹斟尽酒，独自怎生成醉。"《祝英台近》云："碧雪停、红豆撚。金井辘轳转。心似春蚕，缚向万重茧。早知千种缠绵，一般怅阻，倒不若、未曾相见。　尺书展。难道解语如花，不解意深浅。几度尊前，拟把旧愁遣。却怜放下眉头，兜来心上，浑未信，并刀能翦。"茂才久游京师，屡踏锁闱，竟不获一第。

"蒋捷词有寄托"：元刘起潜《隐居通议》，录张自明《观邸报》诗云："西风飒飒雨潇潇。小小人家短短桥。独倚阑干数鹅匹，一声孤雁在云霄。"言见者多不解。一士人独太息曰："此诗兴致高远，其旨不难见也。盖风雨萧飒，言国事日非。小小人家，言建都一隅。短短桥，言乏济时长策。数鹅匹，言所用皆卑污之徒。雁在云霄，言贤者远举，当时必有君子去国，故为是语耳。"余谓诗意必如此诠释方显，亦太隐矣。然作者不宜如此，读者不可不如此体会。因思南宋末季，士多悯世遗俗，兴遥深，如蒋竹山《解佩令》云："春晴也好。春阴也好。著些儿、春雨越好。春雨如丝，绣出花枝红裊。怎禁他、孟婆合皂。　　梅花风小。杏花风悄。海棠风、蓦地寒峭。岁岁春光，被二十四风吹老。楝花风、尔且慢到。"《祝英台近》云："柳边楼，花下馆，低卷绣帘半。帘外游丝，扰扰似情乱。知他蛾绿纤眉，鹅黄小袖，在何处、闲游闲玩。　　最堪叹。筝面一寸尘深，玉柱网斜雁。谱字红蔫，蓟烛记同看。几回传语东风，将愁吹去，怎奈向、东风不管。"与德祐太学生百字令词，真个恨煞东风同一意旨。彼"天下事，问天怎忍如此"与"纵使一丘添一亩，也应不似旧封疆"及"但把科场闹秀才，未必调羹用许多"等语，未免直率。竹山又有句云："断肠不在分襟后，原来在、襟未分时。"当是入元后作。盖北宋之祸，始于安石之喜更张。南宋之亡，误于似道之讲综覆。竹山追念乱所由起，既往莫咎，故诸闺襜儿女，慨乎言之。

（出处：唐圭璋编：《词话丛编》，中华书局1986年版。）

［清］张其锦《梅边吹笛谱序》

填词之道，须取法南宋，然其中亦有两派焉，一派为白石，以清空为主，高、史辅之。前有梦窗、竹山、西麓、虚斋、蒲

江，后则有玉田、圣与、公瑾、商隐诸人，扫除野狐，独标正谛，犹禅之南宗也。（出处：唐圭璋编：《词话丛编》，中华书局1986年版。）

［清］陈廷焯《云韶集》

竹山词，信手拈来，都成绝唱，若不假思索者，此正是词中老境。

竹山词亦是效法姜尧章，而奇惊雄快，非白石所能缚者。竹山词劲气直前，老横无匹，如秋风之扫落叶。斩绝，快绝。

（出处：唐圭璋编：《词话丛编》，中华书局1986年版。）

［清］陈廷焯《词坛丛话》

"玉田词风流疏快"：白石词，如白云在空，随风变灭，独有千古。同时史达祖、高观国两家，直欲与白石并驱，然终让一步。他如张辑、吴文英、赵以夫、蒋捷、周密、陈允平、王沂孙诸家，各极其盛，然未有出白石之范围者。惟玉田词，风流疏快，视白石稍逊，当与梅溪、竹屋，并峙千古。（出处：唐圭璋编：《词话丛编》，中华书局1986年版。）

［清］陈廷焯《白雨斋词话》

"词衰于刘蒋"：刘改之、蒋竹山，皆学稼轩者。然仅得稼轩糟粕，既不沉郁，又多支蔓。词之衰，刘、蒋为之也。板桥论词云："少年学秦、柳，中年学苏、辛，老年学刘、蒋。"真是盲人道黑白，令我捧腹不禁。

"竹山词外强中干"：竹山词，外强中干，细看来尚不及改之。竹垞《词综》，推为南宋一家，且谓其源出白石，欺人之论，吾未敢信。

"竹山词多不接处"：竹山词多不接处。如《贺新郎》云"竹几一灯人做梦"，可称警句。下接云"嘶马谁行古道"，合上下文观之，不解所谓。即云托诸梦境，亦似接不接。下云"起搔首，窥星多少"，盖言梦醒。下云"月有微黄篱无影"又是警句。下接云"挂牵牛，数朵青花小。秋太淡，添红枣"，此三句，无味之极，与通首词意，均不融洽。所谓外强中干也。古人脱接处，不接而接也，竹山不接处，乃真不接也。大抵刘、蒋之词，未尝无笔力，而理法气度，全不讲究。是板桥、心余辈所祖，乃词中左道。有志复古者，当别有会心也。

"彭骏孙论史邦卿不当其实"：彭骏孙云：南宋词人，如白石、梅溪、竹屋、梦窗、竹山诸家之中，当以史邦卿为第一。昔人称其"分镳清真，平睨方回，纷纷三变行辈，不足比数"，非虚言也。此论推扬太过，不当其实。三变行辈，信不足数。然同时如东坡、少游，岂梅溪所能压倒。至以竹屋、竹山与之并列，是又浅视梅溪。大约南宋词人，自以白石、碧山为冠，梅溪次之，梦窗、玉田又次之，西麓又次之，草窗又次之，竹屋又次之。竹山虽不论可也。然则梅溪虽佳，亦何能超越白石，而与清真抗哉。

"竹屋非竹山所及"：竹屋词最隽快，然亦有含蓄处。抗行梅溪则不可。要非竹山所及。

"葛长庚词可以步武稼轩"：葛长庚词，一片热肠，不作闲散语，转见其高。其《贺新郎》诸阕，意极缠绵，语极俊爽，可以步武稼轩，远出竹山之右。

"蒋竹山人品高绝"：蒋竹山，至元大德间，臧陆辈交荐其才，卒不肯起。词不必足法，人品却高绝。

"陈小鲁词"：词有故作朴直语，而实形粗鲁者。如陈小鲁《高溪梅令》云："庭前竹树报平安。不平安。一夜西风吹折、两三竿。缺中来远山。（此五字有景无情束不住上三句。）古人只道出门难。入门难。江北江南，也作故园看，玉门何处关。"（此二句尚可）又《浣溪沙》云："一世杨花二世萍。无疑三世化卿卿。不然何事也飘零。"又《太常引》云："水天水地水人家。水上做

生涯。一二亩蒹葭。七八亩菱花藕花。蒹葭活火，菱香藕熟，湖水可煎茶。秋梦有些些。只不管、朝云暮鸦。"（此二句尚可）此类大抵收拾黄山谷、蒋竹山唾余，可厌之极。

"竹山满江红"：蒋竹山《满江红》："浪远微听菰叶响，雨残细数梧梢滴。"竹山《满江红》语也。上有小窗幽闃之句，此二语不是闃寂中如何辨得。竹山词多粗，惟此二语最细。

"板桥词"：板桥词，如："把夭桃斫断，煞他风景；鹦哥煮熟，佐我杯羹。焚砚烧书，椎琴裂画，毁尽文章抹尽名。荥阳郑，有慕歌家世，乞食风情。"似此恶劣不堪语，想彼亦自以为沉着痛快也。蒋竹山词如"春晴也好，春阴也好，著些儿、春雨越好"同此恶劣。

"鲁斋效竹山"：竹山词云："万误曾因疏处起，一闲且向贫中觅。"自是阅历语，而词笔甚隽。鲁斋书怀词云："万事岂容忙里做，一安惟自闲中得。"效颦无谓。

"蒋竹山《贺新郎》"：蒋竹山《贺新郎》词云："梦冷黄金屋。叹秦筝、斜鸿阵里，素弦尘扑。化作娇莺飞归去，犹认纱窗旧绿。正过雨、荆桃如菽。此恨难平君知否，似琼台、涌起弹棋局。消瘦影，嫌明烛。　鸳楼碎泻东西玉。问芳踪、何时再展，翠钗难卜。待把宫眉横云样，描上生绡画幅。怕不是、新来妆束。彩扇红牙今都在，恨无人、解听开元曲。空掩袖，倚寒竹。"似此亦磊落可喜。《竹山集》中，便算是最高之作。乃秀水必谓其效法白石，何异痴人说梦耶。

"汪森词综序"：汪玉峰之序《词综》云："言情者或失之俚，使事者或失之伉。鄱阳姜夔出，句琢字炼，归于醇雅。于是史达祖、高观国羽翼之，张辑、吴文英师之于前，赵以夫、蒋捷、周密、陈允平、王沂孙、张炎、张翥效之于后，譬之于乐，舞箾至于九变，而词之能事毕矣。"此论盖阿附竹垞之意，而不知词中源流正变也。窃谓白石一家，如闲云野鹤，超然物外，未易学步。竹屋所造之境，不见高妙，乌能为之羽翼。至梅溪则全祖清真，与白石分道扬镳，判然两途。东泽得诗法于白石，却有似处。词则取径狭小，去白石甚远。梦窗才情横逸，斟酌于周、秦、姜、史之外，自树一帜，亦不专师白石也。虚斋乐府，较之小山、淮海，则嫌平浅。方之美成、梅溪，则嫌伉坠，似郁不纡，亦是一病，绝非取径于白石。竹山则全袭辛、刘之貌，而益以疏快。直率无味，与白石尤属歧途。草窗、西麓两家，则皆以清真为宗。而草窗得其姿态，西麓得其意趣。草窗间有与白石相似处，而亦十难获一。碧山则源出风骚，兼采众美，托体最高，与白石亦最异。至玉田乃全祖白石，面目虽变，托根有归，可为白石羽翼。仲举则规模于南宋诸家，而意味渐失，亦非专师白石。总之，谓白石拔帜于周、秦之外，与之各有千古则可。谓南宋名家以迄仲举，皆取法于白石，则吾不谓然也。

（出处：唐圭璋编：《词话丛编》，中华书局 1986 年版。）

［清］陈廷焯《放歌集》

竹山在南宋亦树一帜，然好作质实语而力量不足，合者不过改之之匹，不能得稼轩仿佛也。"嘶马"六字似接不接，"挂牵牛"三句与通首词意不融合，所谓外强中干也。

竹山《一剪梅》，敲与拍无甚分别，然其妙正在无甚分别乃见人情况。必如此乃可以不分别为功，否则差以毫厘，谬以千里。

（出处：唐圭璋编：《词话丛编》，中华书局 1986 年版。）

［清］万树《词律》

竹山炼字精深，调音协畅，乃词家榘矱，定宜遵之。（出处：唐圭璋编：《词话丛编》，中华书局 1986 年版。）

［清］谭献《复堂词话》

"评蒋捷词"：瑰丽处，鲜妍自在。词藻太密。

"陈实庵词"：阅陈实庵《鸳鸯宜福词》《吹月词》，婉约可歌，有竹山、碧山风味。杭州填词，为姜、张所缚。偶谈五代北宋，辄以空套抹杀。百年来，屈指惟项莲生有真气耳。实庵虽未名家，要是好手。

（出处：唐圭璋编：《词话丛编》，中华书局1986年版。）

［清］况周颐《蕙风词话》

"词不可概人"：晏同叔赋性刚峻，而词语特婉丽。蒋竹山词极秾丽，其人则抱节终身。何文缜少时会饮贵戚家，侍儿惠柔，慕公丰标，解帕为赠，约牡丹时再集。何赋《虞美人》词有"重来约在牡丹时，只恐花枝相妒，故开迟"之句，后为靖康中尽节名臣。国朝彭羡门孙遹《延露词》，吐属香艳，多涉闺襜。与夫人伉俪綦笃，生平无姬侍。词固不可概人也。

"刘改之词"：刘改之词格本与辛幼安不同。其《龙洲词》中，如《贺新郎·赠张彦功》云："谁念天涯牢落况，轻负暖烟浓雨。记酒醒、香销时语。客里归鞯须早发。怕天寒、风急相思苦。"前调云："衣袂京尘曾染处，空有香红尚软。料彼此、魂销肠断。"又云："但托意、焦琴纨扇。莫鼓琵琶江上曲，怕荻花、枫叶俱凄怨。"《祝英台近·游东园》云："晚来约住青骢，踏花归去，乱红碎、一庭风月。"《唐多令·八月五日安远楼小集》云："柳下系船犹未稳，能几日、又中秋。"《醉太平》云："翠绡香暖云屏。更那堪酒醒。"此等句，是其当行本色。蒋竹山伯仲闲耳，其激昂慨慷诸作，乃刻意模拟幼安。至如《沁园春》"斗酒彘肩"云云，则尤模拟而失之太过者矣。《词苑丛谈》云："刘改之一妾，爱甚。淳熙甲午，赴省试，在道赋《天仙子》词。到建昌游麻姑山，使小童歌之，至于堕泪。二更后，有美人执拍板来，愿唱曲劝酒。即赓前韵'别酒未斟心已醉'云云。刘喜，与之偕东。其后临江道士熊若水为刘作法，则并枕人乃一琴耳。携至麻姑山焚之。"改之忍乎哉，是可忍也，孰不可忍也。此物良不俗。虽曰灵怪，即亦何负于改之。世间万事万物，形形色色，孰为非幻。改之得唱曲美人，辄忘甚爱之妾，则其所赋之词，所堕之泪，举不得谓真。非真即幻，于琴何责焉。焚琴鬻鹤，伧父所为，不图出之改之，吾为斯琴悲，遇人之不淑。何物临江道士，尤当深恶痛绝者也。《龙洲词》变易体格，迎合稼轩，与琴精幻形求合何以异。吾谓改之宜先自焚其稿。

（出处：唐圭璋编：《词话丛编》，中华书局 1986 年版。）

［清］况周颐《蕙风词话续编》

"竹山绛都春"：竹山词《绛都春》换头云："娅姹。嗁青泫白，恨玉佩罢舞，芳尘凝榭。""娅姹"之"娅"，从无作活用者。字典亦无别解。唯《字汇补》注云："娅余，态也。娅音鸦，幺加切。"蒋词又叶作去声。按《广韵》作"窊窊"，注："作态貌"。（王幼安云:《尊前集》载和凝词，已有"娅姹含情娇不语"句。）

"竹山虞美人"：竹山词《虞美人·梳楼》："楼儿忒小不藏愁。几度和云飞去、觅归舟。"较"天际识归舟"更进一层。

（出处：唐圭璋编：《词话丛编》，中华书局 1986 年版。）

［清］王闿运《湘绮楼词选》

此（按：蒋捷《虞美人》）是小曲，情亦作凭，较胜。（出处：唐圭璋编：《词话丛编》，中华书局 1986 年版。）

［清］刘熙载《艺概·词概》

蒋竹山词，未极流动自然，然洗练缜密，语多创获。其志视梅溪较贞，其思视梦窗较清。刘文房为"五言长城"，竹山亦长短句之长城欤！（出处：唐圭璋编:《词话丛编》，中华书局 1986

年版。)

［清］陈衍《小玲珑阁词序》

自浙派盛行，玉田、白石外，家梦窗而户竹山，有宁为晦涩不为流易者。然梦窗、竹山固时出疏快语，非惟涩焉已也。君词宗南宋，最近梦窗、竹山，庸可弃乎？（出处：陈乃乾：《清名家词》，上海书店1982年版。）

刘衍文《雕虫诗话》

词与诗不同，以婉丽为正格，以豪宕为变格。爨弄以剧场论之：东坡为大净，稼轩为外脚，永叔、邦卿正旦，秦淮海、柳七则小旦也。周美成为正生，南唐后主为小生。世人爱小生定过于爱正生也矣。蒋竹山、刘改之是绝妙副末，草窗贴旦，白石贴生，不知公谓然否？（出处：张寅彭编：《民国诗话丛编》，上海书店2002年版。）

汪东《唐宋词选评语》

晚宋诸家，竹山最为沉咽。周止庵讥其有俗骨，是也。以与梅溪之纤等类而齐黜之，则非也。盖词涉纤巧，则境不能深；语归沉着，即俗亦无碍。况其眷怀故邦，触物兴感，固有与《花外》《白石》异曲而同工者矣。（出处：《词学》编辑委员会：《词学》第二辑，华东师范大学出版社1983年版。）

陈匪石《声执》

《心日斋十六家词录》，周之琦所选，时在道光二十三年（1843）。所录为温庭筠、李煜、韦庄、李珣、孙光宪、晏几道、秦观、贺铸、周邦彦、史达祖、吴文英、王沂孙、蒋捷、张炎、张翥十六家，自言为平生得力所自，故辑而录之。末各缀一绝句，皆能得其真诠。

选南宋词者，戈顺卿取史、姜、吴、周、王、张六家，周稚圭取姜、史、吴、王、蒋、张六家，周止庵则取以辛、王、吴为领袖。夫张炎之妥溜；王沂孙之沉郁；吴文英极沉博绝丽之观，擅潜气内转之妙；姜夔野云孤飞，语淡意远；辛弃疾气魄雄大，意味深厚。皆于南宋自树一帜，流风所被，与之化者各若干人。然蒋捷身世之感同于王、张，雕琢之工导源吴氏，周密附庸于吴，犹为世所同认，姑舍周、蒋而录张、王、吴、姜、辛，意实在此。至此五家者，相因相成，往往可见；然各有千古，不能相掩也。史达祖步趋清真，几于效颦悉合，虽非戛戛独造，然南渡以降，专为此种格调者，实无其匹。故效戈、周之选，不敢过而废之。初学为词者，先于张、王求雅正之音，意内言外之旨，然后以吴炼其气意，以姜拓其胸襟，以辛健其笔力，而旁参之史，藉探清真之门径，即可望北宋之堂室，犹是周止庵教人之法也。

（出处：陈匪石编著，钟振振校点：《宋词举》，江苏古籍出版社 2002 年版。）

陈匪石《旧时月色斋词谭》

山谷《瑞鹤仙》櫽栝《醉翁亭记》，通首用"也"字韵；《阮郎归》，通首用"山"字韵。竹山《声声慢》咏秋声，通首用"声"字韵，在诸公一时戏作，以此见巧妙心思耳。张咏以谓此体效"南（按：当作'福'）唐独木桥体"。近人谢枚如（章铤）论之，以为《汤盘铭》用三"新"字，《董逃歌》用十三"逃"字，即此体之滥觞。然吾以为，此种体裁无论果出于古与否，吾人皆不必效法，以其太嫌纤巧，非大方家数也。不唯此体，凡词中以一二字叠用不已，挑逗以示聪明者，如"衡阳犹有雁传书，彬（按：当作'郴'，下二'彬'字同此）阳和雁无"，"郴江幸自绕郴山"，"墙里千秋（按：当作'秋千'）墙外道，墙外行人，墙里佳人笑"之类，淮海、东坡偶一为之，未尝不别饶风趣，为一时名句；然使后人奉为金科玉律，专意摩仿，其不专（按：疑当作"转"）成恶趣者几希。（出处：陈匪石编著，钟振振校点：

《宋词举》，江苏古籍出版社 2002 年版。）

吴梅《词学通论》

　　蒋捷，字胜欲，阳羡人。德祐进士，自号竹山，遁迹不仕。有《竹山词》。录《高阳台》一首（送翠英）。《竹山词》亦有警策处，如《贺新郎》之"浪涌孤亭起""梦冷黄金屋"，二首确有气度。竹垞《词综》推为南宋一家，且谓源出白石，亦非无见。惟其学稼轩处，则叫嚣奔放，与后村同病。如《水龙吟·落梅》一首，通体用些字韵，无谓至极。《沁园春》云："若有人寻，只教僮道，这屋主人今自居。"又"次强云卿韵"云："结算平生，风流债负，请一笔句。盖攻性之兵，花围锦阵，毒身之鸩，笑齿歌喉。"又云："迷因底，叹晴干不去，待雨淋头。"《念奴娇·寿薛稼堂》云："进退行藏，此时正要，一著高天下。"又云："自古达官酣富贵，往往遭人描画。"《贺新郎·饯狂士》云："据我看来何所似，一似韩家五鬼，又一似、杨家风子。"此等处令人绝倒。学稼轩至此，真属下下乘矣。大抵后村、竹山未尝无笔力，而风骨气度，全不讲究，是心余、板桥辈所祖，乃词中左道。有志复古者，当从梅溪、碧山用力也。（出处：吴梅：《词学通论》，华东师范大学出版社 1996 年版。）

薛砺若《宋词通论》

　　捷字胜欲，义兴人。南宋最末（德祐）进士，自号竹山，入元遁迹不仕。其《竹山词》有《宋六十家词》本，有《双照楼景刊宋元明本词》本。他的词造句极纤巧妍倩，而有时失之琐碎。其学辛之作，则多叫嚣直率，如"据我看来何所似，一似韩家五鬼，又一似、杨家风子""结算平生，风流债，请一笔句。盖攻性之兵，花围锦阵，毒身之鸩，笑齿歌喉"等类的句子，皆落下乘，毫无意味。（出处：薛砺若：《宋词通论》，上海书店 1985 年版。）

胡适《词选》

蒋捷受了辛弃疾的影响，故他的词明白爽快，又多尝试的味道。辛弃疾曾作《水龙吟》，每韵脚用"些"字收。《竹山词》中有"效稼轩体，招落梅之魂"的《水龙吟》。我们选的《声声慢》，用了十个"声"字，其中八个用在韵脚。这虽是受了辛弃疾的"些"字的影响，其实是一首无韵词的尝试，现在我们选他的词，偏重那些富于实验精神的。词到了宋末元初，许多词人都走入了纤细用典的咏物路上去。蒋捷的咏物词颇能自出新意，也肯自造新句。如《贺新郎》咏秋晓云："起搔首、窥星多少。月有微黄篱无影，挂牵牛数朵青花小。"这是很美的描写。（出处：胡适：《词选》，中华书局2006年版。）

胡适《胡适古典文学研究论集》

此两词（按：指李清照、蒋捷《声声慢》词）皆"文学"的实地试验也。易安词连用七叠字作起，后复用两叠字，读之如闻泣声；竹山之词乃"无韵之韵文"，全篇凡用十"声"字，以写九种声，皆秋声也。读之乃不觉其为无韵之词，可谓为吾国无韵韵文之第一次试验功成矣。无韵之韵文（Blank Verse）谓之起于竹山词或未当；六朝、唐骈文之无韵者，皆无韵之韵文也；惟但可谓之"无韵之文"，或谓之"文体之诗"也。若佛典之偈颂，则真无韵诗矣。（出处：胡适：《胡适古典文学研究论集》，上海古籍出版社1988年版。）

顾随《顾随诗词讲记·说竹山词》

蒋氏之好诚如胡氏所言明白爽快。如"月有微黄篱无影"数句，南宋六家根本就无此等句，根本就写不出来。脑中没有，手下也写不出来。正是禅宗所谓"眼里无筋，皮下无血"。蒋氏真有眼，如"月有微黄……"；真有血，如"二十年来，无家种竹，犹借竹为名"。然而此词还不能说是蒋氏伤感词中好的代表作品，

还有更好的。但最早感动我的是"二十年来"三句，觉得南宋还有这么写的哪，明白爽快，简单真切，又不明白，不真切，不简单，不爽快。人只知复杂为美，其实简单亦为美。或曰有一人自号为清躬道人，或讯其意，曰：没米没穴，精穷而已。这是幽默。中国人若说可爱真可爱，若说该打真该打。幽默固然可以，但不要成为起哄、耍贫嘴。人到活不下去而又死不了的时候，顶好想一个活的办法，就是幽默。这是一种法宝。竹山词即有此种写法。

竹山《虞美人》一首，没有商量的，没一字不好。

竹山此词细。"细"有两种说法，一指形体之粗细，一指质之精细、糙细。蒋氏此词在形上够大的，不细，但他之细乃质上的细，重罗白面，细上加细。

可惜下半阕糟了，稼轩有时亦然，其《菩萨蛮》下半阕是捣乱——"人言头上发，总向愁中白。拍手笑沙鸥，一身都是愁。"蒋后半阕是泄气了。好仍然好，可惜落在中国传统里了。"少年……"，买笑、快乐；"壮年……"，悲愤；"老年……悲欢离合总无情"，一切不动情，不动心，解脱，放下。凡事要解脱，要放下。其实人到老年是该解脱、放下，但生于现代，解脱也解脱不了，放也放不下，不想抗也得抗，不想干也得干。

（出处：顾随：《顾随诗词讲记》，中国人民大学出版社 2006年版。）

郑骞《成府谈词·蒋捷》

元初人词，如刘秉忠《藏春乐府》、张弘范《淮阳词》、刘因《樵庵词》及凤林书院《草堂诗余》所收诸作，其佳处皆在排比铺叙，层层襞积，而能以流转之气、深沉之思运之，开阖变化，不伤板滞。后来散曲杂剧，皆用此法。竹山为宋遗民，隐居不出，风节似尚高于玉田、碧山，其词却是元调，与南宋面目不同。盖风会所关，有不期然而然者。仇远、张翥辈仍宗南宋末流，遂致索然无生气，此亦所谓"违天不祥"。

陈廷焯《白雨斋词话》痛贬竹山，每失过当。其论《贺新郎·秋晓》词，则字句文法亦未看清，甚矣成见之蔽人也。此君每以理法气度论词，于古人佳作，常不能得之于牝牡骊黄之外。

（出处：吴熊和：《唐宋词汇评》，浙江教育出版社2004年版。）

胡云翼《宋词选》

蒋捷的品格向来获得一致的好评，对于他的词则意见纷歧。肯定他的如《四库全书提要》说："捷词炼字精深，调音谐畅，为倚声家之榘矱。"刘熙载甚至称为"长短句之长城"。否定他的如陈廷焯，则把蒋捷列于南宋词人的末位，说"竹山虽不论可也"。这些词话家对于《竹山词》之所以没有共同语言，主要由于着重点和看法不同。前者只抓字句细节；后者是以姜夔、王沂孙为宗而形成的观点来衡量蒋捷，从而抹杀了他的词的特征。

宋亡以后，作者过的生活是隐遁、恬淡的生活。他的词作没有像刘辰翁那样正面反映时代的巨变，可是仍然和时代息息相关。例如下面所选的《贺新郎》（兵后寓吴）写亡国后一个流浪者的哀愁，其感人之深可以和《须溪词》里最好的作品相比。我们应该承认，题材内容不限于一隅，是《竹山词》的特征之一。例如《贺新郎》（乡士以狂得罪赋此饯行）一首，别的作家是不大会考虑把这种材料组织起来写词的。冯煦在《蒿庵论词》里指斥这首词说："词旨鄙俚，匪惟李（煜）、晏（殊）、周（邦彦）、姜（夔）所不屑为，即属稼轩（辛弃疾）亦下乘也。"其实这是一首好词，写的是一阕悲剧，一阕人民受到统治阶级迫害、丧失自由的悲剧。其次，写作方法和风格的多样化，也是《竹山词》的特征之一。想象丰富，语言多创获，格律形式运用自由，这些

优点都说明作者接近辛派。

（出处：胡云翼：《宋词选》，上海古籍出版社 2007 年版。）

胡云翼《宋名家词选》

（蒋捷）能婉约，亦能豪放。虽被称为姜派的词人，而自由肆放，能不为文字与音律所拘，颇有辛弃疾的精神。（胡云翼：《胡云翼说词》，华东师范大学出版社 2004 年版。）

唐圭璋：《唐宋词简释》

此首（按：指蒋捷《女冠子·元夕》）元夕感赋。起六句，极力渲染昔时元夕之盛况。"蕙花"两句，写月光；"春风"四句，写灯光，中间人影、箫声，盛极一时。"而今"二字，陡转今情，哀痛无比。时既非当时之时，人亦非当时之人，故无心闲赏元夕。换头六句，皆今昔冷落景象，反应起六句盛时景象。人悄灯残，此情真不堪回首。"吴笺"以下六句，一气舒卷，言我自伤往，而人犹乐今，可笑亦可叹也。

此首（按：指蒋捷《贺新郎·梦冷黄金屋》）感旧词，极吞吐之妙。发端言梦冷尘扑，是一凄凉境界。"化作"两句，承上言筝声，仍扣住旧境，语甚奇警。"正过雨"句，顿住，点雨景。"此恨"四句，叹世局改移，令人恨极而瘦。换头，伤旧游难寻。"待把"二字，与"怕不是"呼应，词笔曲折，言描画倩影不能逼肖也。"彩扇"两句，再用曲笔，言知音已杳，物是人非也。末以美人自喻，倍见孤臣迟暮之感。

（出处：唐圭璋：《唐宋词简释》，上海古籍出版社 1981 年版。）

唐圭璋：《词学论丛·读词札记》

竹山小词，极富风趣，诗中之杨诚斋也。如"红了樱桃，绿了芭蕉"，及"才卷珠帘，却又晚风寒"，因已传诵入口。他如梅花词……情景宛在，逸趣横生。至卖花人词，则有一首《昭君怨》，亦明白如话。（出处：唐圭璋：《词学论丛》，上海古籍出版社 1986 年版。）

吴世昌《词林新话》选录三则

蒿庵曰竹山词"多有可议"，"词旨鄙俚"，"好用俳体"，"皆不可训"，"即其善者。亦字雕句琢，荒艳炫目。"此评极是。

亦峰谓竹山等人词，未尝无笔力，而理法气度，全不讲究，乃词中左道。此论甚是。

蕙风赞竹山《虞美人·梳楼》"楼儿忒小不藏愁。几度和云飞去、觅归舟。""楼儿忒小不藏愁"，此纤巧浅露之句，殊不足称道。

（出处：吴世昌：《词林新话》，北京出版社 1991 年版。）

上彊村民重编、唐圭璋笺注《宋词三百首笺注》

捷字胜欲，阳羡人。咸淳进士，自号竹山，遁迹不仕。有《竹山词》一卷，见《六十家词》刊本，又见《彊村丛书》刊本，又《竹山词》二卷，见涉园景宋元明词续刊本。

毛晋云：竹山词语语纤巧，字字妍倩。（《竹山词跋》）

《四库全书总目提要》云：捷词炼字精深，音词谐畅，为倚声家之榘矱。（《竹山词》提要）

周济云："竹山薄有才情，未窥雅操。"（《介存斋论词杂著》）

刘熙载云："蒋竹山词未极流动自然，然洗练缜密，语多创获。其志视梅溪较贞，视梦窗较清。刘文房为五言长城，竹山其亦长短句之长城欤！"（《艺概》）

沈雄评《竹山词》云："其词章之刻入纤艳，非游戏余力为之者，乃有时故作狡狯耳。"（《古今词话》）

（出处：上彊村民重编、唐圭璋笺注：《宋词三百首笺注》，人民文学出版社 2005 年版。）

吴熊和《汲取到清澈百丈的源头活水》引录夏承焘之言

三十岁时，我认为中国词中，风花雪月、滴粉搓酥之辞太

多，词风卑靡尘下，只有东坡之大、白石之高、稼轩之豪，才是词中胜境。平时作诗词，专喜豪亢一派。经过几番探索，自审才性，觉得自己似乎宜于七古诗而不宜于词。我想，好驱使豪语，断不能效苏、辛，纵成就亦不过中、下之才，如龙洲（刘过）、竹山（蒋捷）而已。但是，对于清真词，风云月露，甚觉厌人。因而，我觉得，此后为词，不可不另辟新境，即熔稼轩、白石（姜夔）、草窗（周密）、竹山为一炉。这就成为我几十年来作词的努力方向。（出处：方智范、方笑一选编：《词林屐步》，江西教育出版社 1999 年版。）

陶尔夫、刘敬圻《南宋词史》

蒋捷为人卓荦不群，身为南宋遗民，且经常往来吴、越间，但据现有资料，他与当时著名词人周密、王沂孙、张炎等几乎没有任何交往。周、王、张、蒋虽被称为"宋末四大家"，但蒋捷词风却与前三人大不相同。竹山词，风格多样，豪放婉约均能兼收并蓄，在向豪放词风倾斜或相互渗透方面，表现最为明显。其豪放之作，抒写故国山河之痛，身世不幸之感，悲慨峻伟，磊落横放。其婉约之作，构思奇巧，炼字精深，音节谐畅。就其传承与影响而言，他上承稼轩余风，下开清初陈维崧一派；其通俗短章又与元人小令为近。

蒋捷在流浪中度过了他的后半生。《虞美人·听雨》一词，可以算作他一生的总结：……这首词抓住"听雨"这一细节，通过三个"听雨"的不同地点，形象地刻画出从少年到暮年的经历与变化。头两句写"少年"时期，虽然"歌楼"上也要淋雨，但是否认真"听雨"，颇值得怀疑。因为一有"歌"声，二有"红烛"，三有"罗帐"。故此，首二句写南宋灭亡前词人无忧无虑的生活。"壮年听雨客舟中"，场景有变化。《礼记·曲礼上》说："三十曰壮。"作者三十，正值南宋灭亡时期。"歌楼上"的欢乐结束了，流浪开始了，作者以舟为家，四处漂泊。"江阔云低、断雁叫西风"的凄厉画面，正是宋亡与逃难的形象写照。下片写"而今"，占全词的二分之一篇幅，突出了年老后仍寄居"僧庐"的凄惨境遇，其中，字字句句皆揉进了作者的血泪。结尾含蓄蕴藉，余韵无穷。那点点滴滴，是雨水，还是泪水？敲击着读者的心坎。

（出处：陶尔夫、刘敬圻：《南宋词史》，黑龙江人民出版社2005年版。）

刘扬忠《唐宋词流派史》

蒋捷的词，风格多样，有炼字精巧，造境瑰丽缜密者；有融化俗语谐语，风格幽默，构境清新流畅舒朗者；其中尤以感慨苍凉、情调凄清、学稼轩体以抒身世家国之悲者为最富时代特色、最显作者的高尚品节。他的集子中有标明"效稼轩体"的个别篇什，但那仅仅是效稼轩词中"楚骚"一体的语言形式，并不表明他学稼轩体的成就。他学习稼轩真正有所得的地方是：在沉郁悲苦的抒情之中绝不流于低抑软弱和凄暗晦昧，而能透发豪迈健朗之气，开拓雄壮清远之境。（出处：刘扬忠：《唐宋词流派史》，福建人民出版社1999年版。）

路成文《宋代咏物词史论》

与周密、张炎、王沂孙生活在大体相同的历史氛围中的另一个著名词人蒋捷也创作了很多优秀的咏物之作。和周、张、王一样，蒋捷也具有寄慨深沉的特点。不过由于《竹山词》取径较广，其咏物词与前三家相比，具有明显的不同，即有些咏物词在寄寓深刻的亡国之痛、故国之思和身世之感的同时，能从高远处着眼，将咏物与咏史较好地结合起来，具有较强的历史感，与辛弃疾、刘克庄的咏物词较为接近。（出处：路成文：《宋代咏物词史论》，商务印书馆2005年版。）

参考文献

1. 唐圭璋编：《全宋词》，中华书局 1965 年版。

2. 唐圭璋编：《全金元词》，中华书局 1979 年版。

3. 傅璇琮等主编：《全宋诗》，北京大学出版社 1991 年起陆续出版。

4.［元］脱脱等撰：《宋史》，中华书局 1977 年版。

5.［清］厉鹗辑撰：《宋诗纪事》，上海古籍出版社 1983 年版。

6. 饶宗颐初纂，张璋总纂：《全明词》，中华书局 2004 年版。

7. 南京大学中国语言文学系《全清词》编纂研究室编：《全清词·顺康卷》，中华书局 2002 年版。

8. 叶恭绰编：《全清词钞》，中华书局 1982 年版。

9.［清］丁绍仪辑：《清词综补》，中华书局 1986 年版。

10. 龙榆生编选：《近三百年名家词选》，上海古籍出版社 1979 年版。

11.［明］毛晋辑：《宋六十名家词》，上海古籍出版社 1989 年版。

12. 陈乃乾辑：《清名家词》，上海书店印行 1982 年版。

13.［清］张思岩、宗楝辑：《词林纪事》，成都古籍书店 1982 年版。

14.［宋］周密辑，［清］查为仁、厉鹗笺：《绝妙好词笺》，上海古籍出版社 1984 年版。

15.［清］蒋景祁编：《瑶华集》，中华书局 1982 年影印本。

16. 徐珂纂：《清词选集评》，中国书店 1988 年影印本。

17. ［清］黄苏、周济、谭献选评，尹志腾校点：《清人选评词集三种》，齐鲁书社 1988 年版。

18. 徐乃昌校刻：《小檀栾室汇刻闺秀词》，浙江大学出版社 2018 年版。

19. 胡适选注：《词选》，中华书局 2007 年版。

20. ［宋］李清照撰，王仲闻校注：《李清照集校注》，人民文学出版社 1979 年版。

21. ［宋］蒋捷著，黄明校点：《竹山词》，上海古籍出版社 1988 年版。

22. ［元］倪瓒著，江兴祐点校：《清闷阁集》，西泠印社出版社 2010 年版。

23. ［元］许谦撰：《许白云先生文集》，四部丛刊续编本，商务印书馆 1936 年版。

24. ［清］陈维崧撰：《陈迦陵文集》，上海书店 1989 年版。

25. ［清］朱彝尊撰：《曝书亭集》，世界书局 1984 年版。

26. 夏承焘主编，吴肃森编校：《曝书亭词》，广东人民出版社 1987 年版。

27. ［清］厉鹗著，董兆熊注，陈九思标校：《樊榭山房集》，上海古籍出版社 1992 年版。

28. 唐圭璋编：《词话丛编》，中华书局 1986 年版。

29. 吴藕汀编：《词名索引》，中华书局 1984 年版。

30. 施蛰存主编：《词籍序跋萃编》，中国社会科学出版社 1994 年版。

31. 张寅彭主编：《民国诗话丛编》，上海书店 2002 年版。

32. 饶宗颐著：《词集考》，中华书局 1992 年版。

33. ［宋］孟元老撰，邓之诚注：《东京梦华录注》，中华书局 1982 年版。

34. 周密著:《武林旧事》,上海古典文学出版社 1956 年版。

35. 〔宋〕普济著:《五灯会元》,中华书局 1984 年版。

36. 马端临撰:《文献通考》,中华书局 1986 年版。

37. 〔清〕永瑢等撰:《四库全书总目》,中华书局 1965 年版。

38. 〔清〕万树撰:《词律》,上海古籍出版社影清本 1984 年版。

39. 陆侃如、冯沅君著:《中国诗史》,人民文学出版社 1956 年版。

40. 谢桃坊著:《中国词学史》,巴蜀书社 2002 年版。

41. 方智范等著:《中国词学批评史》,中国社会科学出版社 1994 年版。

42. 尚学锋等著:《中国古典文学接受史》,山东教育出版社 2000 年版。

43. 陈文忠著:《中国古典诗歌接受史研究》,安徽大学出版社 1998 年版。

44. 吴梅著:《词学通论》,华东师范大学出版社 1996 年版。

45. 刘毓盘著,沙先一导读,毛文琦校点:《词史》,上海古籍出版社 2011 年版。

46. 薛砺若著:《宋词通论》,上海书店 1985 年版。

47. 胡云翼著:《胡云翼说词》,华东师范大学出版社 2004 年版。

48. 王易著:《词曲史》,东方出版社 1996 年版。

49. 唐圭璋著:《词学论丛》,上海古籍出版社 1986 年版。

50. 吴熊和著:《唐宋词通论》,商务印书馆 2003 年版。

51. 夏承焘著:《夏承焘集》,浙江古籍出版社、浙江教育出版社 1998 年版。

52. 龙榆生著:《龙榆生词学论文集》,上海古籍出版社 1997

年版。

53. 杨海明著:《唐宋词与人生》,河北人民出版社2002年版。

54. 王兆鹏著:《唐宋词史论》,人民文学出版社2000年版。

55. 刘扬忠著:《唐宋词流派史》,福建人民出版社1999年版。

56. 陶尔夫、刘敬圻著:《南宋词史》,黑龙江人民出版社2005年版。

57. 谢桃坊著:《宋词辨》,上海古籍出版社1999年版。

58. 吴世昌著:《词林新话》,北京出版社1991年版。

59. 沈松勤著:《唐宋词社会文化学研究》,浙江大学出版社2000年版。

60. 张仲谋著:《明词史》,人民文学出版社2002年版。

61. 严迪昌著:《清词史》,江苏古籍出版社1999年版。

62. 丁放著:《金元明清诗词理论史》,安徽大学出版社2000年版。

63. 孙克强著:《清代词学》,中国社会科学出版社2004年版。

64. 张宏生著:《清代词学的建构》,江苏古籍出版社1998年版。

65. 王兆鹏著:《词学史料学》,中华书局2004年版。

66. 方智范、方笑一选编:《词林屐步》,江西教育出版社1999年版。

67. 杨海明著:《张炎词研究》,齐鲁书社1989年版。

68. 严迪昌著:《阳羡词派研究》,齐鲁书社1993年版。

69. 罗忼烈著:《两小山斋论文集》,中华书局1982年版。

70. 胡适著:《胡适古典文学研究论集》,上海古籍出版社1988年版。

71. 蒋寅著:《王渔洋与康熙诗坛》,中国社会科学出版社2001年版。

72. 路成文著:《宋代咏物词史论》,商务印书馆 2005 年版。

73. 莫立民著:《晚清词研究》,中国社会科学出版社 2006 年版。

74. 王立著:《心灵的图景》,学林出版社 1999 年版。

75. 吴承学著:《中国古代文体形态研究》,中山大学出版社 2000 年版。

76.《词学》编辑委员会编辑:《词学》第二辑,华东师范大学出版社 1983 年版。

77.《词学》编辑委员会编辑:《词学》第六辑,华东师范大学出版社 1988 年版。

78.《词学》编辑委员会编辑:《词学》第七辑,华东师范大学出版社 1989 年版。

79.《词学》编辑委员会编辑:《词学》第八辑,华东师范大学出版社 1990 年版。

80.［德］H. R. 姚斯、［美］R. C. 霍拉勃著,周宁、金元浦译:《接受美学与接受理论》,辽宁人民出版社 1987 年版。

81.［法］罗丹述,［法］葛赛尔著,傅雷译:《罗丹艺术论》,中国社会科学出版社 2001 年版。

后　记

　　本书初稿渊源于廿年前的硕士学位论文选题。因攻读河北师范大学首届唐宋文学专业研究生，我有幸带着天然爱好徜徉词学，倾心投入宋词研究，自此与她结下不解之缘。那时的读书时光素净、沉潜、美好，直到今天我依然这么看。

　　回想当初，学界对于蒋捷及其《竹山词》开始关注，但其接受影响研究还是一片空白。面对垦荒似的词学选题，多方细查文献和反复用心研磨自然难免。深入盘点后更发现，历经元明时期的积淀，清词中兴之际众多词派词人观照蒋捷《竹山词》极为复杂幽微，针对多维透视、褒贬不一的实况，须剥丝抽茧、理性衡定，最终答辩之际学位论文获得优秀。其后，因为多种缘故与这一选题若即若离，但它始终萦绕在心。除去疏通滞涩文字、完善已有篇章，又专题探究了近世以来词坛以及域外词学对蒋捷的受容；精心辑录了有关蒋捷及其《竹山词》的主要评论、研究文献等，带着问题和思考对底稿予以增益订补，总体上延续着真诚论学的学术追求。作为词人接受个案，愿这本小书能对深化宋词研究以及古典词学接受史有所助力。

　　在此之前，书稿的若干章节已析出单篇论文先行发表。衷心感谢刊发拙作的学报刊物，感谢学界同仁的相关点评与研究综述，期待专家同好对本书不吝赐教和批评！这本小书，是对过往岁月的深情回眸，也是给无私帮助我的师友的一个回执。一路

走来，世事训诫抑或心灵羁绊都曾经有过，即便许多日常过得像个苦行僧，所幸最本真的原始爱好始终没有动摇、衰减，也由此让我更为惜取与古典艺术的不期而遇。

高莹

2022 年 9 月 2 日